费秉勋古典审美三部

中国古典文学的
悲与美

费秉勋 / 著

陕西新华出版　陕西人民出版社

图书在版编目（CIP）数据

中国古典文学的悲与美 / 费秉勋著 . —— 西安：陕西人民出版社，2023.10

ISBN 978-7-224-15068-1

Ⅰ.①中… Ⅱ.①费… Ⅲ.①中国文学－古典文学－文学欣赏 Ⅳ.① I206.2

中国国家版本馆 CIP 数据核字 (2023) 第 164788 号

出 品 人：赵小峰
策划编辑：张孔明　彭 莘
责任编辑：姜一慧　土彦龙
整体设计：杨亚强

中国古典文学的悲与美
ZHONGGUO GUDIAN WENXUE DE BEI YU MEI

作　　者	费秉勋
出版发行	陕西人民出版社
	（西安北大街 147 号　邮编：710003）
印　　刷	西安市建明工贸有限责任公司
开　　本	880 毫米 ×1230 毫米　1/32
印　　张	10.375
字　　数	220 千字
版　　次	2023 年 10 月第 1 版
印　　次	2023 年 10 月第 1 次印刷
书　　号	ISBN 978-7-224-15068-1
定　　价	66.00 元

如有印装质量问题，请与本社联系调换。电话：029-87205094

序

贾平凹

费秉勋,西安蓝田人。二十世纪六十年代曾在陕西省仅有的一家杂志社当编辑,八十年代任教于西北大学中文系。他当编辑的时候,我还是一名学生,经他力荐,发表了我第一篇作品,从此我走上了文学之路。我就一直叫他老师。

我们交往了五十年,既是师生,更为知己。同在一个城里,常常是一月两月没见了,想着该去看看他吧,他却就来了。但我们见面并没多话,喝喝茶,看着日光在窗台流过。他说走呀,起身就要走。我送他到电梯口,电梯口就是我的村口。

费老师除了教学、做学问,再就是搞文学与艺术的评论。他似乎从不在主流之列。出席会议,总是安静地坐在一旁,点名到他发言,拘束起来,脸上表情羞涩。但他每次观点独立,语惊四座。以至于任何场合,众声喧哗,到最后了,大家都扭头看他,听他怎么说。他的己见，或许不合时宜，引起一些非议，而时过境迁，他的观点又最有价值。

费老师拙于交际，但追随者甚众。

晚年后，他因老得丑了，闭门不出。我去看他，他有时面对着白墙，呆坐半天，有时却在从窗外射进来的光柱里数那些浮物，天真像个儿童。

他才情横溢，兴趣广泛，在文学评论上、音乐、舞蹈的理论研究上，颇多建树，而书法、操琴、卜卦又独步一时。

他形象柔弱，性格倔强，不趋利避害，自守清白。我读书读到古人的一联语，"秀才风味，前辈典型"，拿去让他看，说：你百年后我给你写这八个字。他说：我都死了要它何用？

他于二〇二三年七月去世，临终遗言：鸟儿喜鸣，我奔极乐。

费老师放下人世间的一切去了，而人世界却珍贵着他的著作。曾经出版的再版，散落的篇章收集在编，风气流传，现象可观。

2023 年 8 月 2 日

目录
CONTENTS

中国悲剧观
001

悲壮的太古神话
004

屈原的悲剧性格和《离骚》的悲剧结构
015

汉代乐府诗的悲歌大合唱
029

汉代人的悲情安顿
062

汉乐府杂考
070

《东海黄公》新释
082

《搜神记》悲剧小说探微
085

《长恨歌》的主题
105

柳永《望海潮》赏析
111

苏轼对词的革新和解放
115

黄庭坚诗艺发微
119

李清照《词论》新探
136

论元代悲剧
154

元曲熟语赏析
186

《天净沙·秋思》赏析
197

论《红楼梦》的悲剧精神
201

谈《红楼梦》的心理描写
232

汉字万岁
246

尺牍之美
250

书法艺术的美学阐释
255

论灵感的触发
263

民歌散论
274

戏曲写意性的历史分析和未来设想
285

中国古典文艺与西方现代派
296

国学已经没有了
314

跋
319

中国悲剧观

悲剧，作为一个美学范畴，是西方美学一直比较重视的课题。新时期以来，我国理论界对这个问题也倾注了较大的兴趣。但是我觉得，几十年来我们在这个领域里仍存在着很大的弊病。这个弊病一言以蔽之就是脱离实际。研究者把精力主要花在概念上，对经典作家关于悲剧的理论，翻来倒去进行阐释、探讨、咀嚼、玩赏，而把我国几千年来的悲剧作品扔在一边，不去问津。到头来人们对悲剧仍然没有具体感受，特别是对我们本国历来究竟有些什么悲剧作品，基本面貌是怎样，有些什么不同于别的国家、别的民族的特征，仍然是一笔糊涂账。

光搞这种空理论行不行呢？不行。不要说中国，不要说东方，就说西方吧，自埃斯库罗斯（恩格斯称他为悲剧之父）以后两千三百多年来，悲剧的创作始终在不停地变化着，发展着，从来不大受理论的约束,直接推动悲剧创作的并不是悲剧理论,影响和推动悲剧创作的是社会现实。悲剧现实才产生悲剧艺术。社会现实对悲剧艺术的产生及特征的影响比起悲剧理论来,不知要大多少倍。这样一来,悲剧创作的实践不断发展,日新月异,从古希腊悲剧(如"普罗米修斯三部曲")到文艺复兴时代的悲剧(如莎士比亚的悲剧),到古典主义悲剧(如高乃依的《熙德》、拉辛的《安德洛玛克》、歌德的《浮士德》),到十九世纪的现实主义悲剧(如俄国奥斯特洛夫斯基的《大雷雨》),以至我国"文革"时期的现实悲剧,丰富多变,从不受理论框框的约束。说到我国的情况,从太古神话开始,悲剧一直丰富地存在着,悲剧创作实践多么活跃,多么生动,而研究者对之无动于衷,老是抠亚里士多德,抠黑格尔,抠车尔尼雪夫斯基。这样做的结果,不但无助于认识和了解悲剧创作的实际,就是对理论本身也是没有益处的。因为这样做,不能用悲剧创作的实际发展中不断出现的、活的、有生气的新现象、新经验,去很好地充实悲剧理论,推动悲剧理论的发展,反而使理论处于陈旧的、停滞的状态。

还有一个各民族文化不同特点的问题。西方理论开始逐渐介绍到中国是近代的事,而我国的悲剧创作却可以追溯到神话时代的夸父逐日、精卫填海,神话之后,中国的悲剧创作从未消歇。外国的经典理论家,根本没有读过中国的悲剧,他们的悲剧理论只是总结他们当时能接触到的西方悲剧而产生的,这些理论根本无法解释和说明我国各朝各代悲剧中存在的各种复杂现象。

现在我国还有一派人根本不承认中国有悲剧，这些人多是死抱着西方理论"食洋不化"的人，他们用西方的悲剧理论来套中国悲剧作品的实际，而中国悲剧作品总是不在西方理论面前就范，于是这些只相信鞋而不相信自己脚的人只好惋惜地长叹一声：唉，中国根本没有悲剧！

中国真的没有悲剧吗？不是。中国只是没有西方式的悲剧罢了，这犹如不能说中国没有人一样，只能说中国人不是深目高鼻而已。不但说中国没有悲剧是错误的，而且说世界任何一个民族、一个国家没有悲剧都是错误的，都是站不住脚的。作为文学艺术的悲剧作品，都是生活现实中悲剧的艺术反映，而世界上凡是有人群的地方，都会有悲剧的现实，这正如每一个人都有悲有喜会哭会笑一样正常。社会生活是蓬勃向上的、顺境的，产生悲剧的概率就小一些，否则就大一些。

事实上，我国从古到今的悲剧是非常丰富的。我们应当把我们的精力用到深入细致地考察研究这些丰富的作品上去，从这种研究中，寻找我国古代悲剧的规律性的东西，总结出我国悲剧区别于西方悲剧的美学特征，产生出我们自己的富有民族特性的悲剧理论。

悲壮的太古神话

神话，是每个民族最早的文学。每个民族的神话，都是该民族文化精神的源头。我们研究中华民族的悲剧文学，应该从神话研究起。

那么，我国古代神话中究竟有没有悲剧？我们到我国古代神话中去找悲剧，会不会扑一个空？如果我们找遍中国古代神话竟然找不到一个悲剧，那么，说中国没有悲剧，就可能有道理，因为我国文学的源头上压根儿就没有悲剧，其后文学中没有悲剧，这就是顺理成章的。然而事实恰恰相反，在我国古代神话中，可以看到这样一个令人惊奇的现象：几个最古老的、保存得比较完好而没有遭到古代学者篡改的神话，差不多都是悲剧性的。夸父逐日、精卫填海、刑天舞戚、鲧禹治水，都是这样的神话故事。女娲补天虽然说不上是悲剧性的，但只是个别。悲剧性神话占了如此大的比重，足以说明悲剧精神是我国太古神话的重要特征。

夸父逐日等四个悲剧神话都保存在《山海经》中。"夸父逐日"在《海外北经》,"精卫填海"在《北次山经》,"刑天舞戚"在《海外西经》,"鲧禹治水"在《海内经》。鲁迅认为《山海经》是"古之巫书"(《中国小说史略》),这是很有眼光的。《山海经》大约成书于春秋战国时期,这个时代的思想固然十分活跃,但那时的儒、墨、庄、老、法各家,似乎都不会搞出《山海经》这样一部奇书来。这很可能是古巫传下来的一本神话总集,特别有可能是南方的巫书。从《楚辞》中看,楚国祀神的时候,人们便进入了五彩斑斓的神话世界。在《离骚》和《天问》中,我们可以看到的是和《山海经》完全相同的神话世界。《离骚》中的扶桑、悬圃、羲和、丰隆、宓妃、巫咸、凤凰承旗、飞龙驾车,《天问》中的天柱地维、旸谷、烛龙、鲧化黄能、腹生大禹、九首相柳、十日并出、启偷天乐、羿射河伯、大舜服象等楚国神话,几乎都可以在《山海经》中找到记载。这说明《山海经》是一部南方的巫书。

巫在那时是沟通神与人之间的使者,是政事的参与者,地位是在史官之上的,绝不相当于后来的跳大神者。巫保存神话,比历史学家、哲学家、文学家都要忠实。史学家把神话历史化,哲学家把神话作为构筑寓言的材料,文学家给神话浸润了过多的主观感情,而巫则忠实地祖述前代传下来的神话故事,他们对保存上古神话是有着特别功绩的。

神话是原始初民对于现实世界的一种认真的解释,包含着初民的宇宙观、信仰、思想、道德等等。这些神话的产生，就像文明时代的科学家搞天文学、地质学、生物学等一样严肃认真，并不像现在创作童话、科幻小说那样浪漫和随意。马克思说："任何神话都是用想象和借助想象征服自然力，支配自然力，把自然力加以形象化。"神话是"通过人民的幻想用一种不自觉的艺术方式加工过的自然界和社会形式本身"（马克思《〈政治经济学批判〉导言》）。先民之所以用想象征服自然力以形成神话，并不是故意不用科学方法，不用现实的人力和物质力量，而是那时生产力水平太低，经验和知识太少。作为人类的童年，原始初民的思维特点，其形象性、幻想性与幼稚性是成正比的，所以他们创造的原始神话具有永恒的艺术魅力。

别看原始人知识和实践经验的积累还少得可怜，但他们却总是想在认识领域攻克一些宇宙人生的大问题：世界是怎样来的？人是怎样形成的？天上的太阳月亮是怎么回事？如此等等，目标很大，问题很难，又无科学资料，因而便求救于幻想。然而必须看到，这种想象和幻想，在他们看来毫无疑问是正确的、无可非议的。他们不是有意地乱搞浪漫的猜想，所以马克思说这是"用不自觉的艺术方式加工"。如果这种艺术加工是自觉的，那就成为像现在的童话、科幻小说一类东西了。它的美学价值和认识价值也就会大大降低。正如拉法格说的："神话既不是骗子的谎话，也不是无谓的幻想的产物，它们不如说是人类思维的朴素自发的形式之一。只有当我们猜中了这些神话对于原始人和他们在许多世纪以来丧失掉了的那种

意义的时候，我们才能理解人类的童年。"（拉法格《宗教和资本》）

根据以上的观点，我对夸父逐日等四个神话的内容实质有以下一些理解。

这些神话反映了人类同自然以及人类社会斗争中顽强奋发的精神。在斗争过程中，主人公的形体都遭到毁灭，给人以崇高悲壮的审美感受，都是最纯正的悲剧。

夸父应当是一个部族的群体之名。夸父逐日是人类对自然斗争的一种回忆。在人类的原始意识中，万物跟人类一样，都有感觉、感情、思想、意志等。夸父把太阳看成有生命的东西，因此要和它比个高低，《大荒北经》甚至说夸父想把太阳追到它落下去的虞渊去，把太阳赶上（"欲追日景，逮之于禺谷"）。这反映了我们的祖先探求自然奥秘的伟大精神，为了探索太阳的究竟，掌握它，征服它，他们顽强不屈，以至牺牲自己的生命。

在自然界中，先民最注意的目标之一就是太阳。因此有帝俊的妻子羲和生了十个太阳的神话，又有羿射十日的神话。太阳和人类的关系实在太密切了，没有它，世界就变得一片漆黑；而炽烈阳光的照射又会晒死草木，炙干河水，造成大旱。这个悬在空中的火球，每天从东方出来，不慌不忙地走下西山，从它休息的扶桑升起，最后到西边的虞渊去睡觉。对于这个东西，先民进行了许多思考，尝试着和它打交道，而夸父正是人类和太阳较量、企图弄清它行迹的伟大代表。

精卫填海也表现出万物有灵的原始意识。东海显然是人格化的，它溺死了女娃，女娃就对它有一股浩大的怨气，想用木石把它填掉。这也反映了人类不认识大自然的本质，又企图征服大自然的愿望。这时候人在大海面前是不自由的，故事散发出来的还是一种浪漫的情绪。

这两个神话都表现了人类在和大自然斗争过程中一往无前、不甘失败、一斗到底的崇高精神，都体现出自然"人化"的某种进程。自然的"人化"同时走着互相渗透的两条路线：其一是幻想性的自然的人格化，这是幼稚的、浪漫的、艺术型的；其一是实践性的自然的功利化，这是成熟的、现实的、科学型的。古代神话也在促使着自然成为"人化的自然"，这种自然的"人化"，是属于前一种类型的。

刑天舞戚的悲剧神话，是先民对部族间社会斗争悲剧的一种回忆。说是"争神"，实际应是部族之间的生存竞争。在那时，人类开发自然的历史还很短，生存的条件很差，环境很艰苦，有限的自然资源只能供给有限的人生活下去，这样必然会发生部族之间的斗争。刑天与帝争神，争夺对一个地带的控制权，而在斗争中被击败，但这个部族并未就此沉沦下去，他们凌厉不屈，还要与"帝"继续进行抗衡。

有一个奇特的、值得研究的情况是：上面三个悲剧神话的悲剧主人公，都是炎帝系统的人。精卫是炎帝的小女儿变的；夸父的爷爷是后土（《山海经·大荒北经》："后土生信，信生夸父。"），而后土是炎帝的后裔（《山海经·海内经》："炎帝之妻，赤水之子听訞生炎居，炎居生节并，节并生戏器，戏器生祝融，祝融降处于江水生共工……共工生后土。"）；刑天则是炎帝的乐工（《路史后记》：炎帝乃合刑天作《扶犁》之乐）。

这说明以炎帝为首领的这个神系，是一个悲剧的神系。

鲧禹治水是一个更复杂、背景更宏阔的神话。它反映着人与自然斗争和人类社会斗争两个方面的内容。洪水滔天，鲧窃了上帝的息壤去治水以拯救人类，帝却派火神祝融把他在羽郊处决了。这里的"帝"，就像希腊神话中的宙斯，是一个恶神，专门和人类作对，而鲧恰像普罗米修斯，他富于仁爱之心，给人类办好事，但受到的却是残酷的惩罚。鲧禹治水和埃斯库罗斯的悲剧《被缚的普罗米修斯》一样，给人崇高悲壮的感受。

太古神话为什么多是悲剧呢？这只能到当时的物质生活和社会存在中去找答案。那是一个悲剧的时代，人在强大的自然灾害面前，大批地送掉生命而束手无策。但是从猿到人及其后这上亿年的实践经验，却牢固地潜藏在先民的意识中。这就是，人类只有奋斗，只有自强不息，才有生路。所以在这些悲剧神话中，斗争始终是它的灵魂和思想中枢。

我国太古神话，有它们共同的美学特征。作为我国悲剧文学的源头，太古悲剧神话的美学特征对后世文学产生着很大的影响，同时这些美学特征在我国悲剧文学中，也不断发生着变异。这些美学特征可以分以下三点来谈。

悲壮崇高

上述四个神话最基本的美学特征是悲壮崇高。夸父的实体在我们的想象中是非常雄伟高大的。山岳是高大的，而他好像比山岳更高大，一口气就可以把黄河喝干，扛的拐杖可以化为桃林。他不但形体高大雄伟，行动也磅礴豪迈，在追逐太阳时跨越三山五岳如走泥丸。唐人笔记《朝野佥载》中记载："辰州东有三山，鼎足直上，各数千丈。古老传云：邓夸父与日竞走，至此煮饭，此三山者夸父支鼎之石也。"这样富于壮志的巨人的死亡，的确能给我们极悲壮的感受。

相映成趣的是，精卫鸟的形体很小，她小巧玲珑，但填海的壮举给予我们的感受仍然是壮美的。夸父以其形体的雄大给我们形成壮美感；精卫也给我们以壮美和崇高感，这主要在于她的行动。而且这里还暗含着一种对比，一只小鸟，所要填平的却是滔滔的大海。大海有着浩渺的规模和无穷的力量，这具备着形成壮美的素质。形体很小的精卫鸟要填平如此的大海，这就把对象的素质转化到自身上去，反衬出一种激人奋发的力量，于是崇高就从实体转化为一种浩气，由物质转化为精神。

刑天的崇高感是从他形体的残缺、畸形，甚至丑陋中得到表现的。这样的形体如果不是反抗强暴，不甘屈服，而是危害弱者，那就不仅不是崇高，而是一种丑恶了。刑天形体的残缺和畸形，是在反抗强者的过程中遭受摧残所致,而他能在无头的躯体上因陋就简地发挥一种有限的再生能力,在胸部和腹部生出眼睛和嘴巴来,使他继续表现出生命力和反抗性来。凌厉不屈是刑天崇高感的主要特征,这和夸父、精卫都有所不同。夸父主要表现为宏阔博大,精卫还带着几分娇小的柔美,刑天主要是凌厉。丑转化为美,这是西方近代美学才提出来的课题,而在我国太古神话刑天舞戚中却早已显示出这个理论命题。

以上三个神话的壮美,都是通过悲剧主人公较外露的行动表现出来的;鲧的悲壮感却是一种含而不露的深沉的表现。帝杀了他,他一声不吭,不像精卫的设法报复,也不像刑天的挥舞干戚以示不屈,他的尸首默默地躺在羽山下,三年也不腐烂,直到用吴刀去剖割他,他才从肚子生出禹来。鲧始终没有正面和帝去斗,但他那股沉默的力量,却显得特别强大。在他和帝的矛盾对抗中,究竟哪一方强大?谁胜利了?我看是鲧强大,是鲧胜利了。因为帝最后不得不用鲧治水的老办法,即"布土"的办法来填塞洪水。《淮南子·地形篇》说:"禹乃以息土填洪水,以为名山。"又说:"帝乃命禹卒布土以定九州。"这个"卒"字是很耐人寻味的,帝最终不得不走鲧的老路,这岂不是自打耳光,显出鲧的强大!

生命换形

以上四个神话的悲剧主人公都遭受牺牲和毁灭,但是他们在精神上都是胜利者。他们在威力无比的上帝、东海、太阳面前不服输，甚至知其不可为而为之。他们的斗争精神是那样专注、执着，一往无前，信心十足，这种坚韧雄毅的气度，是中国悲剧文学中极宝贵的精神遗产。

在这种坚韧的斗争中，我们看出一个共同的逻辑，那就是生命的换形：悲剧主人公原来的生命形式毁灭了——夸父渴死了，女娲淹死了，刑天被砍了头，鲧也被杀了；但是他们的生命并未就此灰飞烟灭，而是变换了新的生命形式，勃发出新的生命活力，顽强地表现他们的志向。夸父的手杖变成了郁郁葱葱的桃林，女娲变成了衔木填海的精卫鸟，无头的刑天在身上生出口眼来，手执武器舞动不辍，鲧则从肚子生出了禹继续自己的事业，这都是生命的换形，变换为新的生命形式。在他们生命的两个阶段中，原来生命形式的毁灭其美感形态主要偏于"悲"，新的生命形式其美感形态主要偏于"壮"，构成一种积极的给人以激发力量的浪漫主义精神。这种浪漫主义精神，并不是原始先民自觉的艺术创作活动的表现，而是他们特有的信仰和宇宙观表现给我们的时候所产生的美学效果。这种特有的信仰和宇宙观是：万物有灵，死后灵魂依然存在，可以附丽于其他动植物以行其事。具有这种信仰的宇宙观通过幻想对自然和社会所做的不自觉的艺术加工，表现出来的思想和精神是积极的、美的。

新生命形式的无比活力

在对自己志向的表现中，刑天采取了舞蹈的形式，特别使我们感到神往。其实，精卫的填海和夸父的逐日，虽然都不是舞蹈，但他们的行动——一遍又一遍不休止地衔木，迈开双腿不知疲倦地追赶，都是一种磅礴的律动，都具备舞蹈最根本的素质。这种律动所给予我们的感受，不是寻常的而是典型的，不是自然的而是艺术的。典型的、艺术的，如果发挥到极致，那就成为舞蹈。这些神话中的悲剧主人公以新的生命形式及其活动方式，顽强地存在，奋发地抗争，生命力表现得特别蓬勃、亢进，而"舞是生命情调最直接、最实质、最强烈、最尖锐、最单纯而又最充足的表现"（闻一多《说舞》）。所以刑天的舞干戚是给这种神话的浪漫悲壮的律动，寻找到了一种最恰切的形式。

太古悲剧神话这种壮美和所显示的精神力量，是我们民族极宝贵的精神财富，影响着我国古代文学的思想。"鲧婞直以亡身兮，终然殀乎羽之野！""鸱龟曳衔，鲧何听焉？顺欲成功，帝何刑焉？"（《天问》）屈原"信而见疑，忠而被谤"，他很自然从鲧身上观照出自己的影子，从而发出对鲧的不平呼号。他的《国殇》中写道："带长剑兮挟秦弓，身首离兮心不惩。诚既勇兮又以武，终刚强兮不可凌。身既死兮神以灵，子魂魄兮为鬼雄！"这难道不是刑天精神的现实写照吗！"夸父诞宏志，乃与日竞走。俱至虞渊下，似若无胜负。""精卫填微木,将以填沧海;刑天舞干戚,猛志固常在!"人们都知道陶渊明是一个恬静淡泊的田园诗人,而他在这些悲剧神话的感染和激发下也写出了《读山海经》这样"金刚怒目"(鲁迅语)式的作品。"生当作人杰,死亦为鬼雄!"在宋代女词人李清照咏项羽的诗中,我们分明也看到了古代悲剧神话精神力量的照射。太古悲剧神话孕育了多少艺术之花啊!

屈原的悲剧性格和《离骚》的悲剧结构

在我国诗歌史上，两篇篇幅最长、思想性和艺术性都很超绝的长诗，都是悲剧诗。这两篇悲剧长诗，一篇是东汉末年产生的叙事长诗《孔雀东南飞》，一篇是战国时期出现在我国诗坛上的楚国屈原所写的抒情长诗《离骚》。在这里我就从悲剧的角度解读一下作者屈原的悲剧性格。

屈原的一生，本身就是一部悲剧。他所生活的环境——楚国，也是一幕从强盛走向衰亡的悲剧，而《离骚》正是通过诗人对自己命运和遭遇的描写，把这种现实悲剧表现为悲剧艺术的不朽作品。

每一部悲剧文学，都有它所以生成的现实基础，也都表现为一种冲突——"历史的必然要求和这个要求的实际上不可能实现之间的悲剧性的冲突"（恩格斯语）。这种冲突的双方，一方是历史的惰性力，在悲剧作品中，它常常由某些人物来体现，但实际上它是一种强大的、很有力量的现实；另一方面就是悲剧主人公，他代表着、体现着"历史的必然要求"，其追求与斗争坚定、认真、执着，直至毁灭，酿成悲剧。悲剧就是禀有不凡性格的人物与现实搏击、对抗所迸发出来的火花。所以研究悲剧作品最要紧、最关键的工作不是别的，而是深入认识悲剧主人公所处的历史地位、所代表的社会力量，他的斗争方式、性格特色等等；同时，用历史主义的眼光来研究产生这一悲剧的时代特征和现实环境。这两方面的工作，也就是剖析悲剧冲突的双方，给他们以科学的、艺术的评价和解释。

读《离骚》，我们会感受到，诗人的对立面有一股强大的力量，而诗人身上也充满着巨大顽强的美善力量，后者在前者面前左荡右冲，但总是无可奈何，最后终于毁灭。

诗人对面的这股力量表现为楚王的"不察民心""信谗齌怒"；楚国贵族集团的"竞进贪婪""兴心嫉妒""偭规矩""背绳墨"；诗人昔日同调者的"变而不芳""化而为茅"。诗人虽然对于在楚国实行"美政"成竹在胸，有信心通过"举贤授能"、遵循"法度"使楚国强大起来，但整个楚国从上到下简直找不到一个志向相同的人，"世并举而好朋""世溷浊而不分""世溷浊而嫉贤"。全国就是这样的世道人心，这不是任何人力可以改变的现状。面对这样的历史颓势，要么随波逐流，要么独善其身，而这两条路，对屈原这样一个具体的人来说，他都坚决不走，他选择的是一条走向毁灭的悲剧道路。如果光有黑暗的现实，这虽然具备了酿成悲剧的可能性，却还不一定有着酿成悲剧的必然性。只有在这样的时代氛围中，同时生出了逆浊流而上的具有崇高悲剧性格的人，才能演成悲剧。总之，悲剧的演成，必然具备悲剧冲突的双方，如果缺少一方便没有悲剧，这正如中国一个最通俗的民间谚语说的——一个巴掌拍不响。

"曾歔欷余郁邑兮，哀朕时之不当"，《离骚》悲剧的成因，用一句话来概括就是：屈原这样一个性格的人生不逢时。

这里我们着重分析一下《离骚》中抒情主人公屈原的悲剧性格。

其一，屈原的精神世界是美的。他有着崇高的理想，对这种理想，终生都热烈地追求着。诗中，诗人反复宣示自己的"内美"和"好修"。为了保持自己的纯洁，他宁可付出热血和生命，"亦余心之所善兮，虽九死其犹未悔"，"虽体解吾犹未变兮，岂余心之可惩"。抒情主人公精神世界的这种美，对于悲剧的精神感染力是十分重要的。精神世界丑恶的人，是不会使人产生悲剧的悲悯感的。刑天与帝争神而遭砍头，给人以悲剧的崇高感；秦桧在拟大规模的杀人计划时暴死，被阎罗王"荷铁枷，囚铁笼内，备受诸苦"，却应该说是一种喜剧性的安排。焦仲卿、刘兰芝的爱情遭遇给我们难言的哀伤和怅恨；西门庆、潘金莲之死却给人除却污秽的快感。《离骚》通篇渲染诗人用香草的盛饰形容保持洁修的志向和决心，在诗歌史上是一种首创的、成体系的、独特的塑造人物精神形象的手段，也为悲剧主人公特质的表现，积累了艺术经验。

其二，屈原的品德是善的。他为了国家和人民，不知疲倦地呐喊和抗争。清人刘熙载曾经这样说:"吾昔与学者论诗,尝以性情、阴阳施受喻之,病未能达也;今乃由论屈宋而及之曰:悲世者自屈以上见于三百篇者,其至善也;若悲己则宋玉以下至魏晋人为甚矣!"(《昨非集》卷二《读楚辞》)刘熙载是一个思想比较深刻的文论家,这里他对文学作品中的"悲"做了深入一步的区分,把作家的思想情调不单纯看成一种孤立的、与世隔绝的东西,而是把它与现实、与时代联系起来,把文学作品中的"悲"区分为"悲世"和"悲己"两种高下不同的类型。屈子之悲是从时代和社会现实中生发出来的深厚博大的感情,所以他的《离骚》具有史诗的性质。鲁迅说司马迁的《史记》是"史家之绝唱,无韵之《离骚》",反过来我们也可以说《离骚》是一部缩写的楚国史。"摇落深知宋玉悲"(杜甫诗句),我们读宋玉的《九辩》,也感受到一股难以排遣的"悲"。但这种个人哀怨的"悲",无论如何是不能与《离骚》那种深厚博大之"悲"同日而语的。《离骚》是"悲世",而《九辩》是"悲己"。正如鲁迅先生说的:"稍后,楚又有宋玉唐勒景差之徒,皆好辞,而以赋见称。然虽学屈原之文辞,终莫敢直谏,盖掇其哀愁,猎其华艳,而'九死未悔'之概失矣。"这里说的"掇其哀愁,猎其华艳",是指宋玉之流只学屈原的皮毛,而舍弃了他的本质;只撷拾屈赋的色调和文学形式,而对屈原人格的美和善,对于他九死未悔的斗争精神却没有继承。真正继承屈原的情愫和文学精神的是太史公司马迁。他在《屈原传赞》中说:"余读《离骚》《天问》《招魂》《哀郢》,悲其志;适长沙,过屈原所自沉渊,未尝不垂涕，想见其为人。"司马迁首先着眼的是屈子的"志"和他的"为人"，这才抓住了屈原作品的根本。

其三，屈原的思想、性格是复杂的。楚怀王是昏庸的君主，楚襄王比乃父更有过之。而屈原的爱憎是分明的，他疾恶如仇，感情像一团火，按照一般的逻辑，他是要唾弃楚王的。然而这只是我们现在人的想法，在当时，特别是对屈原这样一个具体的人来说，这是不可能的。屈原悲剧性格的一个重要特点，是忠与直在他身上达到了高度统一。屈原太热爱楚国了，但在当时既爱国，就不能不忠君。比屈原早二三十年的孟轲，在对待"君"的观点上，似乎比屈原要灵活、大胆得多。当齐宣王问他"臣弑其君可乎"的时候，他非常激烈地说："贼仁者谓之贼，贼义者谓之残，残贼之人谓之一夫，闻诛一夫纣矣，未闻弑君也！"即使楚王比殷纣王更坏，屈原也决不会想到去杀他、推翻他。屈原孜孜以求的是在楚国实行美政，但他只能寄希望于楚王的觉悟。舍此而外，屈原不会想其他的路子。

然而屈原并不是愚忠，他在政治上是十分清醒的，他只是在有限的程度上和范围内与昏君进行着斗争。屈原的怨气很大："余既不难夫离别兮，伤灵修之数化"，"怨灵修之浩荡兮，终不察夫民心"，他怨恨怀王是个糊涂蛋。正是由于屈原对昏君的不满，使得他对辛劳治水九年而被杀的鲧非常同情。他对鲧的独特的理解，与儒家是矛盾的、龃龉的，却与原始神话相吻合："鲧婞直以亡身兮，终然殀乎羽之野！""顺欲成功，帝何刑焉？"屈原从鲧的身上观照出了自己的影子。

但是越是被排挤、被疏远、被迫害,屈原却越是忠诚,"余固知謇謇之为患兮,忍而不能舍也",这正是屈原悲剧性格之所在。他的痛苦就在于他爱国,就产生于他心情的激烈矛盾之中。他性格中的复杂性,在他的胸膛里郁结了化不开的块垒。正是这种思想、性格的矛盾和复杂因素,正是这种痛苦感情,激起长诗中一层层的悲剧波澜。

《离骚》的结构像翻动的云,像飞涛卷浪的水,极尽顿挫之势、开阖之变、抑扬之态。使我们惊叹的是,屈原作为我国诗歌史上的第一个诗人,历史为他所积累的艺术经验并不多,而他竟能创造出如此高超的悲剧结构来,这一方面是因为屈原有着不凡的艺术禀赋,一方面也是得益于他自身悲剧性的生活感受。正如王逸在《离骚经序》中说的:"屈原执履忠贞而被谗邪,忧心烦乱,不知所诉,乃作《离骚》。"《离骚》的特定结构,源于表达屈原那种汹涌澎湃的感情和激越复杂的思想波澜的需要。

《离骚》的章法,粗看似乎很乱,累赘重复,这是没有进入作品意境的原因。刘熙载《艺概》说:"国手置棋,观者迷离,置者明白,《离骚》之文似之。不善读者,疑于此于彼恍惚无定,不知只由自己眼低。"又说:"《离骚》东一句,西一句,天上一句,地下一句。极开阖抑扬之变,然其中自有不变者存。"这个"不变者"究竟是什么?他没有说,而蒋骥在《山带阁注楚辞·楚辞余论》中说了。蒋骥说《离骚》"通篇以'好修'为纲领,以'从彭咸'为结穴。"蒋骥这两句话确是帮助我们理解《离骚》结构的一把钥匙。万变不离其宗,《离骚》通篇总是扣着好修,既坚持自己纯洁的美德,并希望大家都好修,从而实行美政,这是屈原的全部人生观和政治观。但他的理想却处处碰壁,他只有以死来保全自己的理想和信仰。《离骚》篇末以眷恋楚国而"从彭咸"为通篇之"结穴",突出了屈原热爱宗国的思想,这是全篇主题的归结。

《离骚》全诗可分为三大段。第一大段从开头到"岂余心之可惩",是对现实及诗人境遇的叙述。第二大段从"女媭之婵媛"到"周流观乎上下",写幻想中的求索,寻找自己的出路。第三大段是继续在幻想中向更高峰升腾,进行壮阔的远逝而最终骤然回到现实。我们试用如下的图来表示《离骚》的结构:

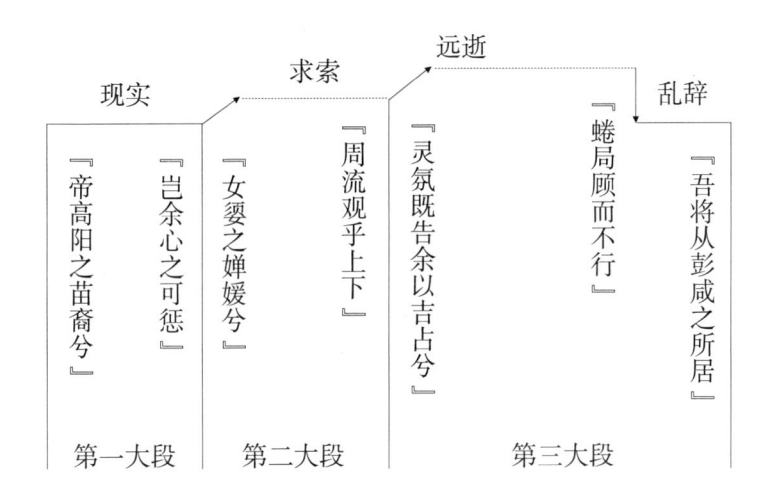

现实	求索	远逝		乱辞
「帝高阳之苗裔兮」「岂余心之可惩」	「女媭之婵媛兮」	「周流观乎上下」	「灵氛既告余以吉占兮」	「蜷局顾而不行」「吾将从彭咸之所居」
第一大段	第二大段		第三大段	

辩证地看，求索、远逝是对现实的否定，临睨旧乡是否定之否定，愈离开现实，却又愈接近了现实。全诗文词的重点在幻想，主题的重心却在现实，叩阍、求女、就重华陈辞、问卜、远逝，开了许多新路，最后都走不通。在这一个个小结构中，开始都柳暗花明，最后却山穷水尽。这样，幻想便成为现实的倒影，离地面愈远，映在水底的影子也就愈深。这种用幻想来写现实的美学方法是多么不凡啊！

下面，我们分三点来谈《离骚》的结构美。

第一，回旋流动美。

《离骚》结构的一个重要特征是回环往复，就像一个个流水的漩涡，它总是不肯一泻千里地直流而下，而是翻卷着、回旋着，缠缠绵绵地向前运动。这其实是屈原内心感情物化到艺术上的一种表现。结构上的回环往复，映现了诗人感情的回旋起伏。《离骚》在结构的过程中，无时不流动着诗人沉郁痛苦的感情。《史记·屈原列传》是认识到这一点的，因此它说："屈原既嫉之，虽放流，眷顾楚国，系心怀王，不忘欲返，冀幸君之一悟、俗之一改也，其存君兴国而欲反覆之，一篇之中三致志焉。"鲁迅《祝福》中的祥林嫂孩子被狼吃了，契诃夫《苦恼》中的马夫死了儿子，他们企图向周围的人叙说自己心事的叙述结构，便不同于常人。他们无不萌生了一种回环往复的抒情要求。不过，作为两个生活底层的劳动者，他们这种抒情是初级的、非艺术的，而屈原的抒情是高级的、艺术的，但他们之间有相通之处。

人们谈《诗经》中诗歌的章法艺术，经常谈到"复沓"的形式，这也是一种回环往复。我们可以把《诗》与《骚》的回环往复做一个比较。同是回环往复，《诗》与《骚》很不一样。《诗经》中的一大部分诗如《鄘风·桑中》《卫风·木瓜》《王风·采葛》《唐风·鸨羽》等，都是一种固定形式的反复；《离骚》则是情绪的回环，文气的回环。《诗》的回环是固体形式的重复，《骚》的回环则是液体或气体的，如水之旋流卷动，如烟云的氤氲缭绕。

第二，虚实相生。

清人方廷珪说《离骚》"自前至后，由浅入深，中有虚有实。有虚中实，实中虚"。全诗是从实境向虚境逐渐升腾，最后又骤然跌落到实境，中间云蒸霞蔚，虚实变化多姿多态。第一大段主要是实写，但在这部分，美人香草的象征手法用得很充分，这是实中有虚。第二大段是第一阶梯的幻境，向两千多年前的大舜去陈辞，这当然是虚写，但所陈的都是现实中萦绕在诗人心上的事。以月神望舒，风伯飞廉以及以雷师、凤鸟为仪仗的叩帝阍，更是虚境，而结论却是"世溷浊而不分兮，好蔽美而嫉妒"。济白水，登阆风，求宓妃，留二姚，这也是虚境，但临了说："闺中既以邃远兮，哲王又不寤。"又全回到了现实。第三大段役使龙凤，挥斥风云，行流沙，遵赤水，经不周，向西海进发，"屯余车其千乘兮，齐玉轪而并驰。驾八龙之婉婉兮，载云旗之委蛇。抑志而弭节兮，神高驰之邈邈。奏九歌而舞韶兮。聊假日以愉乐"。诗人好像已经完全从苦闷中摆脱出来了，他的意气多么高扬，情绪多么兴奋！这里达到了幻境的极峰,但就在这时,"忽临睨夫旧乡",又陡然跌落到现实中来。每次都以柳暗花明始,而又总以山穷水尽的实境终。上一次的苦闷实境,又生发出下一次的幻境来。全篇就是这样虚虚实实,虚实相生。

充沛的、流动着的感情,加上五彩缤纷的幻境描写,就使《离骚》成了很典型的浪漫主义作品。但是必须看到,浪漫主义并不是作家灵机一动想出的新点子,而是出于表达异乎寻常的生活感受的需要。司马迁在写《屈原列传》时,大概是用他自己的遭遇和体验去印证、阐发屈原的创作特色。他说:"夫天者,人之始也;父母者,人之本也。人穷则反本,故劳苦倦极,未尝不呼天也;疾痛惨怛,未尝不呼父母也。屈平正道直行,竭忠尽智以事其君,谗人间之,可谓穷矣;信而见疑,忠而被谤,能无怨乎?屈平之作《离骚》,盖自怨生也。"

这段话前半"人穷反本"的人性论,带着明显的封建色彩;而后半对《离骚》创作原动力的分析,却是十分深刻的。屈原有如此大的怨气,如此深的痛苦,如此强的愤懑,而又无可告语,这就是他创作的浪漫主义根源。元代作家关汉卿所写的杂剧《窦娥冤》中,窦娥蒙受了人间的奇冤。在奔赴刑场时便呼天叫地,那就是一股巨大强烈的怨气,从而产生了浪漫的抒情,发出了三桩誓愿。屈原写的《离骚》正是同样的道理。出于对现实和个人遭遇的悲剧感受以及这种感受的宣发欲,浪漫主义便应运而生。正如我们在上文分析的,《离骚》每写浪漫的幻境,就要造成现实的倒影,愈是进入浪漫的虚境，就愈能造成一个大的顿挫，愈表现出诗人的痛苦和对现实的悲剧感受。所以我认为：优秀的浪漫主义诗篇，不是太虚幻境中的无根仙草，而是从现实的土壤中萌生出来的嘉禾。

第三，大跌落的结尾。

《离骚》在临近结尾的时候。升腾到幻境的极峰。在这个境界中，色彩绚丽，气势雄壮，调子欢畅。但在突然之间，从天国望见了自己楚国的乡土，"仆夫悲余马怀兮，蜷局顾而不行"，一下子从幻境的最高峰，跌落到现实的最低处，就像是五音繁会的交响乐，正急管繁弦之时，突然"四弦一声如裂帛"，一下子阒然无声了。作品调子最后的归宿是掩抑伤悲，但在这之前却不断高扬。乐极生悲，欲抑先扬，待蓄足了势的时候，来了个骤然的大落，这个效果就是爆炸性的。

乱辞之前的四句诗写得太好了！这种效果，没有这几句深沉有力、摧脏糜肝的诗，是很难跌落下来的，是压不住这个阵脚的。这时候写"长太息以掩涕"啊，"沾余襟之浪浪"啊就不行了。真难为我们的诗人这时能写出如此力重千钧的诗来："仆夫悲余马怀兮，蜷局顾而不行！"把自己已经说尽了，再说不出什么新鲜话来了，于是却从身边的仆夫和马说来：不但仆夫伤悲，就连马也贮满着深深的怀恋之情，弓起脊背，难过得抽搐起来，至于屈原自己的心情，就不用说了。不说，这个悲你想象有多大就有多大，说出来反倒有限了。

西方悲剧注重崇高美，我国太古神话中的悲剧作品，崇高也是其主要倾向。《离骚》比起汉魏隋唐的悲剧作品来，毕竟去古未远，所以它仍然富于崇高美。

《离骚》的崇高美主要表现为以下几点：

其一，博大宏阔的境界。诗中写到幻想世界的时候，就像《庄子·逍遥游》那种意境，恢宏博大，给人以壮美。

其二，"九死未悔"的斗争决心。诗人反复表示，为了保持自己的节操，哪怕遭到体解也毫不动摇，充满了刚正之气。

其三，诗人还以鸷鸟自比。"鸷鸟之不群兮，自前世而固然"。鸷鸟鹰隼的形象，在美感方面具有崇高美的形态。在先秦，鹰就被用来形容英雄，《诗经·大雅·大明》描写伐商时的姜太公"维师尚父，时维鹰扬"，形容他像鹰一样威猛奋扬。屈原在与贵族集团的斗争中，的确堪以鸷鸟相比。

我国的悲剧文学，在神话之后，其美感形态不断发生着变异，不断地趋于丰富。《离骚》就体现着这样的趋向，它具有崇高美，同时也杂糅了其他美感形态。例如我们前面分析结构时谈到的回旋流动之美，虽与崇高美可并行不悖，但毕竟是有区别的两种美。又如王逸说"屈原之辞，优游婉顺"，这就指出了屈赋的含蓄婉约之美。这许多丰富的艺术美，都服务于诗人悲剧情怀的抒发，丰富了中国悲剧文学的风姿。

《离骚》还成功地运用了艺术折光和艺术变形。诗中描写诗人之所佩所食，都不以常情出之："扈江离与辟芷兮，纫秋兰以为佩"，"擥木根以结茝兮，贯薜荔之落蕊；矫菌桂以纫蕙兮，索胡绳之缅缅","制芰荷以为衣兮，集芙蓉以为裳"……这样的佩饰是叫人难以想象的。"朝饮木兰之坠露兮，夕餐秋菊之落英","折琼枝以为羞（馐）兮，精琼靡（糜）以为粻（粮）"……这样的食物也太奇特。但是这样所塑造出来的艺术形象却是独特的、有个性的、具有本质真实的。象征手法不同于比喻，比喻是表述中一种狭窄的类比；象征则有意境的延伸性，给读者留有广阔的感受领地。在西方，因为文学艺术以"再现"为主流，到二十世纪，象征手法才在一些现代文学流派中受到重视，而我国远在两千多年之前，屈原就熟练地运用了这种手法，这不过是他艺术折光变形中的方法之一。

在古希腊、罗马文学中，神话之后是史诗，再接着就是悲剧，悲剧仍以神话为素材。在屈原的悲剧长诗《离骚》中，也用了许多神话材料，但对神话素材的处理，《离骚》与希腊悲剧的处理是大为不同的。希腊悲剧以神话为"体"，只是对神话和史诗的一种发挥；屈原的《离骚》是以神话为"用"，是在长诗的抒情中把神话人物请到自己的生活中来或者自己暂时加入到神话中去，这种处理是非常大胆和奇特的。这种处理，实际上是一种寓言的形式，只有在这种寓言中，诗人才与神话中的人物神交神游。指出屈原作品中有寓言的第一个学者是刘师培，他在《美术与征实之学不同论》一文中说："有以寓言为文者，如庄、列、楚辞是也。"

《离骚》对神话材料的运用是信手拈来，随意挥斥，这和《庄子》是很相似的。庄周在《天下篇》自述他的创作时说："以谬悠之说，荒唐之言，无端崖之辞，时恣纵而不傥，不以觭见之也。以天下为沉浊,不可与庄(庄严)语。以卮言为曼衍,以重言为真,以寓言为广。"用这段话来描述《离骚》的作风,是非常恰切的。庄子用这样的文章说理,屈原用这样的文章抒情,这是他们的不同,而在"以天下为沉浊,不可与庄语"这一点上,他们则是相通的。无可告语,自广其意,便生出了这样的文风。但同是这样的文风,庄周体现了他的清高出世,屈原却在搏击现实的风浪,体现出无穷的伤悲和难以排遣的痛苦。

汉代乐府诗的悲歌大合唱

汉代的悲歌大合唱有很多声部，乐府诗、古诗十九首、苏武李陵诗、帝王后妃悲歌都是，这里我只谈乐府诗。

汉朝的典章制度是承袭秦朝的，因为秦始皇把书都烧了，没有别的可做依据，叔孙通为新皇刘邦定朝仪，主要还是以秦的故事为依据，其他如法律、郡县制等，也基本是秦的那一套。但是在文艺方面，汉代主要承袭的是楚的东西。这不是由人主观有意选择的，而是自然形成的，无论诗歌、音乐、舞蹈，都是荆楚的情调。音乐方面，西汉盛行楚声；舞蹈方面，长袖细腰的楚舞几乎统治了两汉四百余年；诗歌方面，主要是受楚辞也就是骚体的影响。姜亮夫先生认为乐府的渊源是楚辞，有一段很精到的论断，颇具眼力，他说："汉乐府变为五言，是由楚辞蜕变而来的。楚辞以五言为基础，加'兮'字。《诗经》以四言为基础，两句才是一个句子，但到乐府就没有了，很大的原因得力于楚辞。楚辞每句有动词，不像《诗经》，两句才有一个动词。汉乐府继承楚辞传统演变而来。中国文学自从有了楚辞，特别到了汉代，得到汉高祖的提倡，可以说，整个中国文学都楚化了，因为它适用于整个民族的语调。"

这里我要对姜先生的这段话做一个重要补充，这就是汉乐府不仅是继承了楚辞的句式，而且继承了楚辞的精神，即本文所论述的汉代乐府诗的悲剧化倾向。

就最具代表性的三位楚辞作家（屈原、宋玉和西汉的贾谊）的作品看，屈原的悲剧诗歌，不唯《离骚》，他的整个诗作，除了早期的《橘颂》外，《九章》《九歌》《天问》无不笼罩着悲剧气氛。宋玉的代表作是《九辩》，《九辩》对于暮秋天气的悲剧性感受，几乎感染了整个封建时代失意知识分子的情绪。贾谊的代表作《吊屈原赋》《鹏鸟赋》，调子都是悲苦愤懑的。汉代诗歌尤其是文人的歌唱，受楚辞这种悲剧精神的影响是很大的。乐府诗的大部分是民歌，也有少数民歌味很重的文人作品，如《西门行》《伤歌行》。民歌不可能不受当时整个时代氛围的影响。任何时代宫廷与民间、农村与都市、劳苦大众与读书人，在文化方面都是互相影响的，文人的诗作经常从民歌汲取养料，获得新的生命力；民间有时也很爱看上层国民的样子，受他们在习俗方面的影响。汉代不是有这样一首叫《长安谣》的歌谣吗：

城中好高髻，四方高一尺。

> 城中好广眉，四方且半额。
> 城中好大袖，四方全匹帛。

城里人把眉毛勾画得浓一点，到了郊区，眉毛就把半个额颅都占去了；城里人爱宽袖子，到了郊区就特别过火，一块料子买回来连裁都不裁，往肩膀上一缝就是袖子。

这是古代长安的风气。古今一揆，才改革开放那会儿，一兴喇叭裤，你看有些小地方的人显得更过火，穿一条盖住脚的裤子，走过去清洁工人连地都不用扫了；一兴长头发，有些农村的小伙子几个月不理发，头发把耳朵都盖住了。

诗歌也是一样的，民歌影响文人诗作，文士的诗歌创作同样影响民歌。所以汉代民歌的悲剧化倾向，一方面固然是社会现实中层出不穷的悲剧的反映；另一方面也是整个社会、整个时代诗歌创作和诗歌欣赏风尚使然。我们现在先谈一个问题：尚悲的汉代乐歌欣赏风。

一个时代有一个时代的审美风尚。二十世纪六十年代初，我集中阅读过一个时期汉代诗歌，有一个现象使我非常惊奇：两汉时期无论文人诗作还是民歌，调子差不多都是悲怆的。直到建安时代"三曹""七子"和蔡琰的作品还都是如此。两汉时期的诗歌，形成了规模宏阔的悲歌大合唱。据《汉书·礼乐志》载，汉武帝时设立乐府，"采诗夜诵，有赵、代、秦、楚之讴"。据常规，统治者是烦腻悲剧诗歌的，汉代乐府机构采集民歌，为什么偏偏专收集情调哀伤的诗呢？

带着这个疑问，我在许多年里都很注意收集这方面的史料。从积累的史料中，这个问题已基本有了答案，这就是：尚悲，是汉代欣赏乐歌的一种时代风气。西方美学家曾经探讨过一个问题：悲剧何以引起快感？何以能使人愉悦？我积累的这些中国史料说明，中国古代早已解答了这个问题，这在世界美学史上应当占有自豪的地位。

汉代乐歌的欣赏风习是尚悲。

下文通过史料从六个方面来探讨汉代诗歌尚悲这一问题。

其一，汉代的风气是痛苦的时候才唱歌，才即兴创作，才唱得精彩。据文字记载下来的材料看，很少有因为高兴而唱出好歌来的，一些有名的、传世的诗歌，都是在生离死别、极度痛苦的精神状态下创作出来的。例如项羽的《垓下歌》，刘邦的《楚歌》（"鸿鹄高飞，一举千里……"）和《大风歌》，少帝刘辩的《悲歌》《赵幽王歌》《燕刺王旦歌》，李陵的《别歌》，戚夫人的《永巷歌》《乌孙公主歌》等，都是悲歌慷慨。悲歌慷慨是中国乐歌的一种传统风气，学习中国古典文学不可不知。

上面列举的诸诗，都是在生离死别的悲苦感情下唱出的，有人会发出疑问：那《大风歌》呢？《大风歌》不是在刘邦衣锦还乡、踌躇满志的时刻唱出来的吗？这只看到这事件的一个方面。其实刘邦唱《大风歌》的时候，感情是十分复杂的，请看《史记》的原文：

> 十二年十月，高祖已击布军会甄，布走，令别将追之。高祖还归，过沛，留，置酒沛宫，悉召故人父老子弟，纵酒，发沛中儿得百二十人，教之歌。酒酣，高祖击筑，自为歌诗曰："大风起兮云飞扬，威加海内兮归故乡，安得猛士兮守四方！"令儿皆和习之。高祖乃起舞，慷慨伤怀，泣数行下。

刘邦由一个亭长起兵，经过半生的戎马生涯，才奄有天下，这时再回到故乡，青年时期的伙伴都成了壮年，自己的青春也已在马背上消逝，回想过去无拘无束的生活，已成了追忆中的往事。这多年正常人的生活、天伦之乐，一概都放弃了，想想人生历程，自己已到了黄昏，所以不能不"慷慨伤怀"，以至"泣数行下"。正如他自己说的："游子悲故乡，吾虽都关中，万岁后吾魂魄犹乐思沛。"既说到怀恋故乡，说到死亡，则见他此时的心绪是很悲凉的，是很动感情的，和当时其他诗歌名作的创作情况一样，《大风歌》也正是在慷慨悲歌中唱出来的。从以上的事例，我们很容易得到汉代乐歌欣赏尚悲的信息。

其二，王充的共同美理论。王充《论衡·自纪篇》说："美色不同面，皆佳于目；悲音不共声，皆乐于耳。"他在这里是谈美学的，而且是谈共同美的。他认为，一群美女站在那里，虽然面目各异，但都是好看的，都引起人的美感；而悲哀的音乐，一曲是一曲的悲法，但都是好听的。这里他从视觉和听觉两个方面标出两种美感对象的极致：一个是"美色"，一个是"悲音"。也许还有好看、好听的东西，但"美色"和"悲音"是典型、是极致，他认为这是无可争议的。

王充在同一篇文章中还说："盖师旷调音，曲无不悲；狄牙（易牙）和膳，肴无澹味。"这里又是将味觉的食味之美与听觉的音乐之美对举，在音乐方面，美感的最高标准仍然是"悲音"。在我们看来，作为一个杰出的音乐家，应该是既善于演奏悠扬、轻松、欢快的乐曲，也善于演奏低回、深沉、哀伤的乐曲，但王充却认为师旷之所以不失为一位被举世称道的音乐大师，就在于他只要一演奏乐曲就是"悲音"，就是低回、深沉、哀伤的调子，这才使得人们欣赏他的音乐艺术，就像吃易牙烹调出来的食羹一样妙味无穷。可见当时认为最美的音乐只能是悲哀的。

其三，这种审美风并非东汉才有，西汉初年即已形成。枚乘《七发》叙写吴客用"音乐""食味""车马""游观""畋猎""观涛""要言妙道"七项事来启发得病的楚太子。他在形容音乐的时候，当然是按照当时人的审美习惯，极力加以渲染，而要突出的调子和色彩，仍然是一个"悲"字："龙门之桐，高百尺而无枝……独鹄晨号乎其上，鹍鸡哀鸣翔乎其下。于是背秋涉冬，使琴挚（鲁太师）斫斩以为琴，野茧之丝以为弦，孤子之钩以为隐（纹饰），九寡之珥以为约（琴徽）。"这就是说，做琴的桐树，琴上的部件，整个都是用哀伤浸染出来的，按照当时人的唯心看法，这样的琴弹奏出来的乐曲，也一定是非常哀伤的。《七发》中吴客在描述了这样的音乐之后接着说："此亦天下之至悲也，太子能强起听之乎？"王充谈的是理论，枚乘描写的是具体的音乐形象，这里理论和实践相互印证，有力地说明汉代的乐歌欣赏风是尚悲的。

其四，张衡《南都赋》所描写的乐舞，与《七发》所描写的音乐，完全是同样的情调："结《九秋》之增伤，怨《西荆》之折盘……寡妇悲吟，鹍鸡哀鸣，坐者凄欷，荡魂伤精。"所谓"折盘"，就是折腰于盘间的意思。我们知道，刘邦为了排遣忧伤，曾对戚夫人说，你给我跳楚舞，我给你唱楚歌。而《西京杂记》记载戚夫人善为"翘袖折腰之舞"，这就是楚舞，楚舞的基本情调是哀伤的。这从《九歌》中看得很清楚，所以刘邦在戚夫人因为立如意为太子的计划失败而涕泣的时候，叫她跳楚舞，自己唱楚歌，这是因为楚歌楚舞的情调正好和他们这时的情绪是相吻合的。张衡《南都赋》中描写的悲剧乐舞，其歌曲是《九秋》，舞蹈是"七盘舞"，它们的情调如"寡妇悲吟，鹍鸡哀鸣"，其感染力可使"坐者凄欷，荡魂伤精"。

以上资料说明这几个意思：汉代的乐歌是尚悲的；楚歌楚舞情调是哀伤的；汉代承袭的是楚文化。

其五，上面我们谈的或者是理论家的见解，或者是辞赋家的描写，我们不妨再看一看汉代人的娱乐实况。刘昭注《汉书》曾引用过《风俗通》里的一段话（这段话在流行的《风俗通》里找不到）。这段话说："京师宾婚嘉会，皆作魁儡，酒酣之后，续以挽歌。"陈旸《乐书》说："梁商，大臣，朝廷之望也，会宾客歌《薤露》；京师嘉会，以魁儡挽歌之技为乐，岂国家长久之兆哉！"这就进一步坐实了宾会唱挽歌的人有梁商，所唱的具体歌曲有《薤露》。宾婚嘉会，娶媳妇，请朋友，在这样的场合唱《蒿里》《薤露》一类送葬歌，当然很不合适，应该说是犯忌讳的。现在谁结婚，在结婚仪式上绝不能安排说：第一项，奏哀乐！但因为当时的欣赏风习是尚悲的，唱别的歌曲总感到不过瘾，开始还注意着，不在人家过喜事的时候做些不吉利的事，说些不吉利的话，而待酒喝到八九成，失去了控制，一切礼法都在所不忌了，便唱起最能感人的悲歌来，于是在庆贺新婚的宴会上，连送葬歌也唱出来了。可见汉代尚悲的乐歌欣赏风达到了怎样的程度。

其六，马融《长笛赋序》所记述的一件事，是很值得我们注意的，马融说他自己听了洛客以笛吹《气出》《精列》两支相和歌，"甚悲而乐之"。这句话，初看似乎矛盾，"悲"与"乐"是一对矛盾，是感情的两个极端，听了"悲"曲却能"乐"起来，这话在逻辑上不是有毛病吗？不然。这其实就是一些西方美学家如叔本华等提出来的"悲剧的乐感问题"。因为汉代欣赏乐歌以悲为美的最高标准，马融听音乐当然也受着这种审美习尚的制约，越悲的乐曲，他才越感到满足，越能过瘾，他听了《气出》《精列》这样的悲曲，何尝不悲伤，感动既深，也会流下眼泪来，这便是一种最高境界的精神享受，所以也就达到"乐"的欣赏效果，"悲"与"乐"这对矛盾也就这样得到统一了。

"文章关世运"，弄清了汉代的乐歌欣赏风，我们对于体认汉代乐府诗的悲剧倾向，就有了一个基础，看问题就会深入了。

现在我们把汉代乐府诗中的悲剧诗归纳为四类，分别进行一些美学分析。这四类诗是：（1）对宇宙、人生进行悲剧性思考的诗。（2）反映社会悲剧的叙事诗。（3）离乡背井的悲苦之音。（4）悲剧寓言诗。这四类诗，就组成了汉代乐府诗悲歌大合唱的四个声部。

先谈对宇宙、人生进行悲剧性思考的乐府诗。

前面已经提到了宾婚嘉会酒酣时唱的挽歌——《薤露》和《蒿里》。《薤露》《蒿里》是古老的送葬歌，不是汉代的创作，但因为乐歌崇尚悲哀，这两首歌就受到重视，被采入乐府，得到流传。《乐府题解》根据杜预对《左传》的注文，认为丧歌始于春秋时代，而崔豹《古今注》则说得比较肯定和具体，认为《薤露》《蒿里》是田横门人所作，那便是秦汉时代的作品了。我估计这是一种附会，因为从诗本身的内容特别是《蒿里》的内容看来，根本不是歌唱田横的。这可能因为田横及其部下五百人的集体自杀覆亡，本身就是一幕惊心动魄的悲剧，所以人们便把哀伤的挽歌附会到他们的身上去。秦末楚汉纷争的时候，韩信打败了齐王田广，田横便自立为齐王，刘邦灭了项羽后，田横率领五百人逃到海岛上，刘邦派人招降田横说："田横要能来归附，大者封他为王，小者也可封侯；如不归附，就要派兵去剿灭！"田横与使者动身去见刘邦，但走不到三十里，转念一想，原来我和刘邦一样南面称王，现在为什么却要北面事之，于是便自杀而亡。他的五百名部下听到这个消息，便在海上集体自杀了。《古今注》说："《薤露》《蒿里》，并丧歌也，本出田横门人。横自杀，门人伤之，为作悲歌，言人命奄忽，如薤上之露易晞灭也，亦谓人死魂魄归蒿里也。"《古今注》的这个说法对后世影响很大，但这个说法有明显的破绽。这两首诗说的根本不像田横的事，而是人人都可以用的挽歌，就像殡仪馆的哀乐。早在楚辞《宋玉对楚·王问》中就说："其为《阳阿》《薤露》，国中属而和者数百人。"这说明《薤露》是楚歌，也是汉代演唱的乐府诗，这正好对我们前面说的汉代乐府诗的艺术精神渊源是楚歌，是一个极好的佐证。

《古今注》又说："至孝武时，李延年乃分二章为二曲，《薤露》送王公贵人，《蒿里》送士大夫庶人，使挽者歌之，亦谓之挽歌。"这可能是真话，可见此二曲是送死者时人皆可用的歌曲，不是专言田横事的。

现在来看这两首歌曲的歌词：

> 薤上露，何易晞！
> 露晞明朝更复落，
> 人死一去何时归！？

"落"，留存也，坐存也。《离骚》："夕餐秋菊之落英。""落英"即留在枝干上的未掉的花。俗语"落此下场"之"落"，即此义。

蒿里谁家地，

聚敛魂魄无贤愚。

鬼伯一何相催促，

人命不得少踟蹰！

《玉篇》："蒿里，黄泉也，死人里也。"黄节《汉魏乐府风笺》：《礼记·内则》注："薧，乾也"，盖死则槁乾。勋按：关中方言将湿物风干称"蒿"，此使动用法。

《薤露》主要用比兴，由草上露珠的短暂，引出对人生短促的浩叹和思考。后两句七言是带着深思的议论，笔锋逆向做一波澜，把悲哀的意绪推向更深一层。草上的露水虽然干了，到明天早上会再次出现，而人一死去什么时候再能活过来呢！

古人作文，常用这种笔法，有时似乎把话已经说绝了，然而却能在这个洪峰上顺笔一转，做出另一波澜，使文意朝递进方向发展到极峰。如元杂剧《金钱记》："这娇娃，是谁家？寻包弹觅破绽敢则无纤掐，似轴美人图画——画出来怎如她！"《汉宫秋》："绿纱窗，不思量"，"不思量，除是铁心肠，铁心肠也愁泪滴千行！"

《蒿里》主要用"六义"中的"赋"，但客观的描写中却有着人生哲理的思考："聚敛魂魄无贤愚"，不管贵者贱者，贤与不肖，都逃不脱死亡这一关，魂魄到蒿里来集合。后两句七言，是无可奈何的、哀婉的慨叹，犹如俗语说的"阎王叫你三更死，怎敢留人到五更!"

作为挽歌,本来有许多东西可写,而《薤露》《蒿里》却仅仅写了对人类生命短促、死亡不可逃避这一奥秘的困惑、思考、探寻、哀伤。这短短的两首诗,可以典型地代表汉乐府诗中那些对宇宙人生的悲剧性思考的诗歌。

这类诗还有《怨诗行》:"天德悠且长,人命一何促!百年未几时,奄若风吹烛。嘉宾难再遇,人命不可续。齐度游四方,各系太山录。人间乐未央,忽然归东岳。当须荡中情,游心恣所欲。"天德,即天性,天地本性。汉人以宴宾为乐,如孔融说:"座上客常满,樽中酒不空,吾无忧也!"故以嘉宾难遇为伤。齐,等齐。度,度日。齐度,就是一同度日的意思。太山就是泰山,亦即下文的东岳,阎罗殿之所在。"太山录"犹言阎王生死簿。荡,放宽的意思。这两句相当现在人说的"潇洒"。

对人类生命短促的悲剧思考,总是与对宇宙天地和时间无限性的认识联系在一起的,在其大无外的宇宙和无始无终的时间里,人的生命就显得特别短暂,人生百年如"白驹之过隙"(庄子语)。这首诗的开首两句就把这种"长"和"促"两相对比,天地的悠长,更无情地衬托出人生的短促。乐府诗对这个问题的理性结论,差不多都是颓废的——及时行乐,"恣所欲",放开享受。这证明这些诗是士大夫的作品,劳动者为养家糊口辛勤劳作,颓废情绪跟他们是绝缘的。

《伤歌行》:"昭昭素明月,辉光烛我床。忧人不能寐,耿耿夜何长！微风吹闺闼，罗帷自飘扬。揽衣曳长带，屣履下高堂。东西安所之？徘徊以彷徨。春鸟翻南飞，翩翩独翱翔。悲声命俦匹，哀鸣伤我肠。感物怀所思，泣涕忽沾裳。伫立吐高吟，舒愤诉穹苍。"《古乐苑》说："《伤歌行》，侧调曲也，古辞伤日月代谢，年命遒尽，绝离知友，伤而作歌也。"这首诗中抒情主人公在静夜里对自然事物的观览，更为广泛细微，思绪更为深沉，因为伤人生的短暂，明月、微风、春鸟引起的都是悲感。

颓废情绪左右了人，尽管纵情享乐，强颜欢笑，但忧愁还是像影子一样跟定他们，他们是无法从痛苦中解脱出去的。《西门行》就表现了汉代文人的这种精神状态："出西门，步念之：今日不作乐，当待何时？逮为乐，逮为乐，当及时，何能愁怫郁，当复待来兹？酿美酒，炙肥牛，请呼心所欢，可用解忧愁。人生不满百，常怀千岁忧。昼短苦夜长，何不秉烛游！游行去去如云除，弊车羸马为自储。"李白对这诗中的主张也颇认同，曾说"浮生若梦，为欢几何，古人秉烛夜游，良有以也"。

在这类诗中，有一首《长歌行》，特别难能可贵。同样是对宇宙人生的思考，却引出极不一样的结论。少壮努力的观念是积极的、健康的，所以常常被人们当作座右铭：

青青园中葵，朝露待日晞。
阳春布德泽，万物生光辉。
常恐秋节至，焜黄华叶衰。

> 百川东到海，何时复西归？
>
> 少壮不努力，老大徒伤悲。

把这首诗与《薤露》对照来读，是十分有趣的。《薤露》从朝露易晞得出悲剧的、伤感的结论；《长歌行》偏着一"待"字，朝露就是要叫它干去，因此对太阳不是恐惧，而是看到它给万物带来生命和青春活力。

这种对宇宙、历史、时空和人生的思考，代代有诗，而总是带着几分悲剧色彩，起码有一股淡淡的哀愁。这种悲感的色调及其浓淡便和时代及诗人的境遇有着血肉的关系。

初唐刘希夷的《代悲白头翁》"年年岁岁花相似，岁岁年年人不同"，张若虚的《春江花月夜》"人生代代无穷已，江月年年只相似"；盛唐李白的《把酒问月》"今人不见古时月，今月曾经照古人"；中唐李贺的《浩歌》"王母桃花千遍红，彭祖巫咸几回死"，《古悠悠行》"海沙变成石，鱼沫吹秦桥"，《苦昼短》"吾不识青天高黄地厚，唯见月寒日暖，来煎人寿"；苏东坡的《水调歌头·明月几时有》；《红楼梦》中的《葬花辞》……都是对宇宙、人生带着伤感的哲学思考，而汉乐府中的《怨诗行》等诗，就是其后历代这类诗的发轫之作。

以上我们谈的是汉代悲剧诗中的第一类诗：对宇宙、人生进行悲剧思考的乐府诗。现在接着谈第二类诗——反映社会悲剧的叙事诗。

这部分我们共介绍五首诗：《东门行》《孤儿行》《妇病行》《十五从军征》《上山采蘼芜》。这五首诗都是叙事诗。汉代乐府民歌中真正的民歌，差不多都是叙事诗，这是我国诗歌在历史发展中一个十分值得注意的现象。《诗经》中的叙事诗，所占的比例很小，唐代以后叙事诗更是少得可怜，只有汉代，叙事诗显得异常发达。

在西方，叙事文学从一开始就占主导地位，神话之后是史诗，史诗之后是悲剧、喜剧和小说。西方从文学到艺术都是"再现性"的，客观地描绘现实事物的过程和外貌；而中国的文学艺术在宋元以前基本上都是"表现性"的，宋元以后再现文学才从民间崛起，小说、戏剧才成为文艺主流。而在西方恰恰相反，一直到近代，随着资本主义发展到帝国主义阶段，表现性的文学艺术才抬头，形成了众多的现代流派。所以从文学的描写方法看，中西的发展走向是逆向的：我们是从表现到再现，他们却是从再现到表现。

就在我国文学发展过程中，在整个民族文学中再现文学成为主流之前一千多年的时候，再现文学曾经从民歌中勃发，而且势头很强，创作了像《孔雀东南飞》《木兰辞》这样长幅的不朽名篇，但其后再现文学还是被表现文学压了下去，直到一千一百年之后，才随着市民阶层的产生，以更凶猛的势头在更广泛的领域内滋长起来，随之发展壮大，终于占据统治地位。

我们今天讲的这五首反映社会悲剧的叙事诗，就是汉代再现文学在民间奇异抬头中所产生的作品。

这五首诗又可分为两组。前三首属"相和歌"中的"瑟调曲"；后两首中的《十五从军征》属"横吹曲"，《上山采蘼芜》被《太平御览》称为"古乐府"，而《玉台新咏》归入"古诗"。两组诗从形式到风格都不相同，所以应当把它们分为两组来讲。

从《东门行》《孤儿行》《妇病行》（我们把它们合称"三行"）三首诗中，可以感受到一股强烈的时代性的悲剧气氛，看到无法生活下去的劳动者中潜藏的反抗怒气，并透过这几出家庭悲剧，折射出造成这些悲剧的罪恶的社会背景，听到下层被压迫者的微弱呼声。

我们现在来看这三首诗。

东门行

出东门，不顾归；来入门，怅欲悲。盎中无斗米储，还视架上无悬衣。拔剑东门去，舍中儿母牵衣啼："他家但愿富贵，贱妾与君共铺糜。上用仓浪天故，下当用此黄口儿——今非！""咄！行！吾去为迟。白发时下难久居！"

这是一首很好懂的白话诗，不过有两个地方我有点新的体会。

一个地方是"怅欲悲"。诗中的主人公进门后，慢慢看着家中的景况，瓮里没有米面，架上没有剩余的衣裳，看着看着，先是怅恨涌上心头，这种情绪越来越发展，悲痛之情不能自已，就达到"上腾"的程度了，于是"怅欲悲"——由怅恨而至于悲愤了。

再一个地方就是"今非"两个字应与"上用""下当"两句一口气连起来读，不然这两句就是半句话，没有着落。这两句是说"今非"的理由的。不是凭空下判断说"今非"，而是以上两句作为前提。用，以也，因为的意思。串讲起来就是"头上因为有青天，下边因为有吃奶的孩子，所以你现在的行为是不对的"。

《东门行》是相和歌中调子最悲壮激昂的一首诗。我们想，一个三口之家，幼儿还正在襁褓中，小两口结婚也不过两三年光景，按说日子应该是和美的。但是他们尽力劳作，还是弄到盎无斗米，架无悬衣。日子无法过下去，逼得男子要铤而走险，家庭中于是起了一场风波。女主人劝丈夫勒紧裤带喝稀粥忍着活下去，丈夫执意要去触法网，毅然拔剑而去。通过这场家庭风波，我们似乎看到了绿林赤眉铜马或黄巾起义时社会的缩影。这位丈夫的形象是有悲剧的崇高感的，他的下场肯定是悲剧性的。

孤儿行

孤儿生，孤子遇生，命独当苦。父母在时，乘坚车，驾驷马。父母已去（亡），兄嫂令我行贾。南到九江，东到齐与鲁。腊月来归，不敢自言苦。头多虮虱，面目多尘（土）。大兄言办饭，大嫂言视马。上高堂，行取（趣，同趋）殿下堂，孤儿泪下如雨。

使我朝行汲，暮得水来归。手为错，足下无菲（草鞋）。怆怆履霜，中多蒺藜。拔断蒺藜肠肉中，怆欲悲。

泪下渫渫，清涕累累。冬无复襦，夏无单衣。居生不乐，不如早去（死），下从地下黄泉。

春气动，草萌芽。三月蚕桑，六月收瓜。将是瓜车，来到还家。瓜车反覆，助我者少，啖瓜者多。愿还我蒂，兄与嫂严，独且急归，当兴较计。

乱曰：里中一何诡诡（喧闹）！愿欲寄尺书，将（拿、持）与地下父母：兄嫂难与久居！

在诗的描写中我们不好理解的是"行贾"，心想，这就像当今的采购员，走南闯北，坐高铁周游全国，吃香喝辣，住四星级酒店，这还不美？实则"行贾"在汉代是商业奴隶的营生。《后汉书·舆服志》有"贾人不得乘车马"，《史记·货殖传》有"行贾，丈夫贱行也"。

孤儿在父母在世时，因家庭富裕，便是一个公子哥儿；待父母一下世，长子享有继承权，孤儿就被兄嫂变成不挣钱的奴隶了。他被折磨得满头虮虱满脸尘垢，干裂起皮的手掌就像粗糙的石头一样。即使在下霜的深秋，他仍得打赤脚，连一双草鞋也穿不上，致使蒺藜刺进肉中，使他"怆欲悲"。"怆欲悲"与《东门行》中的"怅欲悲"的句式一样，由怆痛而至于胸中伤悲，涕泪长流。沈德潜在《古诗源》中评论这首诗说《孤儿行》是"泪痕血点，结掇而成"。

《东门行》是穷人家的悲剧；《孤儿行》是富人家家庭变故分化

中所产生的悲剧。

妇病行

妇病连年累岁，传呼丈人前一言，当言未及得言，不知泪下一何翩翩："属累君两三孤子，莫我儿饥且寒。有过甚莫笞答，行当折摇（夭），思复念之！"

乱曰：抱时无衣（外衣），襦复无里。闭门塞牖，舍孤儿到市。道逢亲交，泣坐不能起。从乞求与孤买饵。对交啼泣，泪不可止："我欲不伤悲不能已！"探怀中钱持授交。入门见孤儿，啼索其母抱，徘徊空舍中。行复尔耳！

弃置无复道！（此句乐工语）

这又是一个家庭悲剧，和前两个家庭的情况都不同。夫妻已生下了两三个孩子，生活的担子太重，母亲承受不了，已被压得生命垂危，剩下父亲领着一群儿女，衣不蔽体，又饿着肚子，想到市上给孩子买一点糕饼，还得靠向别人讨钱去买。我们想象，这几个孩子肯定活不下去，得跟他母亲一同去走黄泉路。所以说"行复尔耳"，势必得这样。

《柳亭诗话》说："《妇病行》《孤儿行》二首，虽参差不齐，而情与境会，口语心计之状活现笔端，每读一过觉有悲风刺人毛骨。"这一方面是看到这首诗的悲剧感染力，另一方面也进一步指出这些悲剧诗激越、悲愤、强烈的艺术风貌。

这是我们讲的悲剧叙事诗中第一组诗的特点。第二组虽同为悲剧叙事诗，风格则有所不同。

十五从军征

十五从军征，八十始得归。道逢乡里人："家中有阿谁？""遥看是君家，松柏冢累累。"（略去回家过程）兔从狗窦入，雉从梁上飞。（狗喜食兔，见兔入狗窦，明其并狗亦无之。俗谓野鸡入宅不打亦死，今则飞栖梁上，明其屋中无别于草野也。）中庭生旅谷，井上生旅葵。舂谷持作饭，采葵持作羹，（旅，野生。顺手采而可食，明其无人迹也。）羹饭一时熟，不知贻阿谁。出门东向看，泪落沾我衣。

这首诗与上边三首的风格迥然不同，所不同的就是尽量使诗作者的主观感情靠后，而着力于客观事物的叙写。而在这些叙写中却空出了好多东西，言外之意很丰富。显然写作技巧是比"三行"提高了一步。"三行"差不多句句把悲和愤都写出来，而《十五从军征》则把"悲"都压缩到暗处，一切都不明写出来，只是在最后说"泪落沾我衣"，这是马致远《天净沙》那种手段。

"十五"从军征，"八十"始得归。诗人完全不做主观的哭喊，只是很客观地摆事实，"十五""八十"这两个数字放到一起一对照，一联系，本身就足以使人触目惊心。

按说在这样的战乱年代，吃一顿饱饭是很不容易的，诗中人肚子不知饿了几天了，做熟了饭，他该是狼吞虎咽地吃起来了吧，然而他没有，他想让人和他一块来吃，因为他太寂寞了。这顿饭要是能和家人一起吃该多好，然而他少年从军，垂老还乡，父母早已长眠地下，族中人在战争中也不知逃往何方，这个宅子此时是何等荒凉，他对着饭怎么能下咽呢！多年离乡的人，战乱中的人，最知道相互照顾，同舟共济，所以送饭给别人，哪怕是不相识的路人也好，这样就能使人心情好受一点，而最可悲的是"不知贻阿谁"。想送人饭吃而找不到对象，这种悲就是一种非常深的、大的、难言的悲，是一种连眼泪也流不出的悲。

为什么说"出门东向看，泪落沾我衣"呢？从许多汉乐府诗句中可以感到，"东"这个方向，在当时一定有文章。"出东门，不顾归；来入门，怅欲悲""洛阳城东路，桃李生路旁""平陵东，松柏桐，不知何人劫义公""东方千余骑，夫婿居上头""驱车上东门，遥望郭北墓""步出城东门，遥望江南路"……望郭北墓为什么不出北门而上东门？望江南也是出东门。这个道理我至今没有想出来，同学们将来可以研究这个问题。

上山采蘼芜

上山采蘼芜，下山逢故夫。长跪问故夫："新人复何如？""新人虽言好，未若故人姝。颜色类相似，手爪不相如。""新人从门入，故人从阁去。""新人工织缣，故人工织素。织缣日一匹，织素五丈余。将缣来比素，新人不如故。"

过去对这首诗，文学史家都偏重于认为本诗主要是对故夫市侩面目的揭露，认为这个故夫是一个财迷，心中只有缣素而没有人，看不到人的价值。其实好好琢磨一下故事发生的时代背景和社会环境，好好品一下人物对话中的弦外之音，细细感受一下诗中透出的气氛，也许会对原来那种看法产生怀疑。从诗中人物对话的内容和口吻看，这位被休弃的少妇和她旧日的丈夫之间，并没有什么嫌隙和怨恨，反而透露出一股脉脉的怀恋之情。好好的一对夫妻为什么被拆散了呢？令人思索。看来恐怕也是像焦仲卿和刘兰芝那样被分开来的。一对有感情的夫妻，被家长拆开，妻子被休弃，但少妇们不会都像刘兰芝那样刚烈。《上山采蘼芜》这一对夫妇对封建宗法势力的迫害看来是逆来顺受了，他们把鸳鸯遭棒打的怨苦和着眼泪咽进了肚子。这个少妇温厚而懦弱，这个"故夫"也比焦仲卿麻木。但他们的命运同样是悲剧性的。

上面我们讲的这两组诗，前一组激越慷慨，后一组深沉平和；前一组叙事中的抒情味很浓，主观感情腾跃在字里行间，后一组偏于客观叙写。在语言形式上还有一个区别，就是前一组是杂言，后一组是五言。从这里我们就可以看到汉代诗歌发展流变的某些规律。

民歌在汉初是楚辞那样的杂言，后来五言诗不断成熟。先是删去了"兮"字，后来杂言就为五言所代替。在风格上也由朴野趋于深沉含蓄。汉高祖所唱的《鸿鹄歌》，明明说是楚歌，却没有"兮"字；戚夫人的《永巷歌》也是楚声，却也无"兮"字。我曾经怀疑其中的"兮"是不是被写定的人删去了，开始不能肯定，后来读宋人郭茂倩《乐府诗集》，见"相和歌辞三"中的一首《陌上桑》实际上就是楚辞《九歌》中的《山鬼》，只不过删去了诗中所有的"兮"字而已。

从杂言变为五言，我们也可以从古籍中找到实证。"相和歌"中有一首《艳歌何尝行》，原诗前半首是这样的：

飞来双白鹄，乃从西北来，
十十五五，罗列成行。
妻卒被病，行不能相随，
五里一反顾，六里一徘徊。
吾欲衔汝去，口噤不能开；
吾欲负汝去，毛羽何摧颓。

而到了《玉台新咏》中，则成为整齐的五言，非五言的四句改为"十十将五五，罗列行不齐。忽然卒被病，不能飞相随"。

李延年的《北方有佳人》最后两句本来是"宁不知倾城与倾国，佳人难再得"，到了《玉台新咏》中成了"倾城复倾国，佳人难再得"，这是杂言向五言流变的又一个实例。

上面五首诗都是叙事诗。叙事诗在《诗经》时代（约公元前十一至前六世纪）就不发达，像《生民》《緜》《公刘》这些"大雅"中的叙事诗，叙事方式都很板滞，质木无文，缺乏流动的风采。汉代的叙事诗不断发展、成熟，艺术水准也不断提高。

叙事诗的结构特别重要。我们上面讲的五首叙事诗都很讲究章法结构，呈现着多变的结构姿态。《东门行》在交代了环境气氛和人物关系之后，主要篇幅用于写对话；《上山采蘼芜》也是这样，通过对话塑造了诗中男女主人公的性格。《妇病行》是很见剪裁功夫的，它没有啰里啰唆地去写病妇"连年累岁"的害病过程，病妇一出现在读者面前，已经弥留，口述她的遗嘱，之后诗篇重点写丈夫"与孤买饵"的前后经过，使读者感受到这样的鳏夫孤儿，衣食无着迟早要跟病妇走到一条路上去。《孤儿行》的结构与前两篇都不同。它选取了孤儿行贾归来、赤足汲水、收瓜翻车三个事件，来表现孤儿的悲惨处境。行贾归来是岁末，赤足汲水是深秋，收瓜翻车是盛夏，总之一年四季孤儿都没有喘息的空闲。

可以这样说，在结构方面《东门行》是不自觉地用了电影蒙太奇手段。我们可以原封不动地把它作为一个电影文学剧本，拍出很精彩的电影片段来。它可以分成五个镜头，一个一个镜头衔接得很紧：

出东门，不顾归：背影，远景（化）

来入门，怅欲悲：中景

盎中无斗米储：特写（摇）

还视架上无悬衣：特写

拔剑东门去，舍中儿母牵衣啼：近景

以下是激烈撕扯中的对话。

《妇病行》是戏曲的结构，是一场接一场的。三场戏第一场是病妇的临终诀别，是过场戏；第二场"与孤买饵"是主戏；第三场回到家的叹息，是收尾戏。

《孤儿行》写了不相连属的三件事，每件事各用一个韵独立开来。在这里，"韵"起了"幕"的作用，所以我们说它是三幕剧，用的是话剧的结构。

叙事诗一定要善于塑造人物，这是检验一首叙事诗成功与否的重要标志。这五首诗塑造人物的功夫都是相当出色的，往往几笔就勾染出活泼泼的人物来。《东门行》中的妻子拉住丈夫的衣襟苦苦劝阻，劝不动时又搬了苍天和黄口小儿来感动丈夫，处处表现着她那善良小心的女性性格；丈夫则是一个急风暴雨式的刚性男子形象。《妇病行》中病妇弥留时舐犊情深，难割难舍，永诀的眼泪潸然而下，谆谆嘱咐丈夫要爱护儿子，人类母爱的天性在她离开人世之际，越发表现得巨大而强烈。当顺便写到婴儿时，只"啼索其母"四个字，便把一个未谙人事的赤子活画出来了。《孤儿行》写孤儿在瓜车翻覆时手脚无措，大喊"愿还我蒂"以及要给黄泉下父母捎书等细节，虽皆素描之笔，却绝妙地表现了这个老诚少年压抑变形了的性格。《上山采蘼芜》只用对话，就把一个被休少妇的温厚婉顺写得那么充分。

在汉代乐府诗的悲歌大合唱中，还有一个重要的声部，就是离乡背井的悲苦之音。汉时由于战争和社会动荡，许多人羁旅异乡，不能回家，这就产生了这类诗。

古诗

步出城东门，遥望江南路。
前日风雪中，故人从此去。
我欲渡河水，河水深无梁。
愿为双黄鹄，高飞还故乡。

这是一个流落在北方的南方人，回不了家乡，"远望当归"唱出的悲歌。诗中有一个字，我有不同的解释。这个字就是"去"字，"前日风雪中，故人从此去"。"去"是死去的意思。《孤儿行》中有这种用法："父母已去，兄嫂令我行贾"，"不如早去，下从地下黄泉"，"去"都是死去的意思。同时在此诗中也可找到反证，诗中说："我欲渡河水，河水深无梁。"河水既深，又无桥梁，根本无法渡过，说明"故人"压根儿就没有渡河还乡，说"去"就是一般说的"走了"。再者诗最后还说"愿为双黄鹄，高飞还故乡"，就是愿意跟故人双双死去，化鹄飞回故乡。

《古歌》也是这类悲歌中的出色篇什。

> 秋风萧萧愁杀人，出亦愁，入亦愁，座中何人，谁不怀忧，令我白头。胡地多飙风，树木何修修。离家日趋远，衣带日趋缓，心思不能言，肠中车轮转。

这首诗的意境深沉、浓重，莽莽苍苍。开头一句有情有景，一下子就感染了读者情绪。清末女英雄秋瑾的绝命诗只有一句——"秋雨秋风愁煞人！"就是从《古歌》的头一句化出来的，把对国家民族的担忧，对壮志未酬的憾恨，对人生的留恋，对家人、同志的怀恋……千愁万绪都浓缩到了其中。其实对一个革命者来说，在与世长辞时也只有如此浓缩啸吟，方能以少胜多。战国秦汉诗歌的句式很古朴，《孤儿行》"将是瓜车，来到还家"；屈原《离骚》"览相观于四极兮，周流乎天余乃下"，一个宾语冠三个动词；《古歌》的"座中何人，谁不怀忧"，让现代人写，似乎改为"座中之人，谁不怀忧"句子才顺，但就没有原诗那个味了。"令我白头"，忧愁至极则须发突白。伍子胥过昭关，一夜白头，所以《东门行》说"白发时下难久居"。

还有另一首《古歌》只有四句：

> 高田种小麦，终久不成穗。男儿在他乡，焉得不憔悴！

这首诗的比兴用得很好，清人张玉縠《古诗赏析》说："他乡最易憔悴，说得极直捷，而其故（原因）却未说破，又极含蓄。"

沈德潜《古诗源》说："兴意若相关若不相关，所以为妙。"小麦种到高山顶上，很难结穗，或因气温太低，或因土质瘠薄，或因山高风劲，人在他乡颇如麦种高山，诗中不说破，意蕴就比说破更丰富。

在汉代离乡背井的悲苦之音中，《悲歌》也是很有名的一首，朱乾《乐府正义》说这首诗"词极凄楚"。

悲歌可以当泣，远望可以当归。思念故乡，郁郁累累。
欲归家无人，欲渡河无船。心思不能言，肠中车轮转。

流落异乡的人不能回到家乡去，因而望着故乡的方向，权当回了一次家。这个"当"字用得沉痛。说"当"，实际不能当。不能回家如果异乡有许多知己，大概日子会好过一些，起码可以在极度苦闷时对着他哭一哭；而现在举目无亲非常孤独，连痛痛快快哭一场也不能够，于是权以悲歌当哭，这种痛苦就更深了一层。朱止谿说："声若可传，虽痛不悲，此无声之哀也。""欲归家无人"，《十五从军征》一诗可做注脚。回家不易，就是能回去，家里也没有人了，何况还回不去。

"心思不能言"的"思"字，要特别注意，思不是思考思念的意思。不是个动词，而是个形容词。余冠英注"思"为"悲"，我觉得是有见地的。《妇病行》"行当折摇，思复念之"，如果把"思"训为一般的思字，那就和"念"重复了。这两句是说，将要绝命的时候，在悲哀中又想到几个不懂事的孩子。《长歌行》"远望使心思，游子恋所生"，"思"理解为形容词，更文从字顺。"心思不能言，肠中车轮转"是说心里有悲痛却说不出来，要抒发出来又找不出适当的语言，也没有说的对象，内心不断翻腾。这使我们想起契诃夫小说《苦恼》中那个马夫，他死了儿子，心里也是"郁郁累累"，又无可告语，"心思不能言"，最后只好说给不懂人言的老马，这就很有悲剧性了。

最后我们看一看汉乐府诗中的悲剧寓言诗。

我国的寓言诗，可以追溯到《诗经》。《魏风·硕鼠》通篇是申斥老鼠，而未容老鼠说一句话，这种将动物人格化的写法，不同于一般文学修辞的拟人化，而是半写实却有寓言倾向的作品。《豳风·鸱鸮》就完全是寓言诗了。一只小鸟向猫头鹰哀告："鸱鸮鸱鸮，既取我子，无毁我室！"通篇陈述它为了育子和营巢曾付出多大的辛劳和血汗，乞求得到怜悯。这显然是社会人事一种变形的映现。

到了汉代，类似于《硕鼠》的诗还有，类似于《鸱鸮》的诗就更多了起来。前者如铙歌中的《战城南》；后者如铙歌中的《雉子班》，相和歌中的《乌生》《艳歌行·南山石嵬嵬》《艳歌何尝行》《豫章行》，杂曲中的《蜨蝶行》《枯鱼过河泣》等。

这些寓言诗，腾跃着一股浓郁的浪漫主义气息，鱼、鸟、树木、昆虫被赋予了人的思想、性灵、感情和语言。这些作品并不是别出心裁的游戏文字，而是诗人感到他所经历的人生悲剧和感情痛苦，以及从而体验到的某种情思和美学感受，仅靠写实的笔墨已经不能充分地、鲜明地得到宣泄和表现了，只有以一种不寻常的、奇异的、警策的艺术形态，才能承载和容纳这些丰富的感受内容，这就是寓言诗产生的现实动力和艺术根源。通过这些以鸟兽虫鱼为人物的诗歌，表现了被压迫者深思了自己的苦难处境，对压迫者进行了血泪的控诉。

《战城南》是类似于《诗经》中《硕鼠》那样的半寓言性作品。它是杂言，可能是汉乐府诗中较早的作品，当时也许寓言作品还不太多，从这首诗中可以看到一般写实作品向纯粹寓言作品过渡的痕迹。

> 战城南，死郭北，
> 野死不葬乌可食。
> 为我谓乌：
> "且为客豪，野死谅不葬，
> 腐肉安能去子逃！"

在横陈着阵亡战士尸体的野外，乌鸦急急地啄食着死者的内脏，诗人对乌鸦说："乌鸦啊，请你稍微等一等，让我为死难者举行一个简单的哀悼仪式吧，这些死在野外的人，肯定没有人去埋葬他们，他们的肉，怎能逃过你乌鸦的嘴！"诗人对战争和社会动乱的诅咒，对不幸者人道主义的哀伤和同情，在这个时候是很难找到一种合适的表达方式的,于是这一切,就通过对乌鸦说的话,曲折地得到了表现,而且对于一个站在战争废墟上心情愤懑、悲凉、孤独的诗人,他是找到了一种很好的抒情形式。

在《艳歌何尝行》中,一般作品只用一两句的起兴,竟被发展为十二句,而正文部分却成为歌曲的尾声——"趋"(即楚辞中的"乱")。一位丈夫被生活驱使不得不与相爱的妻子离别,偏偏妻子又突然生病,这使他反顾徘徊,内心千头万绪,无比哀伤。要表达这离情种种,远不是平常那种话语所能奏效的。这位丈夫富于灵敏的艺术感触和诗人气质,他生活经历中那空中比翼双飞的禽鸟的悲惨遭遇,立刻唤起他强烈的艺术灵感,在他的艺术世界里,把自己和妻子化为一双白鹄,顷刻间,一幅凄婉动人的画面就出现了:

> 飞来双白鹄,乃从西北来,
> 十十五五,罗列成行。
> 妻卒被病,行不能相随。
> 五里一反顾,六里一徘徊。
> 吾欲衔汝去,口噤不能开;
> 吾欲负汝去,毛羽何摧颓!

他用发自五内的凄婉的声情,把这歌子吟唱出来,肺腑中万般苦水才像决了堤一样地汹涌畅流开来。这便是浪漫主义寓言诗特异的艺术功能。作为一件艺术品来看,禽鸟的哀号是何等焦虑、悲愁，何等一往情深！既渗透着"人"的心理特质，又不失"鹄"的禽鸟特征。

《乌生》是鸟的自述。一群小乌鸦悠闲无事地"端坐"在秦家的桂树上，不料秦家的游荡子善用弹弓，一弹就射死了一只，诗歌由此就以乌鸦的体会，唱出了悲剧的人生观：不管南山岩石间的乌鸦，还是上林苑中的白鹿，乃至摩天高飞的黄鹄，洛水深渊中的鲤鱼，都逃不过被射、被杀、被烹、被钓的命运。你看，人生还不是一场大悲剧吗？这实际上不过是对当时世道的一种折光的反映。《蜨蝶行》写一只阳春三月的蝴蝶，描述自己被燕雀作为美餐去喂养幼雏的过程及生动的细节，如幼雏见老鸟衔着蝴蝶来喂自己时摇头鼓翼的兴奋动作。《蜨蝶行》有着和《乌生》相近似的性质。

汉乐府中的寓言诗形象生动，想象力丰富，构思奇特，艺术感染力都是很强的。

> 枯鱼过河泣，何时悔复及。
> 作书与鲂鱮，相教慎出入。

在这首《枯鱼过河泣》中，一条被捉去晒成了鱼干的"枯鱼"，向同伴写信，叮嘱他们谨慎出入，以免重蹈自己的覆辙，悔之不及。"枯鱼"而能"泣"，又能怀着一副善良的心肠给同类写信，设思是多么不同凡响啊！由于诗感受深切，诗中浓缩着刻骨铭心的人生经验。

《雉子班》中母雉对雏雉的抚爱、教诲，在王孙猎获了她的儿子后，她一直跟在猎车后边，一声声凄惨地哭叫，这些描写，多么富于人情味！这样的诗，能引起人们对现实人生多么丰富的联想和思考啊！

以上我们讲了汉代乐府诗中悲剧诗歌的四类作品：对宇宙人生进行悲剧性思考的诗；反映社会悲剧的叙事诗；离乡背井的悲苦之音；悲剧寓言诗。我们的分法是既根据内容，也根据艺术类型。如果是寓言诗，也许有归入其他类的依据，但只归寓言诗而不归入其他各类。如果是叙事诗，而不是寓言诗，我们自然把它归于叙事诗。剩下的就主要根据内容归类。

这四类诗，作为汉代无名氏悲剧诗歌的四个声部，组成了汉代乐府诗悲剧诗歌的大合唱，体现出汉代乐府诗的基本风貌。

这些诗中还有一首我们没有讲，这就是有名的悲剧叙事长诗《焦仲卿妻》即《孔雀东南飞》，我们将找机会做专门讲述。

汉代人的悲情安顿

我上大学时读汉乐府,曾产生过深深的疑惑:两汉时代,无论是文人诗作还是民歌,情调都是悲怆的。直到建安时代的"三曹""七子",其诗作的情调还都是如此。两汉时代的诗歌,形成规模宏阔的悲歌大合唱。汉武帝时曾设立乐府,从全国各地收集诗歌乐舞在乐府中演唱。按常规,统治者倡导的主旋律一般都是歌功颂德粉饰太平,对悲剧诗歌是烦腻和排斥的,而汉代的乐府机关为什么偏偏收集了这么多情调哀伤的诗歌呢?经过多年对历史的体察,我才摸到了汉代人的感情脉搏。

现实生活中,我们常说的"感情",当然都存在并发挥于每个个体,但集体的人群的感情特征,亦当有其共有的发展历程。我想到的一个现象是,汉代的人在极度悲苦时,是通过艺术的通道,发泄和安顿这种悲苦的。这种风气的流行,时间可能还要更早,《燕丹子》载，楚国剑工干将献了雌剑而为楚王所杀，他的儿子名叫赤的，拿上雄剑去给父亲报仇，心中自然悲愤交加，但却是"入山行歌"，倒像是有了喜事的样子。现在我们在书中还可见到一个词，是"长歌当哭"。但这在现代生活中也仅仅成了一个成语，而并未成为生活中普遍的感情通则。而在汉代的确是如此，即使是一个粗人，一有哀伤悲苦，就立即成为一个诗人，唱出精彩的诗歌来。

从汉代辞赋对音乐的描写中你就会看到这种消息。枚乘《七发》写楚太子病重，请了吴国的心理医生去治疗。这医生很耐心，投其所好，不惮其烦地用各种声色犬马来激发这位公子哥儿的生命活力。因"食味""车马""游观""畋猎"等与本文无关，可以不说，单以"音乐"而论，就是极力渲染这种音乐的"悲"：那奏乐的琴是用龙门之桐斫成，这老桐树，曾经有死掉伴侣的禽鸟在树上树下栖息悲鸣。这琴用死去父母的孤儿的带钩做纹饰，用屡亡其夫的寡妇的耳饰做琴徽。按国人吃啥补啥的思维，整个琴上的部件全是用悲哀浸染出来的，那么这琴奏出的音乐哀伤无比是无疑的了。所以末了说："此亦天下之至悲也，太子能强起听之乎？"张衡《南都赋》中对音乐的描写与此相同，"寡妇悲吟，鹍鸡哀鸣，坐者凄欷，荡魂伤精"，都是不悲则不成音乐。

东汉的王充从理论上给汉代人的音乐美学做了理论总结。他在谈共同美理论时说过两句话，一句是："美色不同面，皆佳于目；悲音不共声，皆乐于耳。"这里他从视觉和听觉两个方面标出美感对象的最高标准：一个是"美色"，一个是"悲音"。意谓也许还有好看、好听的东西，但"美色"和"悲音"是典型、是极致。另一句是："盖师旷调音，曲无不悲；狄牙（易牙）和膳，肴无澹味。"是说师旷其所以不失为一个被古今称道的音乐大师，就在于他只要一演奏乐曲就是"悲音"，就是低回、深沉、哀伤的调子，这才使得人们欣赏他的音乐艺术时，就像吃易牙烹调出来的食羹一样妙味无穷。

这种审美习尚发展到汉末，以至像《风俗通》中所记载的："京师宾婚嘉会，皆作魁儡，酒酣之后，续以挽歌。"连庆贺新婚的宴会上，也合着丧乐傀儡的表演，唱起了《薤露》《蒿里》一类送葬歌，可见当时人尚悲的乐歌欣赏风已经达到何等病态的程度了！现在许多青年自标怪异，可要在他的结婚仪式上，大放跟遗体告别时才用的哀乐，他肯定不乐意。

汉末的马融，写《长笛赋》时说了一句话，极精辟地揭示了汉代人的这一审美奥秘。他说他自己听了洛客用笛子吹的两支非常哀伤的曲子，"甚悲而乐之"。这句话，初看似乎颇为矛盾，"悲"与"乐"原是一对矛盾，水火不容，是感情的两个极端，听了"悲"曲却能"乐"起来，这话在逻辑上不是有毛病吗？不然。这其实是西方一些美学家如叔本华等提出来的悲剧的乐感问题。因为汉代欣赏音乐歌舞以"悲"为最高标准，马融听音乐当然也受着当时这种审美习尚的制约，越悲的乐曲，他才越感到满足。听了《气出》《精列》两支悲曲，他何尝不伤悲，感动既深，也会流下眼泪来的。但这是一种最高境界的精神享受，所以也就达到了"乐"的欣赏效果,"悲"与"乐"这对矛盾,也就这样得到统一了。

孔子在他那个时代,曾痛心疾首喟叹"礼崩乐坏",实际那不过是恐惧于诸侯用乐在规格上有些僭越和突破而已,至于那些孔子认为"是可忍孰不可忍"的僭越歌舞的内容实质,倒是陈陈相因,缺乏生气。到汉武帝时代,礼乐才真正发生了本质的变化。汉武设立乐府采集民间乐歌,冠冕堂皇的说法是为了"观风俗,知薄厚",实则主要是为了欣赏和娱乐,不像先秦的宫廷礼乐,功能重在标榜统治者的文治武功,并显示等级和秩序的森严。因为乐府的目的在于欣赏和娱乐,它就得适应当时尚悲的欣赏风习。本来各朝各代的统治者都喜欢粉饰太平和乐观高扬的乐歌,但因为汉代"悲"是音乐歌舞审美中的最高标准,所以汉代从赵、代、秦、楚等地收集来的乐府民歌中,我们看到的都是悲怆凄苦之音,而且形成了这个时代的多声部悲歌大合唱,其中包括对宇宙、人生进行悲剧性思考的诗歌、离乡背井的悲苦之音、反映社会悲剧的叙事诗、悲剧寓言诗等等。这些诗歌都是入乐的,入乐则常常有舞。这里我们只说一说在这种时代风尚中,发生在王侯间的一种奇特的乐舞现象,这就是汉代的悲情歌舞和绝命歌舞。这些歌舞中曾给文学史留下不少有名的篇什。

楚声本已有忧愁悲苦情调,汉承袭楚文化,新的现实,又使这种倾向变本加厉。所以乐歌的尚悲,在汉代成为一种时代风尚。那时的风气是痛苦的时候才作诗,才唱歌,才跳舞。只有这时,歌才唱得精彩,舞才跳得动情。据文字记载下来的材料看,那时很少有因为高兴而唱出好歌来的，一些有名的、传世的诗歌，都是在生离死别、极度痛苦的精神状态下创作出来的，而且都是伴着舞蹈。歌与舞是相结合相发挥而进行的。极度痛苦时的即兴歌舞我们称之为"悲情歌舞"，死亡告别时的歌舞我们称之为"绝命歌舞"。下面我们就举一些例子。

悲情歌舞如刘邦《鸿鹄歌》、李陵《别歌》、戚夫人《永巷歌》。

《鸿鹄歌》见《史记·留侯世家》。现在我们常见一些当官的人在外边拈花惹草，他对家里那个黄脸婆已经有些厌烦，爱的还是情人或二奶；但这些人大多怕老婆，一见河东狮子吼即六神无主。古今一揆，刘邦虽贵为天子，却也是这种德行。他爱戚夫人，两个人就背着吕后策划废掉吕后的儿子刘盈的太子之位，而换上戚夫人的儿子如意。这个密谋后来被吕后发现并粉碎，刘邦和戚夫人都吓得不知如何是好。为了排遣恐惧和忧郁，刘邦叫戚夫人跳楚舞，他自己唱楚歌，这就是即兴唱出的那首《鸿鹄歌》："鸿鹄高飞，一举千里。羽翼已就，横绝四海。横绝四海，当可奈何。虽有矰缴，尚安所施？"戚夫人的舞，"翘袖折腰"，哀伤无比。《鸿鹄歌》既为楚歌，在奇数句子后都该有个"兮"字。《乐府诗集》卷二十八有一首《陌上桑》，其实就是屈原《九歌》里的《山鬼》，不过一律删掉"兮"字。以此例律之，刘邦这首楚歌《鸿鹄歌》的一、三、五、七各句句末的"兮"字，恐怕是书写时删掉了。

李陵《别歌》见《汉书·苏武传》。苏武在匈奴受尽苦难，昭帝即位，他终于可以回到故土去了。李陵送别苏武归汉，自己却有家难归，将永远留在异域胡地，所以感慨万端说："已矣！令子卿知吾心耳。异域之人，一别长绝！""陵起舞，歌曰：'径万里兮度沙幕（漠），为君将兮奋匈奴。路穷绝兮矢刃摧，士众灭兮名已隤。老母已死，虽欲报恩将安归！'陵泣下数行，因与武决。"无限的怅恨是通过歌舞而得到抒发的。悲情歌舞一般是一人作舞，另一人歌唱，这里李陵是自歌自舞，集歌舞于一身。

戚夫人的《永巷歌》见《汉书·吕后传》。这首歌是戚夫人被吕后囚在永巷强令舂米时唱出来的："子为王，母为虏，终日舂薄暮，常与死为伍！相离三千里，当使谁告汝？"唱时虽没有跳舞，但却是"舂且歌"。舂米的动作是一种形体的律动，而且带着悲苦的感情，所以具有舞蹈的素质，这里仍应视为歌舞的结合。

关于悲情歌舞，我们还要说到有名的《大风歌》。读者一定会产生疑问：《大风歌》不是在刘邦衣锦还乡、踌躇满志的时刻唱出来的吗？怎能算得悲情歌舞呢？这是把问题看简单了。其实刘邦舞唱《大风歌》时，感情是十分复杂的。我们还是先看《史记》原文：

> 十二年十月，高祖已击布军会甄，布走，令别将追之。高祖还归，过沛，留。置酒沛宫，悉召故人父老子弟纵酒，发沛中儿，得百二十人，教之歌。酒酣，高祖击筑，自为歌诗曰："大风起兮云飞扬，威加海内兮归故乡，安得猛士兮守四方！"令儿皆和习之。高祖乃起舞，

慷慨伤怀，泣数行下。

刘邦以一亭长起兵，经过半生的戎马生涯，才奄有天下。这时回到故乡，青年时代的朋友都成了壮年，自己的青春也已在马背上消逝了，而回想过去无拘无束的生活，已经成为追忆中的往事。这多年正常人的生活、天伦之乐都一概放弃了。在人生的历程中，自己已到了黄昏。这一切不能不使他"慷慨伤怀"，以至"泣数行下"。正如他接着说的："游子悲故乡。吾虽都关中，万岁后吾魂魄犹乐思沛。"既说到怀恋故乡，说到死亡，可见他此时的心情是很悲凉的。因此《大风歌》也属悲情歌舞。

武帝子燕剌王刘旦、灵帝子少帝刘辩，都有绝命歌舞。刘旦为汉武帝长子，他一直认为自己应继承武帝帝位。昭帝立，刘旦联络上官桀等人谋反，事发失败。刘旦无比忧懑，在万载宫举办了一次大型酒会，在座的有宾客群臣妃妾。他唱的仍是楚歌："归空城兮，狗不吠，鸡不鸣，横术何广广兮，固知国中之无人！"华容夫人不但抗袖起舞，而且是边舞边唱："发纷纷兮寘渠，骨籍籍兮亡居。母求死子兮，妻求死夫。徘徊两渠间兮，君子独安居？"嗣后刘旦即自缢而死，随死自杀者二十余人。这两首诗向无解释，我以为刘旦之歌抒发了孤立无助的空虚感：空城之中一片阒然，宽广的道路上空无一人（"术"指城邑中的道路），有谁能够救助他呢？华容夫人之歌描述了人们纷纷溺水而死的惨景。

少帝刘辩时，已经是汉祚衰微的汉末，皇权的更替废立已完全操控在大军阀的手里。少帝被董卓废为弘农王后，又强进鸩酒令饮，"不得已，乃与妻唐姬及宫人饮宴别。酒行，王悲歌曰：'天道易兮我何艰，弃万乘兮退守蕃。逆臣见迫兮命不延，逝将去汝兮适幽玄！'因令唐姬起舞，姬抗袖而歌曰：'皇天崩兮后土颓，身为帝兮命夭摧。死生路异兮从此乖，奈我茕独兮心中哀！'"刘辩遂饮药而死，时年十八。

绝命歌舞，舞者皆为妻妾，且舞且歌。在现代生活中，一般人在临终时是不会唱歌跳舞的。而汉代偏偏就有这种让当今人无法理解的做法。这种风气秦汉时在王侯间特别盛行。项羽兵败乌江悲歌慷慨唱《垓下歌》时，虽然史书没有明确记载虞姬配合着跳舞，而京剧《霸王别姬》却安排了一大段虞姬的剑舞，以当时风气而论，这是极符合历史真实的。

礼失求诸野。汉代这种风气，在现代人的眼里虽已十分怪异，但如关中农村哭死者时的如歌如吟，陕南给死人唱孝歌时的从容抒情和哲理阐发，都可视为汉代悲情安顿的遗风。

汉乐府杂考

《饮马长城窟行》本辞探实

收在《乐府诗集·相和歌辞》中的《饮马长城窟行》,历来都认为是汉代的乐府古辞。这首诗是这样的:

> 青青河边草,绵绵思远道。
> 远道不可思,宿昔梦见之。
> 梦见在我傍,忽觉在他乡。
> 他乡各异县,展转不可见。
> 枯桑知天风,海水知天寒。
> 入门各自媚,谁肯相为言。
> 客从远方来,遗我双鲤鱼。

呼儿烹鲤鱼，中有尺素书。

长跪读素书，书中竟何如：

上言加餐食，下言长相忆。

这首诗最早见载于《文选》，题作"乐府古辞"，通篇为思妇之辞，与长城饮马毫不关涉，可以肯定不是本辞。在汉代乐府诗中，题目与内容都是相合的，《妇病行》就是写病妇，《孤儿行》就是写孤儿，有时题目与诗的首句相关，如《君子行》《乌生》《鸡鸣》《战城南》《相逢行》等。而这首题为《饮马长城窟行》的诗，却始终连"饮马长城窟"这些字也未出现过，它当然不会是本辞。

果然，《玉台新咏》不认它为古辞，而署为蔡邕作。看它的风格，和《古诗十九首》如出一辙，所以我们应把它归到"古诗"里去。所谓"古诗"，就是佚名的文人诗。李善注《文选》时，在这首诗题下的"古辞"二字后注曰："五言，言'古诗'，不知作者姓名，他皆类此。"可见，连李善也不认为它是乐府古辞，而把它定为"古诗"。

这样，《饮马长城窟行》便没有本辞，只剩下这个空题了。

建安七子的陈琳有一首《饮马长城窟行》比历来作为"乐府古辞"的"青青河边草"一首还要切题，它开头两句便是"饮马长城窟，水寒伤马骨"。我们知道，建安文人采用乐府古题所写的诗，一般与题意无关。曹操的《陌上桑》净讲些羽化登仙的话；本来是挽歌的《蒿里行》，在他的笔下却成为记载军阀混战的史诗了。翻遍魏晋文人们采用古题所写的乐府诗，包括陆机那些亦步亦趋的拟乐府，都从不劈头袭用古乐府的原句。在《饮马长城窟行》上却出现了反常的现象——古辞文不对题，陈琳借题所写的诗反而完全切题，并且首句就和诗题相同。这个矛盾怎样解释呢？科学的解释是，这是古书造成的颠倒，这首算在陈琳账上的《饮马长城窟行》是这个乐府古题的本辞，而《文选》称作"古辞"的那首则是汉代的古诗，是佚名的文人诗作。

这首记在陈琳名下的乐府诗，还有没有其他破绽呢？还有！而且极重大。郦道元作《水经注》引《物理论》提到一首秦代的民歌。说是秦始皇令民筑长城，死者相属，服役者就唱出了这支歌："生男慎莫举，生女哺用脯。不见长城下，尸骸相支拄！"五言诗是西汉后期才抬头的诗歌形式，秦始皇时恐怕不会有这样规整的五言民歌。那么这四句诗歌来自何处呢？正是来自《饮马长城窟行》本辞，即历来记在陈琳名下的那首诗里边。这更加证明了这首诗本来就是一首民歌，而不是陈琳的作品。《物理论》所引四句民歌原是从汉代民歌即《饮马长城窟行》本辞中摘录下来的。

为了便于比较，我们把误署为陈琳而实为《饮马长城窟行》本辞的诗抄出来：

饮马长城窟，水寒伤马骨。
往谓长城吏，慎莫稽留太原卒。
官作自有程，举筑谐汝声。

男儿宁当格斗死，何能怫郁筑长城！

长城何连连，连连三千里。

边城多健少，内舍多寡妇。

作书与内舍：便嫁莫留住。

善待新姑嫜，时时念我故夫子。

报书往边地，君今出语一何鄙！

身在祸难中，何为稽留他家子。

生男慎莫举，生女哺用脯。

君独不见长城下，死人骸骨相撑拄。

结发行事君，慊慊心意关。

明知边地苦，贱妾何能久自全！

《晋书·乐志》云："凡乐章古辞之存者，并汉世街陌讴谣《江南可采莲》《乌生十八子》《白头吟》之属，其后被于管弦，即相和诸曲是也。"属相和歌的《饮马长城窟行》本辞，当然也应是"汉世街陌讴谣"；而汉代乐府民歌大多为杂言，《饮马长城窟行》的本辞也应当是杂言，与其他汉代相和歌古辞风貌相似。历来算在陈琳账上的《饮马长城窟行》正足以当此，证明它就是汉代《饮马长城窟行》的本辞，而"青青河边草"那首就显然不像汉代民歌，而是出于文人笔下的五言诗。

到此，我们已有较充分的根据得出这样一个结论：《饮马长城窟行》本辞不是那"青青河边草"，而是历来署为陈琳作的那首

《饮马长城窟行》。

《孔雀东南飞》"媒人去数日"十二句考释

《孔雀东南飞》中有十二句诗,一直解释不通,多少世纪以来这都是一桩悬而未决的公案。这十二句诗是这样:

媒人去数日,寻遣丞请还。说有兰家女,承籍有宦官。
云有第五郎,娇逸未有婚。遣丞为媒人,主簿通语言。
直说太守家,有此令郎君。既欲结大义,故遣来贵门。

直到黄节作《汉魏乐府风笺》时,也不敢强做解人,而仅提出了这段诗中的疑难,至于究竟应做何解释,则付阙如。

黄节引纪容舒《玉台新咏考异》说:"'请还'二字未解。又序云'刘氏',此云'兰家',或字之误也。此二句文义不属,'说有''云有'亦复。疑此句下脱失二句,不特字句有讹也。"丁福保编《全汉三国晋南北朝诗》时,对这段诗也提出了同样的问题。归纳起来这些问题是:

1. "请还"二字不得其解。

2.《玉台新咏》这首诗的原序说"庐江府小吏焦仲卿妻刘氏",下文写的也是到刘家说媒,这里却说"兰家女",会不会是错了字?

3."丞"进来后,"说有"什么什么之后,紧接着又写"云有"什么什么,这两个词不是用得重复吗?

4.这几句诗意不连贯,显然不仅仅是有个别错字的问题,可能是"承籍有宦官"一句下脱失了两句。

这一段诗有这么多疑难,直到近代都未能解决。我们可以肯定地说,正是因为这段诗在文字上有舛讹,所以解释不通。要解释通,只有把原文错了的地方找出来,恢复这段诗的本来面目,这才成为可能。在错过的诗句上强做解释,越想解释通,就越显得可笑。承认客观事实,正视这种舛讹,这才是实事求是的科学态度。

究竟舛讹在哪里?吴显令、纪容舒提出了"字误""脱失"两种可能。他们能够根据对诗的实际分析,提出这段诗所以不能解释通的客观原因,这便使这十二句诗的公案,比原来向前踏出了一步。谁要想真正解决这一问题,必须在他们前面未走的新路上继续向前。

但是,从丁福保、黄节之后,我们不但未见有人在解决这一问题上更向前进,反而看到了倒退,即对舛讹了的诗句强作解释。自从余冠英先生的《乐府诗选》问世以来,他对这段诗的解释,几乎为大家所公认。但我觉得余先生的解释是很可以提出来商榷的。

我们先来看余先生的解释:

"丞"指县丞。"媒人去数日"是回复县令后离去。"遣丞"是县令遣。"请"是因事请命于太守。"还"是丞还县。

余先生在解释这段诗时,每遇动词,往往给添加上本来没有的主语、宾语、补语。"媒人去数日"很明显是承上文说从刘家离去，余先生则给一个"去"字加上"回复县令后离去"这许多意思。"请还"本来是说"请还"于刘家，余先生一注便成了"请命于太守而还县"。"媒人去数日，寻遣丞请还"前句说"去"，后句说"还"。从哪里"去"，"还"到哪里，指的都是一个地方，就是刘家。丞是第一次到刘家，为什么用个"还"字呢？还是承上文媒人"去"而言的。是说媒人刚走不几天，被派来的丞又这么快地通报求进。

"说有兰家女，承籍有宦官。云有第五郎，娇逸未有婚"。按语法，"云有"显然是"兰家"发出的。是丞对刘家说，兰家告诉我，他家的第五个公子还未婚娶，派我到你家求亲。余先生在这里加进的意思更多，说这是"县丞建议另向兰家求婚，说兰家是官宦人家，和刘氏不同"，"县丞告县令已受太守委托，为他的五少爷向刘家求婚"。我以为，连在一起的"承籍""云有"这两个动词性词组，它们是一个主语，就是"兰家"。要解释成"云有"前边省略了另一个主语（太守），这在语法上是说不通的。何况"云有"句前并未说到"太守"，怎么能谈到在这句中省略了"太守"呢？

如果真的像余先生解释的那样，这种语法淆乱的诗句我们在任何古诗中还不曾见到过。诗的语言尽管有跳跃性，但它绝不会弄得破坏了语言规律，中间埋藏着那么多意思，比谜语还难猜。不要说这首通俗晓畅的汉末民歌，就是在比它古老得多的"诗三百"中也不会有如此费解的诗句。

再说，《孔雀东南飞》整首诗的结构和用墨都是非常严谨的，它的叙事绝没有一处闲笔墨，而紧紧地扣着兰芝仲卿的命运遭际。它不会扯到与长诗主题没有关联的县衙门里去，不会孤立地写一段县令与太守的使命往还及县丞与县令的对话。

当然余先生的注释是有所本的。他可能是根据清人闻人倓在《古诗笺》中"县令因事而遣丞请于太守也"这句注进行了发挥。但这只是一个带着想象的没有根据的诠释，远远离开了诗句的本意。所以闻人倓这个解释虽然不无新颖，但其后却很少有人采纳，学者们抱着谨慎的、尊重事实的态度，提出了有文字错讹的看法（闻人倓同时也认为"兰字或是刘字讹"）。余先生采用闻人倓这个解释，虽然很迂曲地勉强把上下文串通起来，但只要一读原诗，就不免使人对这种解释产生疑问。

我现在主要根据对原诗的推考，提出这段诗中我认为的真正错讹所在，和我认为的正确解释，请大家衡鉴。

只要不是无视事实，谁也不会否认这段诗有讹误。但究竟误在何处呢？我不认同脱失二句的说法。如果是一般人随便抄书，脱失文句是可能的；徐陵精心选编《玉台新咏》，绝不会粗心到这种地步的。倒是由于两字字形相近，加上书写得潦草，辨认不清，误甲字为乙字，这种可能性是极大的，在古书中也是不乏其例的。具体地说，我认为这段诗中"兰家女"的"女"字，是"人"字之误。当时版刻还未出现，书籍全靠人抄写，"女"字书作草书，如果"人"字写得潦草些，或者墨迹污涂，是很容易误认成"女"字的。"说有兰家人,承籍有宦官",一字之讹一旦更正过来,十二句诗便怡然涣然通顺明白了。

这段诗的前面说的是县令遣媒去刘家,刘家拒绝说"不得便相许",于是就接上了这十二句诗:"媒人去数日,寻遣丞请还……"媒人走后,丞又来说媒,经过一番家庭斗争,兰芝看清了情势,暗中下定牺牲决心,假意允亲。于是丞喜出望外,下床而去。从"媒人去数日"到"媒人下床去",所描写的地点都是刘家,都是叙述在刘家发生的事情。这段诗中出现了三个"遣"字——"遣丞请还""遣丞为媒""遣来贵门",都指太守遣郡丞来刘家说媒。

"丞"是郡丞而不是"县丞"。太守差来办私事的,当然是郡丞。"遣丞为媒人,主簿通语言","丞"与"主簿"对举,说的是一级官职。

"请还"即通报,请求允许进来之意。"说有"以下都是郡丞说辞。"云有"跟"说有"是有区别的。"说有"是直接描写的人物所说,"云有"是转述的口气。所谓转述即郡丞对刘家人讲话时说"兰家人对我讲"云云。实际上"兰家"就是太守家,是说媒的郡丞说着说着干脆透露出来的。

这十二句诗是说:媒人走了以后,被派来的郡丞又要求进来。他进来后先不明说,只说有个姓兰的人家是个好主儿,世代为官,给我讲他家五少爷还未娶亲,差我为媒,话是主簿传达给我的。"直说"是郡丞说着说着就不拐弯子打埋伏了,便直截了当地"一枪戳下马"说:"这兰家就是太守家!"

我们可用语体将这十二句诗翻译如下：

媒人走后不几天，

派来的郡丞又请求进来把话谈。

他说有家姓兰的人，祖祖辈辈做大官。

向我讲到他家的五少爷，聪明潇洒还是个单身汉。

派我给他当媒人，是主簿向我把话传。

兰家就是太守家我也不遮掩，就是他家的公子还没结姻缘。

既想给你家结亲戚，派我上府来攀谈。

《相逢行》"丈人"二句为歌者致语考

汉乐府相和歌《相逢行》末了二句"丈人且安坐，调弦未遽央"，历来一直认为是"小妇"对公婆说的话。《颜氏家训·书证篇》云："古乐府歌词先述三子，次及三妇。妇是对舅姑（公婆）之称。其末章云：丈人且安坐，调弦未遽央。古者子妇供事舅姑，旦夕在侧，与儿女无异，故有此言。北大《两汉文学史参考资料》说："此写小妇对公婆说：'老人家且安坐吧，我调弄琴弦、弹奏曲调还没有结束呢！'"余冠英《乐府诗选》说："'丈人'在这里是对父姥的称呼。"

其实这种解释是一个误解。"丈人且安坐，调丝未遽央"，是歌者直接对听众的致语，跟全篇并无直接关系。这两句之所以会被误解成是小妇对公婆的话，因为与这两句紧接的前边是"小妇无所为，挟瑟上高堂"，如果不加分析地想当然，便会产生这样的逻辑：既然小妇挟瑟上堂，那么说"调丝"就是她调理的丝弦了。望文生训常常给古典文学的诠释造成错误。

要说明这个问题，先要明了"相和歌"中的一种体制。相和歌大多为叙事诗，其中有一种体制是在整个故事演唱完之后，歌者从故事中跳出来，直接向听众致语。这种致语一般都是两句，或为祝颂，或为寒暄，或为托付，或为说教。如《塘上行》通篇为思妇之词，末二句忽然没头没脑地说："从君致独乐，延年寿千秋！"《艳歌何尝行》前半首是丈夫以白鹄起兴，向妻子倾诉别情；后半首为妻子答词，诗中充满了生离死别的凄哀之情，而最后两句却不伦不类地说："今日乐相乐，延年万岁期。"这都是歌者演唱完故事之后向听众的致语，与整首诗歌并无关系。《前缓声歌》最后两句是"长笛续短笛，欲今中帝陛下三千万"，李因笃《汉诗音注》指："末则离调，用致祝于君。"直到汉末产生的叙事长诗《孔雀东南飞》，最后两句"多谢后世人，戒之慎勿忘"，还留着这种体制的痕迹。

汉武立乐府后，俗乐主要被宫廷贵族用于精神娱乐。俗乐乐工开始还只演唱抒情诗，后来他们慢慢发现从民间收集来的叙事诗更能吸引听众，也更适于演唱，于是便自觉地采集编唱叙事诗。这便是汉乐府相和歌中多叙事诗的一个原因。这些叙事诗一经弹起琴瑟带上感情演唱，就很像如今的弹词了。哀帝罢乐府以后，这些演唱者被遣放民间，他们或因不忘旧业，或因生活所迫，便在诸侯和贵族之家演唱起他们的拿手戏来。这样，哀帝的做法适得其反，使这种类似今天弹词的艺术在民间普及开来。演唱者的致语正是在这种演唱活动中形成的程式。

"丈人且安坐，调丝未遽央"是演唱者在结束一篇的演唱时，嘱咐听众安坐稍等，"且听下回"。"丈人"是对长者的称呼，这里是对听众的尊称，亦即汉代古诗"四坐且莫喧，愿听歌一言"和鲍照《代东武吟》"主人且勿喧，贱子歌一言"的"四坐""主人"之意。

《东海黄公》新释

汉武帝时，宫中娱乐空前盛行，花样繁多。所谓"角抵""总会仙倡""曼衍"等散乐百戏，包括武术、杂技、魔术、假面舞、歌舞等等。在这些眩人耳目的节目中，角抵戏《东海黄公》可视为我国早期的戏剧艺术，很值得我们注意。"东海黄公，赤刀粤祝，冀厌（压）白虎，卒不能救。挟邪作蛊，于是不售。"张衡《西京赋》中用这几句简短的话，介绍了这个节目的演出概况：由演员装扮的黄公，手执赤金刀，口里念诵着粤地的咒语，希望一举制御白虎，谁料反而为虎所噬，丢了性命。东海黄公是实有其人的，据《西京杂记》载："有东海黄公，少时为术，能制御蛇虎。佩赤金刀，以绛缯束发，立兴云雾，坐成山河。及衰老气力羸惫，饮酒过度，不能复行其术。秦末有白虎见于东海，黄公乃以赤刀往厌（压）之，术既不行，乃为虎所杀。三辅人俗用以为戏，汉帝亦取以为角抵之戏焉。"汉武帝宫中有百戏,大概在元封三年(公元前一〇八年),上距秦二世亡国的公元前二〇七年,整整一个世纪。这说明汉武帝时演的《东海黄公》,已经是演了大约一个世纪的传统剧目了。

这个戏是谁编的呢?是"三辅人"。"三辅"指当时的京兆郡、左冯翊、右扶风,相当于陕西中部地方。秦末汉初时,陕西关中的老百姓就把东海黄公的真人真事编成角抵戏演出,到汉武帝时才把它吸收到宫中,充实百戏节目。

这是一个英雄的悲剧,不是一个讽刺喜剧。我相信人民对象黄公这样一个为民除害的英雄,是非常怀念的,因而才把他编成戏来寄托对英雄的缅怀之情。我不赞同说这是一个对黄公搞迷信活动而自食其果的讽刺剧。这是把现代人宣传无神论的观点,硬套在古代一个来自民间的角抵戏上面。试想,公元前的人民,怎么能够对一个一生打虎除害最后死于非命的英雄,不是惋惜、同情、伤悼,反而是刻薄地去嘲讽他呢?即使黄公的行动中夹杂着一些迷信成分,而两千多年前的人们对破除迷信,竟会如此自觉,劲头这么大吗?

但是,从东汉的张衡到当今的戏剧史家,都说这个戏是讽刺黄公被虎吃掉活该,这实在太不公平了。极力反对谶纬邪说的张衡,评论黄公是"挟邪作蛊",倒可以理解,而周贻白先生在《中国戏剧史长编》中也说《东海黄公》是"揶揄巫觋的演出",龚维英先生在《隋唐以前古剧略论》(见《陕西戏剧》一九七九年第四期)一文中,也断定"这出雅俗共赏的戏文,很有讽刺意义,说明了妖术不可恃，人力才可靠，与民间俗传《鬼迷张天师》故事相类"——我觉得这种论断，都是拘泥于旧说，缺乏对事实的推考。

最近在电视上看了第四届全运会武术运动员的硬气功表演，我更坚定了黄公御虎并非妖术的看法。有一位湖北农民气功运动员，赤身仰卧在两把锋利的大刀刃上，身上压上几百斤重的大石，让人抡起铁锤把大石敲碎而刀不伤身。他还能用尖利的钢叉顶住肚皮，由人攥着叉柄举在空中转动。据解说员说，这位运动员有一次在深山遇到一只猛虎，他便运起气功将老虎打死。这不就是一位当代的"东海黄公"吗？据不少古书记载，在武术和杂技技艺方面，古代并不比现代差，而且古代有些绝招后来显然失传了。我认为黄公的"行术"，就是硬气功一类功夫。当然，也可能在武术表演中加些故弄玄虚的"彩头"，但决不能说他搞的全是"妖术"。

因此，我们可以得出结论说：根据生活中的真实人物编成的角抵戏《东海黄公》，是一出赞美英雄的悲剧。这出悲剧是古代陕西民间戏剧艺术中的一大创举，是戏剧史上很有光彩的一页。

《搜神记》悲剧小说探微

《搜神记》的悲剧观

在我国古代悲剧文学的发展中,《搜神记》是很值得注意的一部书。魏晋南北朝的志怪小说集有数十种,而悲剧作品差不多都集中在《搜神记》中。这说明,该书的编撰者干宝的头脑中已经有着悲剧的审美倾向,思想上已经存在着一种朦胧的悲剧观念。《搜神记》后来亡佚了,明代的胡应麟在辑录此书时,把大部分悲剧作品编排在第十一卷中,说明胡氏也意识到悲剧小说是《搜神记》中一种重要门类的作品。

《搜神记》第十一卷主要为悲剧作品,也有一部分非悲剧作品,但这一卷却有一个统一的主题,就是"诚之至也,金石为开",人的精诚可以感天动地,使自然规律发生部分的、暂时的变异。这一卷中的苌弘化碧、王裒泣树、东海孝妇、犍为孝女、韩凭夫妇、范式张劭等，都属于这个主题。特别值得注意的是"熊渠子"条引刘向的言论"诚之至也而金石为之开，况于人乎"，本应编于本卷而现置于第十五卷中的"河间郡男女"条引王导的话"以精诚之至，感于天地，故死而更生"，都点明了这一主题。这是《搜神记》悲剧的重要思想之一，也是干宝悲剧观的重要组成部分。

《搜神记》是这样在悲剧小说中贯穿这一思想主题的：悲剧主人公坚持一种信念、一种操守，锲而不舍，追求到底，以至毁灭了自己的形体和生命。他（她）这种执着的、真诚的精神，终于感动了造物主，从而出现自然运转的脱轨现象，造成使人们震惊的奇迹，通过这种方式，对悲剧主人公的操守和追求做了肯定和讴歌。例如《东海孝妇》记述东海郡民妇周青，对婆婆非常孝敬，婆婆感到自己太拖累儿媳，便上吊自杀。小姑向官府诬告嫂子害死了母亲，周青于是被糊涂太守判处死刑。她在临刑时发下誓愿说：周青如果有罪，理应处死，血往下流；我如果含冤而死，血就会逆流。果然当刽子手手起刀落的时候，青黄色的血，顺着旗杆直飙上去，而且从行刑的这一天起，东海郡整整三年没有落一滴雨。这个故事将人的冤屈转化成一种影响自然运转规律的巨大力量，以突显悲剧色彩。后来关汉卿利用这个故事作为素材之一，创作了他的著名悲剧《窦娥冤》，剧本的全名就叫《感天动地窦娥冤》，仍保留着《搜神记》第十一卷的思想。

《搜神记》的另外一些悲剧作品，都有"诚之至也金石为开"

的思想。如王裒的父亲被司马昭杀了，王裒在墓侧盖了房子住着，早晚到墓上拜跪，手攀柏树号哭，眼泪流在树上，树因之枯死；赤为父亲报仇时，竟能亲手把自己的头割下来，并双手把头和剑捧给侠客；韩凭和他妻子墓冢上的树，一夜之间就能长到一抱粗，根交于下，枝错于上；张劭死的时候，能在梦中给他千里之外的朋友报信，而且送葬的时候，朋友不来，他的棺材就不肯前进，落地生根，朋友来了，才肯前行。《搜神记》把这些奇异现象的根源，都归之于人的信念、情操的感召力所致。

这是浪漫主义的描写。如果我们把这种浪漫主义和我国上古悲剧神话的浪漫主义做一比较，就会发现，这两种浪漫主义是有着很大的不同的。上古悲剧神话是悲剧主人公因斗争而毁灭，毁灭之后，取得了另一种新的生命形式，仍继续进行不懈的斗争；《搜神记》悲剧是悲剧主人公的信念、情操、精诚感动了天地，从而出现了奇迹。如果把上古悲剧神话归纳为这样一个三部曲的模式，斗争—毁灭—以新的生命形式再斗争，那么《搜神记》悲剧也可以分为三个阶段，信念的追求—追求发生阻隔而毁灭—出现奇迹。这两种浪漫主义有着极大的、本质的不同，上古悲剧神话的结论和归宿是斗争，而《搜神记》悲剧的结论和归宿是乞灵于神力；上古悲剧神话强调主体的抗争，《搜神记》悲剧神化客体的圣灵。因而同是浪漫主义，上古悲剧神话的浪漫主义是积极的，《搜神记》的浪漫主义则有着很大的消极性。同时，上古神话中悲剧主人公的抗争富于正义性和强烈的民主色彩，而《搜神记》悲剧主人公的信念追求中，常常有着浓厚的封建主义色彩。所以我认为，我国古典悲剧在晋代出现了一个大转折，《搜神记》悲剧的浪漫主义是上古悲剧神话浪漫主义的一个反动。

《搜神记》悲剧的多样性

上文所讲《搜神记》的悲剧观，只是给《搜神记》中的悲剧概括地做一个总判断，要真正认识这些悲剧作品，还得对它们进行具体分析。同时，《搜神记》中悲剧作品的思想价值和美学价值，不应因这个总判断而被否定和抹杀。所以，我们需要从具体分析中认识《搜神记》悲剧的复杂性、它们的价值和局限，以及它们在悲剧文学领域所表现出来的丰富性和多样性。

《搜神记》中的悲剧小说，都具有神话和传奇的素质，上面指出的这些作品强调"诚之至也金石为开"的总倾向，是这些悲剧小说思想的共性，与此同时，这些作品又各自具备独特的美学个性。如《干将莫邪》使人感到剑拔弩张，非常壮烈，又有点神秘气，通篇腾透着反抗强暴的正气；《韩凭妻》重在写生死不渝的爱情和节操，有着很美的诗化的意境，把"悲"和"美"有机地统一起来；《范式张劭》突出一种伦理情愫，感情味很浓；《邓元义妻》则表现出强烈的现实主义精神。

下面我们着重对《干将莫邪》《范式张劭》和《邓元义妻》三篇悲剧小说做一些分析。

魏晋小说不像古代神话那样，只指出人物干了什么，结果如何，这只是说明而不是叙述，魏晋小说虽大多"粗陈梗概"（鲁迅语），但能较清楚地交代事件的基本过程，这就是叙述而不是说明了。在《搜神记》的不少篇章中，甚至有着情节描写或细节描写。《干将莫邪》的文字就很生动。这篇悲剧小说的整个情调显得很壮烈，人物的死一个接着一个，而且都是死前知道要死，一个个都是从容镇静地去赴死。小说中处处透出一种神秘的气氛，给作品的悲壮情调增添了一种特有的色彩。仅开头到干将献剑被杀这短短的一段中，就有好几个地方使我们有神秘感：一个地方是"剑有雌雄"，"雌来雄不来"，这就是把剑看作有生命的东西。联系到《晋书·张华传》所记两剑入水变龙而合的故事，可证当时人确有这种神秘观念。第二个叫人有神秘感的是干将临行时嘱咐妻子"汝若生子是男，大，告之曰：出户望南山，松在石上，剑在其背"。为什么要用这样的隐语暗示剑的所在，搞迷魂阵。第三个叫人猜不透的是，楚王杀干将，主要是嫌他没有把雄剑带去，干将为什么要用生命换取这把剑，他既有铸剑的手艺，只要活着，还愁没有剑吗？也许因为楚王得到了干将造的剑，怕这个神工再给别人铸剑，为了垄断宝剑，他反而要杀掉干将。如果是这样，干将没有把雄剑献给他，这是很有心计的。下面有神秘感之处更多，兹不赘。

这篇小说的壮烈情调，主要是通过几处精彩的描写展现的。当赤听侠客说"将子头与剑来，为子报仇"时，只说了两个字——"幸甚"，马上把自己的头割下来，和剑一起，恭恭敬敬地递给对方,而且尸首直立不倒。侠客知道他的心思,对他说绝不会对不起他,让他放心,赤的尸首一听这话才仆倒了。这段描写使我们想到一篇更早的小说《燕丹子》对樊於期自杀的描写。荆轲对樊於期说,有了他的头,就可以刺杀秦王为樊报仇,樊於期听了激动地说:"是於期日夜所欲,而今闻命矣!""于是自刭,头垂背后,两目不瞑",这和《搜神记》对赤自杀的描写有异曲同工之妙,给人以强烈的崇高悲壮的感染力。又如《干将莫邪》的最后,写楚王把赤的头放到锅里煮,煮了三天三夜还是不烂,而且还从锅里蹦出来,睁大着眼睛发怒。当侠客割了楚王和自己的头,三颗人头同煮在汤镬中时,矛盾各方同归于尽,悲剧崇高的震撼力也达到了高潮。

范式张劭生死交谊的故事,在《搜神记》中又是另一种色调的悲剧小说。这篇小说给人以悲怆的、憾恨的感受,通篇渗透着很浓的情———一种伦理情愫和人情美。在造成范张悲剧的背后,主要的力量似乎不在人事,而是人类生老病死的自然规律。对立的力量是自然规律,正面表现和讴歌的则是人与人之间的友情。这篇悲剧小说的独特性,正是由这种不一般化的然而对于人生却具普遍性的矛盾中生发出来的。朋友之间的交情、友谊是美好的,但死亡会夺去人的生命,使这种情谊不能继续,这是"悲"的;这个悲剧并未就此止步,对这个问题随之做了超俗的回答:不,死亡是隔阻、中断不了朋友间的情谊的,甚至,死亡更能显示朋友间情谊的诚挚和深厚,因为这样的情谊是可以超越人生,在生者与死者之间互通信息,这又是"美"的。把"悲"与"美"融为一体,在"悲"中透出"美",或者"悲"以"美"为归宿,这是中国古典悲剧的重要特征之一。张劭临终之前,说过一段充满深情和哲理的话。小说这样写道:"元伯(劭)寝疾甚笃,同郡郅君章、殷子征晨夜省视之。元伯临终叹曰:'恨不见我死友!'子征曰:'吾与君章,尽心于子,是非死友,复欲谁求?'元伯曰:'若二子者,吾生友耳,山阳范巨卿(式),所谓死友也。'寻而卒。"张劭在这儿提出的"生友""死友"的概念很精辟,很能发人深思,强化了悲剧的主题。

这篇悲剧小说写了两个情节:一是太学离别二年之后的践约聚首,一是张劭死后范式远道去吊丧。对于这两个情节,小说写得很富于艺术的辩证法。两年前的一句话,两个人都铭刻在心,对这事一点也不含糊。从相约到践约,时间是两年,在空间上,两人别后悬隔千里,但这么长的时间,这么广的空间,都没有使他们之间的友情变得淡薄,他们对其那样珍视,这就显出了友情的深厚和高尚。要表现他们的亲密,就先把他们分开,这就是辩证法。从第二个情节看,朋友的一方死了,友情没有了对象,必然该结束了,然而他们的交谊却超越生死:一方坚决等着朋友来,也相信他会来,不来棺材就不肯向墓穴前进一步;一方千里迢迢,素车白马,去给朋友送别。写友情不写他们如何朝夕不离形影相随,而写一方亡故,另一方心灵相通,千里送别,这也是辩证法。这两个情节互为表里,前一个情节是后一个情节的影子,对后一个情节也起了烘托作用,两个情节在精神上是相通的。

《邓元义妻》是和前两篇悲剧小说格调都不同的、主人公未毁灭的悲剧作品:

> 后汉南康邓元义,父伯考,为尚书仆射。元义还乡里,妻留事姑,甚谨。姑憎之,幽闭空室,节其饮食。羸露日困,终无怨言。时伯考怪而问之,元义子朗,时方数岁,言:"母不病,但苦饥耳。"伯考流涕曰:"何意亲姑,反为此祸!"遣归家,更嫁为华仲妻。仲为将作大匠,妻乘朝车出,元义于路旁观之,谓人曰:"此我故妇,非有他过,家夫人遇之实酷,本自相贵。"其子朗,时为郎,母与书,皆不答,与衣裳,辄以烧之。母不以介意。母欲见之,乃至亲家李氏堂上,令人以他词请朗。朗至见母,再拜涕泣,因起出。母追谓之曰:"我几死,自为汝家所弃,我何罪过,乃如此耶?"因此遂绝。

这篇作品很有些近代化的气息,是一个完全现实主义的悲剧。由于素材的坚实基础和作者创作中较严格的现实主义精神,使作者挣脱了厚重的封建主义思想屏障,使作品的思想带有极强的民主精神,对社会传统思想的罪恶进行了血和泪的控诉,显示了人性在一定程度上的胜利。这个悲剧的冲突双方,一方为带着历史印记的社会伦理,另一方是朴素的人性,双方分别以邓朗和邓元义妻为代表人物。悲剧冲突的结果是封建伦理与反封建的朴素人性这对立的双方两败俱伤，构成了深刻的悲剧。邓元义妻取得了朴素人性中个人做人的部分权利，这是一个胜利，同时，又遭到与亲子绝情的结局，这又是天伦完聚这部分人性的破灭。在邓朗这一方，也是一种小胜利和大失败。邓朗怨恨母亲不能恪守封建贞节观从一而终，便用冷酷去惩罚他的母亲，他在不能使母亲得到子爱这方面算得上一个小胜利，但即使在这种"胜利"中，他所付出的代价却是放弃母爱，这不能不说是一个巨大的牺牲，实在很难说是什么胜利。而且他怨恨母亲不能从一而终，最后遭到了严厉的入情入理的驳斥，他母亲是没有错的，这就是邓朗的大失败。所以这是一个很复杂的、没有模式感的现实主义悲剧。在悲剧冲突中，邓元义妻代表"历史的必然要求"，其子邓朗则代表当时不可动摇的封建伦理观，两方的矛盾是重大的、带有根本性的，这便是邓元义妻终于与她深深爱着的儿子决绝的深刻根源。

　　这个悲剧故事，是放在复杂的现实人物关系的背景上的。小说中一共有五个人物，五个人物没有一个是概念化的，都是个性化的。邓元义妻是悲剧主人公，这个人物写得极成功，写出了人物形象的复杂性。她是反封建的，但她并不是生就的造反派，她的品行本来是完全符合于封建妇女的道德规范的，温顺孝敬，把婆婆侍奉得很好。但婆婆偏偏不喜欢她，折磨她，把她关在空房子里不给吃东西。她被饿得越来越瘦，几乎快要倒下去，但她不声不响，一点也不反抗。后来是她的公公看出了问题，才把她打发回娘家，她不得不改嫁。她处处是被动的，如果不是公公发现了她被虐待，她也许到死都不会吭一声。她改嫁给华仲后，看来生活得不错，这是碰了好运气，并不是靠自己的奋斗打出的局面。改嫁之后，她虽然生活得不错，但原来在邓家生的儿子却牵动着她的心，她身上潜藏着深厚的母爱，她需要用一个正常的母亲的温暖去表达对儿子的这种爱。她给儿子写信，可儿子拒绝给她回信，她一针一线给儿子做成新衣服，这其中缝进了多少深沉的感情啊，但儿子收到衣服，一下子扔到火上烧了，作为一个母亲，这会多么伤心呢！但是这位宽厚的母亲仍然不怪儿子，不生他的气，继续想了许多办法和儿子会面。见面之后，儿子仍然不能谅解母亲，磕了个头一句话不说转身就走。这，才使这位母亲的思想和行动都发生了突变，出现了一个大转折。她追上去义正词严地说："我差一点被你家人折磨死了，后来又是你家休弃了我——我有什么罪过，你竟然这样对待我！"从此毅然决然断绝了母子关系。作为一个艺术形象，邓元义妻这个人物在这儿得到了艺术升华。小说不但写出了邓元义妻思想和性格的复杂性，而且在短短二百多字的篇幅中写了这一人物的性格发展，把这种发展写得条理分明，层次井然，同时又极其真实自然。

小说中的几个次要人物也写得极好。一个是恶婆婆，她就像《孔雀东南飞》中焦仲卿的母亲，媳妇再好，她反正跟她过不去。这种恶婆婆在东汉时代大概是很普遍的。还有一个人物是邓伯考，这是个善良的老官僚，看起来他还是惹不起他那个蛮横的老婆。看到老婆把媳妇折磨成那个样子，邓伯考只能流泪和叹息，却不敢正面去教训悍妇，只有把儿媳遣归，算是尽了他自己的良心。

邓元义这个人物在作品中虽然着墨极少，但还是写出了个性。他是一个窝囊废，在母亲虐待妻子、父亲休了妻子、儿子不认生母这一系列事件中，他就像是一个局外人一样，三锥子扎不出血来。仅仅是当自己的爱妻成了别人的老婆，又坐着车子从他身旁经过的时候，他才如实地向别人叙说事情的原委。看来他的心里也是很不好受的。

总之，《搜神记》中的悲剧，虽然大多表现出精诚可以感天动地这一主题上的总倾向，而同时这些悲剧，又一个个呈现出各自不同的风姿，显示了《搜神记》悲剧的丰富性和多样性。另外需要提到的一些悲剧，如卷十六的《吴王小女》，刘叶秋先生的《魏晋南北朝小说》认为这是《搜神记》中反映男女婚姻问题最感人的故事。我以为这篇小说是把由于家长的阻隔所造成的婚姻悲剧与一般的狐鬼故事捏合在一起，虽然也表现出人民追求男女自由结合的愿望，但由于把描写的重点放在后半部分的狐鬼离奇故事上，便冲淡了对于悲剧主题的表现。卷十五的《河间郡男女》是同类的作品，其结局就更为离奇，女人被埋了好长时间，男方从军回来到坟上去哭女人的时候，见到的不是鬼魂，而是女人从棺材中活过来，使之成了一个悲喜剧。还有《犍为孝女》《乐羊子妻》《郭巨埋儿》等也可说是悲剧，但它们是另一种意义上的悲剧，是需要进行批判的，我们最后在"《搜神记》悲剧批判"部分再做分析。

《搜神记》悲剧小说的结尾

最能代表《搜神记》悲剧结尾特色的是《东海孝妇》和《韩凭妻》。

《东海孝妇》的结局是显灵,使自然界发生灾异。干宝在《搜神记序》中说:"及其著述,亦足以发明神道之不诬也。"《东海孝妇》在一定程度上受着当时盛行起来的佛教因果报应的影响,同时也显示出汉代谶纬神学中把天道变化的根源归于人事的思想。"究天人之际"是西汉学者研究的一个大题目,自董仲舒就搞起来而至王莽时搞得乌烟瘴气的天人感应说,整个笼罩我国封建时代两千多年。这种思想在六朝志怪小说中也是一种带支配性的意识。像《搜神记》中的《东海孝妇》《淳于伯》《苌弘化碧》《谅辅自焚》等故事的结局,就表现了这样的思想,显然它们同时也带有为被压迫者发泄怨气的民主思想的因素。

《韩凭妻》的结尾是带有强烈民族色彩的悲剧结尾方式之一。在悲剧主人公毁灭之后,具体地说就是韩凭得到妻子表示忠贞不渝和死意已决的书信后自杀,韩凭妻何氏也跳台而死,从一般结构理论上讲,这时候小说就该收束了,然而它不但未做收束,并且用了和前边相等的篇幅特意渲染一种诗化的意境,给悲剧主人公涂上美丽的光影和色彩。这种渲染主要使用象征的手法,进一步显示这一对夫妇爱情的坚贞和他们精神世界的美好。象征不是比喻,它比比喻来得含蓄、深厚，意境的延伸性强，从意象上给读者创造了广阔的感受、联想的领地。这里主要通过两种事物进行象征描写，造设美的意境：一是两株大梓树，生于二冢之端，奇迹般地生长，十天之内便长到一抱粗，而且"屈体相就"，就像是两个人拥抱一样，"根交于下，枝错于上"，多么热烈，难解难分；二是两只鸳鸯，雌雄各一，总是栖息在树上，朝夕不肯离去，"交颈悲鸣，音声感人"。这种结尾，从给人的审美感受看，主要是"美"，与此同时还把前边的"悲"延伸下来，把"悲"和"美"神妙地融合在一起。一般文章在分析我国悲剧的这种结尾时，只强调美的一面，有的文章还说这种悲剧结尾是"乐观主义"的。这种意见完全曲解了作品的主导矛盾性质，把结尾与作品主体割裂开来。实际上，当作品做这种结尾时，其情调、意绪并不是背离悲剧，走向"乐观"，而是给"悲"之上笼一层"美"的氛围，从而表达作者伦理和美学的思想倾向。这儿，鸳鸯是"交颈悲鸣"，并不是"交颈欢唱"。说这种结尾是"乐观主义"，不但割裂了结尾与前边的联系，抹杀了延伸下来的"悲"的气氛和情绪，脱离了作品的实际，同时也损害了作品的思想主题，把作者和悲剧主人公都歪曲成是麻木健忘的。

以上两个悲剧小说的结尾，都受着民间文学的滋养，是民间式的。另外还有一种文人式的结尾，如《范式张劭》的结尾。这种结尾是诗情的抒发，即尽量抒发一种悲怆的然而又带着诗意的情怀。因为这是篇幅很有限的叙事作品，所以所谓抒情是人物的抒情，是人物带着抒情味的对话，而不是作者的直接抒情。范式梦见张劭穿着礼服来向他说："巨卿，吾以某日死，当以尔时葬，永归黄泉！子未忘我，岂能相及？"送葬的这一天，当灵柩怎么也不肯前进的时候，范式素车白马从千里之外赶来为张劭送葬。他向朋友的灵柩行着礼说，"行矣元伯，死生异路，永从此辞"。送葬者近千人，看到这里，个个都忍不住擦起泪来。范式拿着绋子在前头引路，灵柩于是也开始前行了。这种结尾，比上边两种民间式的结尾都显得凄怆怨慕，悲剧的感染力和作用于读者情绪的渗透力显得更为强烈。

《干将莫邪》在情节结构方面很有层次，环环紧扣，越来越剑拔弩张。它是在故事发展到最高潮、最惊心动魄的地方结尾的。干将去献剑被楚王杀掉，这已经构成一个悲剧了，但悲剧的发展并不就此终止，而是向着悲剧的更高潮逐步升级，于是有赤的自刎，有他的头颅被煮。悲剧的最高潮就是赤、侠客、楚王，三个人的头都落到汤镬里，三个人同归于尽，情节就在这里结束。大体看来，主人公立志为父亲报仇，最后善恶双方共同毁灭，这和莎士比亚《哈姆雷特》的总体结构大致不差，不存在任何大团圆的倾向。我之所以要特别指出这一点来，是因为有些无视中国悲剧文学实际的研究文章，往往下结论说中国悲剧结尾的特点是大团圆，因此有必要强调指出，从我国悲剧文学的源头太古悲剧神话开始，历经其后各朝各代的悲剧中，这种非光明非大团圆的结尾，占了相当大的比重。说大团圆是中国悲剧的普遍结尾，这是不符合实际的，是错误的。

《搜神记》悲剧在我国悲剧文学发展中的承前启后作用

《搜神记》悲剧承袭了我国古代悲剧神话浪漫神奇的艺术风貌。也在题材上、作风上为其后我国悲剧文学的发展开拓了道路。

中国古代的文学批评中，曾经有一种溯源法，形成很独特的批评派别，它对作品的评论是从总的感受中辨别其思想艺术渊源。钟嵘的《诗品》就属于这种批评，对每一个诗人的评论，首先指明其源出于何处。这种方法重在审美感受，有它的长处。我们研究古代文学特别是研究文学的美学特征的时候，应当吸收这种方法。有许多作品，你领略了它的特征，但难以描述出来，不可言传，而在推源溯流中，却可以把它的精神和特征把握到几分。我们研究《搜神记》悲剧小说不妨一试这种批评方法。

《干将莫邪》的艺术精神的渊源是神话《刑天舞干戚》，它们的壮烈、凌厉的特征是很有相通之处的。对《韩凭妻》我们可以说，"其源出于《孔雀东南飞》"。《韩凭妻》是民间传说，说的是战国时代的事，也许秦汉时代就在北方流传着，而不是晋人的创作，那么它便早于《孔雀东南飞》了，但这二者属于同一源流的文学则是没有疑义的。

这是"瞻前"。如果"顾后"，我们会发现唐宋以降的悲剧文学作品中，有不少与《搜神记》有着关系。鲁迅先生说唐人传奇"尚不离于搜奇记逸"，又说"传奇者流，源盖出于志怪"。唐人小说中的悲剧作品，大率以妇女为主人公，这些唐人爱情悲剧小说，虽然主要是唐代社会现实的反映，但受《搜神记》悲剧的影响也是明显的。如霍小玉的变鬼复仇，李章武与王氏子妇的阴阳恋，都留存着《搜神记》小说作风的痕迹。《任氏传》中惊心动魄的人兽变异，与《搜神记》卷十四的《女化蚕》悲剧，情调是十分相近的。

元杂剧中的一些悲剧，也和《搜神记》中的悲剧小说有着直接的渊源。宫大用的《生死交范张鸡黍》就是敷衍发挥《范式张劭》而成的。《搜神记》卷七"淳于伯"条载："晋元帝建武元年六月，扬州大旱。十二月，河东地震。去年十二月，斩督运令史淳于伯，血倒流，上柱二丈三尺，旋复下流四尺五寸。是时淳于伯冤死，遂频旱三年。刑罚妄加，群阴不附，则阳气胜之。罚又冤气之应也。"这显然是元杂剧中的著名悲剧《窦娥冤》的直接素材之一。不特如此，谈《窦娥冤》我们甚至可以发现，关汉卿创作这一作品时，直接受着《搜神记》的很大影响。《窦娥冤》第三折的曲辞中，有四处的引典都来自《搜神记》。《耍孩儿》："我不要半星热血红尘洒，都只在八尺旗枪素练悬。等他四下里皆瞧见，这就是咱苌弘化碧，望帝啼鹃。"《二煞》："若果有一腔怨气喷如火，定要感的六出冰花滚似锦，免着我尸骸现，要什么素车白马，断送出古陌荒阡！"《一煞》："做什么三年不见甘霖降？也只为东海曾经孝妇冤。"这里涉及的《淳于伯》《苌弘化碧》《范式张劭》《东海孝妇》都是见于《搜神记》的悲剧故事。

当然，在我们深入地对《窦娥冤》进行具体分析的时候，又会发现,《窦娥冤》虽然受《搜神记》很大影响,但它只是用了《搜神记》悲剧的形象思想材料,而它的思想却与《搜神记》悲剧有着本质的区别。关汉卿在运用《搜神记》这些形象思想材料的时候,对它们进行了积极的、民主性的改造。从表面看来,窦娥三桩誓愿的兑现,也是"诚之至也金石为开",人的强烈的怨愤之气感天动地,使之出现了怪异现象,这本戏的"题目正名"就是"秉鉴持衡廉访法,感天动地窦娥冤",但是我们"顾及全篇"从总的思想倾向来看《窦娥冤》,毫无疑义这本悲剧是强调反抗和斗争的。当窦娥在刑场发下三桩誓愿,质问苍天大地以抒发愤怨的时候,她的反抗也达到了高潮。《搜神记》却是把神捧在最尊贵的宝座上,人是神的奴隶,人在神的面前毕恭毕敬、诚惶诚恐,人感动了神出现奇迹是靠神发慈悲;而《窦娥冤》正相反,它看重的还是人,反抗者挥斥风云,指挥着天道变化,特别是窦娥敢于斥责天地"不分好歹""错勘贤愚",造成了人间的不平,她是站在现存秩序的对立面呼喊的。《窦娥冤》的思想精神是对《搜神记》的反动,而与上古悲剧神话发生着精神上的相通。

以上分析说明,随着作家立场、处境、政治主张、思想境界的不同,可以赋予同一形象材料以不同的思想含义,发挥不同的思想作用。同样的现象再举《牡丹亭》为例。汤显祖《牡丹亭》的主题,就是强调男女之间的真情是绝对的,而人的生死是相对的。汤氏在《牡丹亭题词》中说:"如丽娘者,乃可谓有情人耳。情不知所起,一往而深,生者可以死,死者可以生。生而不可与死、死不可复生者，皆非情之至也。"汤氏这种观念，其源盖出于《搜神记》，《牡丹亭》的取材，和《搜神记》卷十五的《王道平》《河间郡男女》，卷十六的《吴王小女》，都有着直接的关系。但《搜神记》在整本书中多是宣传封建主义的，《搜神记》认为封建道德是重要的，它不重视人的价值和人的尊严，为了保全封建道德，尽孝，可以廉价丧生（如乐羊子妻、犍为孝女叔先雄），可以不动声色地把自己的儿子活埋掉（如郭巨），而《牡丹亭》恰恰相反，它是强烈地反封建的，强调的正是人的价值，鼓吹个性解放。这种思想，已经有着近代资本主义思想萌芽的倾向。

前边分析过，《搜神记》悲剧中，已经具备各种不同的结尾，这都为其后悲剧的结尾积累了经验，走出了路子。如《韩凭妻》那种诗化意境的结尾，把"悲"与"美"两种美感形态有机地融合在一起，这种悲剧结尾方式对我国后来悲剧的结尾影响很大。《梁山伯与祝英台》的开冢化蝶，《长生殿》的游月宫，就是这种类型的悲剧结尾。《东海孝妇》显灵使自然界发生灾异的结尾，带有复仇的性质，这种结尾后来还发展为变成厉鬼，直接起来对仇敌进行报复，如唐人小说《霍小玉传》、民间文艺中的《王魁负义》、明代戏曲《红梅阁》等，都是悲剧主人公的鬼魂直接进行复仇，比《东海孝妇》的曲折报复显得更为直接痛快。《范式张劭》凄怆怨慕抒发情怀的结尾，也为后来的许多悲剧作品所效法，元杂剧中的《梧桐雨》《汉宫秋》《西蜀梦》《替杀妻》《介子推》等，就属于这种结尾。

所以，无论从思想内容、艺术作风、题材、结尾等方面看，《搜神记》中的悲剧在我国悲剧文学发展史上是占着重要地位并起了承前启后的作用的。

《搜神记》悲剧批判

对《搜神记》悲剧的一些批判，已经贯穿在前几个问题的论述中了，这里再次集中强调一下。

在哲学思想上，《搜神记》悲剧的倾向是崇拜神力，寄希望于彼岸世界，而彼岸世界的到达，不是靠人的实践斗争，而是靠人对某种道德信念的专一和执着，靠人的修养功夫。人行孝很认真，很虔诚，就可以与母亲发生心电感应，他在千里之外，母亲咬手指头就可以召唤他。尽孝埋儿可以得到天赐的大宗黄金。对后母的孝敬可以在三冬腊月感动鲤鱼蹦到冰层上来。积柴自焚能够感动上天降下大雨。爱情的专一，即使在死后也会进入一种美妙境界，活着不能结合，女方死后，男方还可以活着到坟墓去和她过夫妻生活，甚至死者可以从坟墓里被挖出来得到复活。

在政治思想上，《搜神记》有着浓厚的封建思想，这些思想渗透在该书的不少悲剧中，鲁迅深恶痛绝的《王祥卧冰》《郭巨埋儿》都出自《搜神记》第十一卷。这一卷中的《犍为孝女》《乐羊子妻》，干宝是作为正面的崇高悲剧写的，但在我们看来，这两个作品实在是另一种意义上的悲剧。它们表现的是封建阶级的思想毒素、封建伦理、吃人道德，铸造了一些变态的、卫道的、可悲的人物。叔先雄有什么必要撇下两个襁褓中的婴儿，为了寻父亲的尸首去投水呢？她所殉的纯粹是一种吃人的礼教，她实在不应该人为地制造她自己和两个婴儿的新悲剧；乐羊子妻遇到强盗，操刀而出，颇有些斗争的姿态，但她并没有把刀向强盗砍去，而是割自己的脖子，目的据说是为了保全婆婆，这也是自我制造悲剧。这些悲剧人物当然是可悲的，同时也是可怜的、可恶的。

在艺术上，像《河间郡男女》《王道平》《吴王小女》《东海孝妇》这种结局的浪漫主义，不是从现实中生发出来的，即不是顺着实践斗争的逻辑展望前景形成的浪漫主义，而是一种虚空的、外加的光明，是一种廉价的浪漫主义，有人把这叫作"乐观主义"，我是不敢苟同的。乐观主义是在积极的斗争中争取胜利的一种展望，是相信有必然胜利的光明前景，是对斗争事业必胜的信念，而《搜神记》有些悲剧这种不做斗争、否定实践价值的虚假光明，却是一种心造的幻影，这不是乐观主义，而是阿Q主义。

《长恨歌》的主题

大唐帝国从繁荣昌盛到江河日下，是以"安史之乱"为标志的。当然，仅仅安禄山造反这种偶发事件，并不足以使一个称雄世界的帝国统治大厦彻底坍塌，"安史之乱"只能看作是唐朝各种社会矛盾总爆发的一个突破口。没有"安史之乱"，李唐王朝也会因为其他政治事件完成从繁盛到衰败这一历史过程。

然而这一过程毕竟发生得太突然、太迅疾了。这就不能不使人们产生一种忧虑国家前途、缅怀开元盛世的时代心理和时代情绪。这是一种悲剧性的时代情绪。

一种时代情绪，总是被神经敏感的知识分子首先感受到。所以在"安史之乱"后，诗人们在自己的作品中便撼发了这种情绪，对这段历史进行深沉的反思。最典型的就是被称为"诗圣"的杜甫。如杜甫的《观公孙大娘弟子舞剑器行》回忆了公孙大娘精湛超绝的技艺，然而抚今追昔，物是人非，"五十年间似反掌，风尘洪洞昏王室""金粟堆南木已拱，瞿塘石城草萧瑟"。又如《江南逢李龟年》："岐王宅里寻常见，崔九堂前几度闻。正是江南好风景，落花时节又逢君。"曾几何时，繁华不再，旧人相见，恍如隔世！诗中有两个对比性的意象，具有极强的象征意义，一个是"好风景"象征着昔日的繁华；一个是"落花时节"，象征着乱后的衰飒。这两个意象承载了叹今和怀旧的情绪抒发使命。这两首诗写于"安史之乱"十多年之后，在当时，忧患痛苦表现得最深的就是杜甫。

又过了三四十年，至八世纪末九世纪初，这种对国家命运的忧虑，在文学中则形成一股潮流，这种潮流可以说是以杜甫作为先驱的。如元稹的《连昌宫词》，元、白分别写出的《胡旋女》，都是感慨深长的反思历史的名作。作家们在作品中表达这种悲剧性的时代感受的时候，显得感伤、悲怆，带有虚无和世纪末的情调，当时的小说作品《南柯太守传》《枕中记》都在告诉人们，人生就是一场春梦。

更值得注意的是，中唐作家用悲剧小说表现这种时代氛围的时候，常常把艺术光束的焦点，聚集在妇女的身上，如《莺莺传》《霍小玉传》《任氏传》《李章武传》《飞烟传》等，都是这样的作品。这些作品全部创作于中唐，这是值得我们深思的，初、盛唐不会出现这种创作现象，因为那时还是上升繁荣的时代，"安史之乱"四五十年之后，作家对大唐兴亡的历史，已经经过成熟的、时代性的集体思考和体味，才自然地出现了这样的文学潮流。

上述诸篇以妇女为主角的悲剧，表面看来是写女性的悲剧命运的，而在深层都宣发着这种时代情绪。在当时，妇女的悲惨命运以及她们纤弱温婉的禀气，总是被摧残的美艳的姿态，都足以使人感到凄伤和哀怜，这恰好与人们对当时时代氛围的感受发生着极大的契合。通过对妇女悲剧遭遇的描写，正好摅发了中下层知识分子对现实的感受和情绪。

在中国古代文学中，美女往往是一种载体。在数千年的中国古代社会中，女性一直处于弱势地位，大约正是这个原因，女性在文学中反而承担了沉重的审美方面的负载。这是造物在人文生态上所做的一种平衡。女性的社会地位备受压抑，这不但造成善良心灵的疼痛，而且女性客观的体性之美，会在文学中赢得怀恋和礼赞。于是美女便成为一种文学载体，她们成了美的象征，作家的许多追求难于正面描写和表达的时候，往往通过女性来进行折射性的表现。可以说文学家广泛的精神追求，除爱情憧憬外，诸如政治理想不能实施的郁闷、对所崇尚人物的向往、对世外仙境的渴求等等，往往都被艺术折射为美女，然后在追求不到的怅惘中，曲折地宣泄作家的情思。于是便有了《诗经·蒹葭》中让人惆怅和向往的"伊人"；有了屈原在《离骚》中对太古美女宓妃的怀恋和追求，然而宓妃美艳而高傲无礼，又去追求有娀氏之佚女，也因缺乏良媒，难于交言，又恐高辛氏抢到自己的前头。又如张衡的《四愁诗》，刘晨阮肇的艳遇，曹植笔下的洛神等等，都是以女性甚至女神来寄托作者的某种向往情怀。《长恨歌》正是以"安史之乱"为历史线索，通过杨玉环的爱情悲剧和悲剧命运,来抒写这种时代性的悲剧心理和悲剧情怀的。

《长恨歌》写成于"安史之乱"之后五十年的元和元年(806),距"安史之乱"已半个世纪,它是中唐叙事文学中诸多写妇女悲剧的作品之一,它和陈鸿《长恨传》的创作,都受着中唐悲剧创作风气的影响和制约。白居易是要写唐帝国从盛到衰这一历史悲剧的,而他所用的,是当时悲剧创作共用的角度和焦点,这就是通过女性主角来展开悲剧和完成悲剧。通过女性主角来写悲剧以抒写唐帝国江河日下的悲凉感受,是中唐作家摸索到的一个独特的、行之有效的创作经验。白居易写《长恨歌》便使用了这一艺术经验。《长恨歌》的重心在后半篇,前半篇是作为后半篇衬托而写出的。作家在后半篇尽力渲染悲剧的结局、悲剧的氛围和悲剧的情怀,用整个悲剧显示一个历史的借镜,从而达到深刻讽喻的目的。

很显然,《长恨歌》并不是一种信史,这首长诗中充盈着一股浓烈的主观诗情,受这种诗情的驱使,诗人对客观史实做了很大的取舍,开头一个"汉"字,就把要叙写的物语故事做了虚化的处理。"安史之乱"这样的重大历史事件,只用很虚的两句诗"渔阳鼙鼓动地来,惊破霓裳羽衣曲"做了交代,而把主要篇幅用到写悲剧上来。同时作为一首悲剧长诗,《长恨歌》也具备中国悲剧的特色。它给悲剧安排了一个浪漫主义的结尾,即四川道士用"李少君之术",为唐玄宗在蓬莱仙山中找到成仙的杨玉环;成仙的杨玉环绰约的风姿,似比当妃子时更加动人,她不但托道士带给唐明皇金钗与钿盒两件信物，而且说出了不为外人所知的两个人的秘誓。这个浪漫主义的结尾，当然受诗人主观诗情的驱使，但同时也是一种民族集体无意识在悲剧中的必然出现。这种悲剧结尾，在汉末的悲剧长诗《孔雀东南飞》和魏晋时代的传说《韩凭妻》中已经形成，表现了大众对真善美遭遇摧残的悲悯情怀，注入了大众的善良愿望，在悲剧文学中便形成一种审美定式，而《长恨歌》同样受着这种民族悲剧的审美定式的制约。

这一结尾也不是白乐天一人所构想，而是他和陈鸿、王质夫三个人的集体劳作。806年，白居易自校书郎调任盩厔尉，这一年十二月，与住在这里的王质夫、陈鸿（曾任朝议郎行太常博士上柱国）同游仙游寺，三人在喝酒中间，对唐玄宗、杨玉环故事进行过讨论，后由白居易写为长诗《长恨歌》，由陈鸿写成小说《长恨传》。在这两部作品中，情节和结尾都基本一致。这个结尾，无疑是白居易、陈鸿的文学虚构。据历史学家考证，华清宫长生殿是祀神的地方，唐玄宗不可能与杨玉环在此谈儿女私情，而且唐明皇是每年十月幸临华清宫，至春即还，七月七日，不可能在华清宫，这更加证明了《长恨歌》的文学创作性。史学家如陈寅恪先生，处处用信史去考量《长恨歌》，对白乐天发出种种责难，可以说是不大理解文学创作的。作为艺术作品这样写，则显出更浓的儿女之情和艺术感染力，所以并无不可，但绝不可作为信史来读。

然而白居易、陈鸿的这种虚构却引来了更玄虚的公案，日本人钟爱杨贵妃，想把她拉到日本去，又反过来从文学虚构向真实事实去坐实。日本人传说,杨贵妃在马嵬坡并没有死,而是东渡到了日本山口县向津具半岛的久津。现在久津有一座庙叫二尊院,除有释迦牟尼佛和阿弥陀佛的塑像外,还有杨贵妃的塑像。二尊院里藏有一份文献,是该院五十五世住持惠学长老于1776年所写。这份文献中说:当时在马嵬坡,高力士缢死杨贵妃,尸体陈于车上置于驿站院中,令陈玄礼验看。当时唐玄宗已带着无限悲痛,随大军进褒斜道向四川奔逃而去。陈玄礼见杨贵妃并未真死,尚有微弱气息,念及唐玄宗悲痛,便着人救活,并造了一座舻舟,舟中放置数月干粮,让杨贵妃乘舟漂流。天宝十五载七月,杨贵妃漂到日本。至于到日本之后,又有两种说法:一种说法是,上岸不久即死,里人葬于本寺内,千余年凭吊者不绝;另一种说法是,隐姓埋名,改姓八木,至今传说久津出美女。1963年,一个日本妇女拿着家谱在电视台宣称,她就是杨贵妃的后裔。

离本事发生时间不到二百年,后晋人刘昫撰写了《旧唐书》,《旧唐书·杨贵妃传》中明确记载,唐玄宗从四川回到长安后,令为杨贵妃改葬,礼部不许,他便密令中使移地改葬,等到挖开墓时,贵妃"肌肤已坏,而香囊仍在"。日本的这些传说和惠学长老的文字,经不起推敲的地方太多,这都是《长恨歌》结尾给他们留下了想象和编造传说的启示。《长恨歌》这种结尾是人心所向,它不但体现了中国人的审美心理,而且从日本的传说来看,可以说让杨贵妃活着,这种处置代表着整个东方人的伦理趋同心。

柳永《望海潮》赏析

北宋时期是我国经济、文化、商业都发展的一个历史时期。描写都市繁华是柳永词的重要内容之一，像开封、杭州、苏州等都会他都写过。这些词对于了解历史都有一定的认识价值。我们看一首他的名作《望海潮》，就是写杭州城市繁华和湖山之美的。

据说柳永和孙和原是朋友，孙何知杭州时，柳永想见他，但署衙门禁很严，进不了门。后来他写了这首《望海潮》，拿着去找歌妓楚楚，说州府开宴会时，务请借您的朱唇把这首词在知州孙何面前唱出来。他若问是谁作的，你就说是柳某。在中秋节的晚宴上，楚楚如法炮制，孙何第二天立即派人把柳永迎进府里。

    东南形胜，江吴都会，钱塘自古繁华。
    烟柳画桥，风帘翠幕，参差十万人家。

云树绕堤沙，怒涛卷霜雪，天堑无涯。

市列珠玑，户盈罗绮，竞豪奢。

重湖叠巘清嘉，有三秋桂子，十里荷花。

羌管弄晴，菱歌泛夜，嬉嬉钓叟莲娃。

千骑拥高牙。

乘醉听箫鼓，吟赏烟霞。

异日图将好景，归去凤池夸。

先看上阕。

杭州地处我国东南一隅。地理形势重要、优越。"江吴都会"，指五代钱镠自吴越国，建都杭州（春秋吴国建都在今苏州；三国吴国都城为建业，即今南京）因吴越在钱塘江边，故曰江吴。钱唐即现在的杭州，秦县名，唐代加"土"旁。这三句气魄很大，从地理历史两方面在文气上造成一种笼盖全篇的气势。

烟柳，含着烟雾的杨柳。画桥，画着彩色装饰的桥梁。风帘，窗上遮风的帘子。翠幕，室前绿色的帷幕。用这八个字、四个词组，感性地概括了杭州的秀美和繁华，已经有了丰富的意象，然后用"参差"一句归总，完整地勾勒出这个城市的基本气象。"参差"是诗词中的习用语，是"差不多""几乎""大约"的意思，不是"参差不齐"的意思。以上三句写市区。

云树，高耸入云的树木。堤沙，江堤上的沙路。这几句说，一抹浓密的树林环绕着钱塘江防潮汛的堤坝。奔腾的潮水翻卷着雪白的浪花。堑，本指城河，古称长江为天堑意思是说它是天然的险要。这三句都是写钱塘江的，而"天堑"一句带有画龙点睛的作用，它与上两句组成钱塘江的完整形象，写出钱塘江的壮阔、险要。上边"参差"一句也是这样的作用。

"市列"三句又深入到市区最繁华之处，做进一步的渲染。珠玑，泛指珍贵物品珠宝之类。罗绮，泛指高级衣服。市场上陈列着珍贵物品，家家放满着绫罗绸缎，好像是在比赛着谁家阔气。通过这典型的两笔，就把杭州这个消费城市的特色形容出来了。在这里，人们疯狂地追求着物质享受。

现在要用电影镜头表现那时的杭州，《望海潮》就是现成的脚本：开始几句用鸟瞰俯摄。"烟柳"三句远镜头慢摇。"云树"一句，中镜头。"怒涛"句远镜头。"市列"几句用近景特写。

再看下阕。

"重湖"，西湖以白堤为界，分为内湖和外湖。白堤、孤山以北为内湖，以南为外湖。叠巘，重叠的山峰。西湖周围有葛岭、南高峰、飞来峰等。清嘉，清秀，嘉丽，清嘉总的形容湖山之美。

三秋，指初中晚三秋。下阕开始两行说西湖大势，以下写西湖细景。晴空下演奏着丝竹音乐，夜晚的采菱船上飘荡着歌声。钓鱼的老汉脸上乐呵呵的，采莲的姑娘们戏耍笑乐着。

写西湖，因为西湖最能代表杭州的特色。

以下写官员政绩。高牙，大旗，旗杆上用象牙作为装饰。这是对孙何的称颂，写他出行时的仪仗队非常有气势，雄壮的马队，簇拥着高大的牙旗。

喝醉酒之后听听曲艺节目。箫鼓，指宋代的唱赚、鼓子词一类演唱节目。吟赏烟霞，欣赏吟唱山光水色。以上三句写行政长官的煊赫气势和日常享乐生活，意思是说，在他的治下，如此繁华、太平，作为这里的行政长官闲暇无事，可以消闲行乐

"图将"的"图"字是动词；"将"字是助词，表示进行态和完成体，图将就是画上，画好。凤池，凤凰池的简称，指中央的政治机要机关中书省。这两句是向孙何说巴结的吉利话，说不久之后你的官升到中央机关去，那时可能还留恋你治理过这个好地方，可以把杭州绘成图画，拿到朝廷，夸示于同僚，让他们都开开眼。

据说《望海潮》传到金国，金主完颜亮读了觉得杭州如此美，遂起"投鞭渡江之志"，想一举占领这个地方。然而他不但未能渡江，他之后历经金世宗、章宗、宣宗、哀宗都未能渡江，金反而被蒙古人灭掉了。

苏轼对词的革新和解放

唐代是我国文学艺术发展的高峰。盛唐的诗，中唐的散文，都达到相当的高度，特别是诗，可以说是达到了前所未有的高度。到了晚唐，诗和散文都开始走下坡路，一直到宋初，形成了西昆派，诗文已经沉沦到形式主义的泥淖中，因而历史和时代便提出了诗文革新的要求。这一任务是由欧阳修作为领袖而完成的。

至于词，它产生于隋唐，但直到中唐才为文人所染指，在晚唐逐渐发展。五代时，词在南唐词人手里得到较大发展。至宋初，五代词的成果被继承下来，柳永使词有了开创性的发展。但柳永对词的发展，并未使词达到一个质变，"诗庄词媚"的信条在柳永手里不但不会被打破，反而会使人们对这种传统认识更加牢固。那时大家都有一个看法，词就是娱宾遣兴"佐清欢"的东西，它就是一种音乐文学而且是给轻音乐写的歌词，内容太严肃了，就会像在闺房时唱国歌，有煞风景的感觉。

我们就看欧阳修吧，在诗文上，欧阳修对浮靡绮丽的作风是深恶痛绝的，但当他提笔填词时，他写的无非是伤春悲秋、离愁别恨、男女之情。是不是欧阳修是二重人格？不是。主要是一种非常顽固的传统观念"词为艳科"在作怪。

词在宋初，就是这种现状。词还要不要有一个质变性的发展？是不是就在"艳科"这个框框内不能逾越？当时大家的认识好像就是这样，词就是这种不严正的玩意儿，它可以脱离一个人完整的人格而存在，就如同我们大家开会发言、发号召、表决心，这属于他任何时候都可以公之于众的东西，你可以记录，可以照相，可以登报。但当他下了班，回家和老婆说私房话，这就是另外一类生活了，这些生活内容，请不要录音，不要照相，更不要登报。做动员、发号召、表决心，相当于诗文，是严正的；和老婆说私房话，这相当于词，"词为艳科"，如果回到家里和老婆开口一讲话就是社论上文件上那些话，就不伦不类，就是"以诗为词"了。所以宋初不少文人写的词，都是随写弃，编集子的时候，词一般都不往进收。

当时文坛上的这种认识是一种习惯势力，是一种历史的惰力，时代和历史都提出了打破这种历史惰力的要求。如果永远停留在这种现状，词的生命力便就此结束了。如果是这样词就不会成为宋代"一代之文学"了，我们把词就不会叫"宋词"了，就不会和唐诗、元曲并列起来取得它在文学史上的地位了。所以，词必须发展，这是时代的要求，历史的要求。

我们在谈范仲淹时，曾说他的词中已孕育着词进一步发展的消息，预示了词境进一步扩大的机运。后来王安石的《桂枝香》写怀古的内容，感慨良深，气局也比宋初词人的作品开阔；柳永发展的只是词的形式，都没有改变词坛的基本状况，这个挽狂澜于既倒的艰巨使命，只能落到苏东坡的肩上，其他人的才学、见识、魄力，都不足以负荷如此大的历史重任。

苏轼对词的发展，具有里程碑的意义，他彻底打垮了词的旧清规，在他的手里，词可以写各种各样的题材，词不再是一种轻盈柔婉的歌词，而是一种新型的诗，凡是诗能写的内容，词都可以写。词不仅可以抒发那种婉柔感情，也可以抒发各种深沉的、博大的感情，还可以写深刻的哲理性的情思，可以讲道理，可以纵横发议论。词的写景，可以不仅仅限于朱簾翠幕、游丝柳絮、风花雪月，也可以用写实的笔触描绘大江浪涛、乱石崖岸，可以描绘淳朴的农村风光、乡情乡景、山水田园。我们翻检苏轼的词，可以看到他的词作包括各方面的题材，有怀古，有咏史，有思亲，有记游，有感慨身世，有人生观的表达，有生活情趣的抒写，有农村风光的描绘。

只看到题材的开拓，是对苏轼对词的发展从浮浅的表层着眼的认识，如果深入到深层看问题，应该更强调苏轼对词境界的提高。因为按照之前词人对词的观念，词仅仅是一种小摆设，不能成为伸张美和善的艺术形式，不能成为一种反映社会现实的意识形态，更不能成为为人生为正义而抗争的武器，从而堕化为使人消沉、堕落、退缩的精审鸦片。王灼在《碧鸡漫志》中说得好，他说苏东坡对词的主张，"指出山向上一路，新天下耳目，弄笔者始知自振"，表现出积极向上的精神。可以说苏轼是宋词发展史上形象高大的一个人物。胡寅说："柳耆卿后出，掩众制而尽其妙，好之者以为不可复加。及眉山苏氏，一洗绮罗香泽之态，摆脱绸缪宛转之度，使人登高望远，举首高歌而逸怀浩气，超乎尘垢之外，于是花间为皂隶，而柳氏为舆台矣。"（《左传·昭公七年》："士臣皂，皂臣舆，舆臣僚，僚臣隶，隶臣仆，仆臣台。"）所以，苏轼在词坛上所开辟的完全是一个前所未有的新局面，苏轼对词的发展具有划时代的意义。

黄庭坚诗艺发微

正如清人田雯说的:"宋人之诗,黄山谷为冠,其体制之变,天才笔力之奇,江西诗派世皆师承之。夫论诗至宋,政不必屑屑规摹唐人。当宋风气初辟,都官(梅尧臣)、沧浪(苏舜钦)自成大雅。山谷出,耳月一新,摩垒堂堂,谁复与敌!"(《兰亭集字》)在黄庭坚手里,宋诗发展才走完了自己的路。他把宋诗的个性发展到了极致,使宋诗取得了这样的历史地位:面对着唐诗这个高峰,不再依附,不需羞愧,而可以与之轩轾,俨然蔚成大国了。以黄庭坚为领袖的江西诗派在北宋末和整个南宋名声那样高,绝不是偶然的。

力度感的追求

中国诗发展到晚唐时,已经失去盛唐诗歌勃发的活力和宏大的气象，就连中唐诗人那种个性追求也很少看到了。李商隐在晚唐诗坛上比较突出，他的诗是写得很美的，常常借华美的叙写寄托感伤的情思，含蓄而朦胧。北宋初年的西昆派只学他的皮毛，编织典故，雕缋满眼，使诗更趋浮靡柔弱。所以从王禹偁开始的诗人都力矫此弊，黄庭坚反西昆也不遗余力。他以自己写诗的实践，处处与西昆体反其道而行之。这其中用力最狠的，就是追求艺术上的力度感，使他的诗向读者扑来一股峭峭硬健的气息。对此，黄庭坚本人曾发表过他的理论主张，他说："宁律不谐而不使句弱；用字不工，不使语俗。"（《题意可诗后》）这种追求和苏轼对词的革新几乎发生在相同的时代里，这是在北宋后期那积贫积弱的历史氛围中，时代对文学阳刚美的呼唤的反映。

黄庭坚诗对力度感的追求，主要是通过以下一些艺术途径。

其一，用字的锤炼。黄诗往往选取不寻常的用字插在句中，给人生僻警拔的感觉，阻塞了欣赏中滑熟的通路，通过欣赏者的感觉挪移（通感），使这一字眼起到以一当十，力重千钧的作用。这种炼字主要是在动词上用功夫。黄诗的炼字，以新警为主要特征，目的不在取媚读者，而是造成陌生感，由于一字之新奇，提起了全句的精神，这在黄诗对力度感的追求中，起着重要的艺术作用。

其二，拗峭的韵律。正如清人方东树说的，黄诗"于音节尤别创一种兀傲奇崛之响，其神气即随此以见"（《昭昧詹言》）。关于黄庭坚的善为拗体，大部分谈黄诗的文章都讲到了，但在有些文章中，将此说成是一种音乐美，殊觉费解。如"醉客夜愕""碧树为我"连用四仄声,"星宫游空""吾宗端居""初平群羊"连用四平声,《次韵高子勉》"久立我有待,长吟君不来"前句全为仄声,后句全为平声等,未必能产生什么音乐美,它主要还是为了以特殊的音韵造成欣赏中的拗峭感和陌生感,克服滑熟感,这就能给人以刺激,产生异样的力的感受。《送王郎》一诗,在八句散文句式之下,接了两句流畅的七言后,诗人毕竟不愿堕入常规,所以从"连床夜雨鸡戒晓"一句开始,连续八句最后一字都是上声,而且除"此""马"二字外,几乎句句押韵。《武昌松风阁》二十一句全部押下平声"一先"韵,是典型的柏梁体,这种用韵不但不制造文气的阻隔,相反地却以同一音韵的重复回响,来增强文气的畅达,同样使人醒豁,同样给人以力感。

其三,刚劲的句式。黄诗刚劲的句式有两种情况:一种情况是剔除关联性字词和容易使诗句变得甜软的虚字,集中精要的语词,像是打出枪膛的子弹,十分有力;另一种情况是句式的散文化,从参差槎丫的语流中获得一种力感。

第一种情况突出地表现在《次韵公择舅》《次韵王荆公题西太一宫壁》一类六言诗中。这种六言诗整首给人一种凝聚的力感,像是用遒劲的刀法刻出来的墨线粗硬的木刻。文字的省简,从形式上强化了诗中古奥的思想内容,形式与内容达到高度的统一。

第二种情况即句式的散文化,首先表现为对诗的传统句式的矫变,造成句式的陌生感。如"龟以灵故焦,雉以文故翳""石吾甚爱之""牛砺角尚可""吞五湖三江"《乐毅论》胜《遗教经》""管城子无食肉相，孔方兄有绝交书""读田家书从之游""邀陶渊明把酒椀，送陆静修过虎溪"等，都不同于传统诗句的结构形式。五言诗的传统句式是二三式，在这些句子中则变为三二式或一四式；七言诗的传统句式是二二三式，在这些句子中则变为三一三式或一三三式。

句式的散文化还表现为整散的交错变化。《送王郎》的开头四句，纯以散文句法出之："酌君以蒲城桑落之酒，泛君以湘累秋菊之英，赠君以黔川点漆之墨，送君以阳关堕泪之曲。"这四句诗，句式完全相同，以排比造成急促涌流的语势，体现深沉而热烈的人情表达。如果说六言诗要高度省简，删除虚字，这四句散文句式则偏偏突出"以""之"等虚字，防止诗句的顺畅整饬，使文气带着槎丫和棱角。当然全诗如果槎丫到底，毕竟于美有碍，所以到了第九句，就接上了整齐的七言，像一段富于变化的乐曲，已从散板经"上板"走向规整的节拍了。

《答龙门潘秀才见寄》"男儿四十未全老，便入林泉真自豪"的开头，二句一气贯注，实际上的逻辑是"男儿四十，未全老便入林泉，真自豪！""男儿四十"是客观叙述；"未全老便入林泉"指出了潘秀才不寻常的人生举措；"真自豪！"是诗人对此情不自禁的叹赏。黄诗中还有些形式上带有一定特殊性的句子，如"问谁学之果《兰亭》""长歌劝之肯出游"，或提出问题而于本句中旋即作答，或说一事立即就此诘问，如"才难不其然？有亦未易识"。"未生白发犹堪酒，垂上青云却佐州"一句之中作两层意思，或递进见意，或两意背向对照，这是学习汉乐府《恒帝初小麦谣》的句式："小麦青青大麦枯，谁当获者妇与姑，丈夫何在西击胡。"这类句式不但文字极为省简，而且能显示出小章法上的顿挫美，避开了妥溜滑熟的构句路子，从中也透出一股句式上的力感。

奇崛深折的结构美

炼字、声韵、句式等方面对力度感的追求，最后通过深折、顿挫、奇崛的章法结构得到总实现。

对黄庭坚诗的章法结构，清代学者总结了"逆笔"一点。逆笔就像书法上所谓的"以锥画沙"，主要是为了防止滑熟平弱，章法上显得刚劲有骨力。翁方纲在谈黄诗的逆笔时解释说："逆者，意未起而先迎之，势将伸而反蓄之。右军之书，势似欹而反正，岂其果欹乎？非欹无以得其正也。逆笔者，戒其滑下也。滑下者，顺势也，放逆笔以制之。"（《复初斋文集》卷十）

黄诗奇崛深折的章法结构，主要表现为起句突兀和承接无端。

起句突兀在很大程度上是从当时发展的散文中学来的技法。苏轼《潮州韩文公庙碑》的起句"匹夫而为百世师，一言而为天下法"，欧阳修《醉翁亭记》劈头就是"环滁皆山也"，都是很有名的开头。黄庭坚许多诗的起句劈空而来，就很有这种气势。"凡起一句，不知其所从何来，断非寻常人胸臆中所有"（《昭昧詹言》卷十二）这种逆入法多为议论，《过方城寻七叔祖旧题》一开头就是高亢的喟叹:"壮气南山若可排,今为野马与尘埃!"像铜管乐奏的雄壮乐曲。《答龙门潘秀才见寄》以"男儿四十未全老,便入林泉真自豪"起句,方东树称赞为"起突兀,一气涌出"(《昭昧詹言》卷二十)。《追和东坡题李亮功归来图》的起句非情非景:"今人常恨古人少,今得见之谁谓无!"以散文章法引出全篇。《王充道送水仙花五十枝欣然会心为之作咏》本是咏物的小题目,却写得豪健劲爽,方东树称赞它"起四句奇思奇句"(《昭昧詹言》卷十二)。这些劈空逆入的起句,使诗一开头就取得了很强的气力。《再答元舆》的开头就是典型的逆入法,不具体写陈元舆的情况,却于空际盘旋,虚发议论:"君不能入身帝城结子公,又不能击强有如诸葛丰!"这两个十字句,在给下文涌流的七字句蓄势,像一股大水,在流泻之前,先将它储蓄起来,在水库中可回旋鼓荡,这样,流起来才更见力量。

承接无端是给诗的意念流程搞出很大的空白,截去了语义逻辑上大段的链条环节。方东树对此有精到的评论,他说:"山谷之妙,起无端,接无端,大笔如椽,转折如龙虎、扫弃一切。独提精要之语。每每承接处中亘万里,不相联属,非寻常意所及。此小家何由知之,亦无此力,故作家不易得也。奇思,奇句,奇气!"(《昭昧詹言》卷十二)《双井茶送子瞻》共八句:"人间风日不到处,天上玉堂森宝书。想见东坡旧居士,挥毫百斛泻明珠。我家江南摘云腴,落硙霏霏雪不如。为君唤起黄州梦,独载扁舟向五湖。"开头四句并没有写到跟茶有关的事,一、二句从想象中写出肃穆静谧甚至有点神秘感的环境。然后人物出场,想象东坡于此环境中挥毫如泻。到五、六句忽然宕开一笔,写到千里之外的江南茶乡。最后才把前边这两个悬隔的镜头联系起来,生出新境,引发深远的情思。《寄题荣州祖元大师此君轩》不直扑诗题,却从大师的弹琴算命谈起,到第十句才点题。但这并非离题万里,因为"此君轩"完全是祖元大师人格的寄托。在此,竹与人已经合而为一了,所以先把轩主的精神灵魂写出来再写竹,竹才能成为人的映照。而在写竹的诗行中,又意想不到地用古代著名的悲剧故事作为比兴,来象征竹的瘦劲有节:"程婴杵臼立孤难,伯夷叔齐采薇瘦。"这样,人竹化了,竹也人化了,竹和人便庄蝶难分了。

黄庭坚在叶县任上所写的《夏日梦伯兄寄江南》就很能说明他谋篇结构上承接无端这一特点。创作中思维活动的路线着意绕开常人的熟路,句与句之间有着极大的跳动性,这一特点在后半首表现得尤为充分:"河天月晕鱼分子,槲叶风微鹿养茸。几度白砂青影里,审听嘶马自搘筇。"这是写无数次到河边和林中等待兄长的到来,但却不点明等待,而先写等待亲人时微妙的意识活动。由于这时心思非常专一,环境心境都极度沉寂,以至不靠视听感官,也感觉到自然内部深沉细微的生命运动:在映照着天上月晕的河流里,鱼儿在排射着卵子,摇颤着柳叶的微风中,鹿儿的角茸在生养着。在这样的意识活动的叙写之后,才于诗的最后点明这是在挂杖翘首,以待兄长。而"审听嘶马"很容易使我们想到《孔雀东南飞》里写的"新妇识马声,蹑履相逢迎,怅然遥相望,知是故人来",

等人的人和被等的人,心灵早已相通了。像这样的实幻交错,时空渗透,很有点电影蒙太奇的手法。从这儿,我们不是分明可以嗅到几分现代艺术的气息吗!

正如我们上文所提到的,黄庭坚诗奇崛、深折、顿挫、跳跃的章法结构,是为了从字、韵、句各方面追求力感这一艺术目标的总实现,在大章法上保障反浮靡华柔这一宗旨的胜利,获得宋诗最鲜明的艺术个性。起句突兀和承接无端绝不是思路的混乱,也不是主观随意性的表现,细按黄庭坚的这些诗,都可以发现它结构线索的起落有序和内在章法的缜密严练。

高度发挥虚笔的艺术效能

虚笔是指艺术构创成的并非再现实在事物形象的具象化描写。这种具象化描写有着概括和抽象的本质。但这种本质上的概括和抽象却有着很大的延展性和模糊性。又因为它具有具象化的形式,因而也形成着一种相应的意境。

黄诗中的这些虚笔貌似景语,实质上主要是情语或意语。王国维说的"一切景语皆情语",是指那些渗入着创作主体感情意绪的实笔写景;我们所说的黄诗的虚笔,只是一种假象的景语和实质上的情语或意语。唐诗的景语大都为诗人即目所见;黄诗的虚笔看上去很具象化,然而却非诗人感官所触,而是意识中构创的象征品。"桃李春风一杯酒,江湖夜雨十年灯"(《寄黄复儿》)很像唐人诗句，实则与唐诗大别。这不是对实在具体事物的摹写和再现，而是把单个的意象人工"组装"在一起，用以叙事，记述十年前京师春风得意时之欢聚和别后清苦的宦游生涯。"心随汝水春波动，兴与并门夜月高"是写诗人和朋友分隔两地的精神活动的，"汝水春波动""并门夜月高"无疑可算作景语，但这并非视觉感知到的景象，而是感情燃烧的结晶，是创作主体艺术思维活动的产物，是创作主体给自己的感情意绪人工创制的载体和依托，而不是诗人接触到而注入了主体感情的客观外境的描摹。黄庭坚在许多虚笔之前冠以"想见"或"想得"一词，恰好透露了他这类虚笔产生的根源和途径。如"想得读书头已白，隔溪猿哭瘴溪藤""想得秋来常日醉，伊川清浅石楼高""想见东坡旧居士，挥毫百斛泻明珠""想见真龙如此笔，蒺藜沙晚草迷川""红尘席帽乌靴里，想见沧州白鸟双"等。

早在《诗经》的《魏风·陟岵》《周南·卷耳》《豳风·东山》中，就用了这种想象之笔，非常具体地描述远方亲人的活动情景，被黄庭坚作为楷模的杜甫的诗中，像"江东日暮云""香雾云鬟湿，清辉玉臂寒"等也是具象化的虚笔。但这种虚笔在黄庭坚以前的诗人的笔下只是偶尔用到，并不普遍；黄庭坚把前代诗人偶一为之的虚写景句，做了重大的、创造性的发展，使虚笔成为诗人自觉运用的形态多样的、高效能的艺术手段。《答龙门潘秀才见寄》中"山中是处有黄菊，洛下谁家无白醪"一联，是想象潘秀才所处环境的虚写。这种虚写视角开阔，如散点透视的长卷国画，俯瞰的空间很广,而且不完全是静物,也包括人事活动。《次韵答曹子方杂言》所写"往时尽醉冷卿酒,侍儿琵琶春风手。竹间一夜鸟声春,明朝睡起雪塞门"四句中,"竹间"一句是虚写,用人工构创的诗意境界来形容琵琶音乐的艺术魅力:竹林之中,间关鸟语,一片盎然春意;"明朝"一句是寒雪的实写,把琵琶妙音反衬得更加奇妙了。

黄诗的虚笔景句,广泛吸收前人的美学经验,如《以右军书数种赠邱十四》开头"邱郎气如春景晴,风暄百果草木生"两句,用一种风光景象来表现人的精神气度,这是晋人特有的手法。这种笔法在《世说新语》中比比皆是,如说嵇康"岩岩若孤松之独立,其醉也傀俄若玉山之将崩";说王恭"濯濯如春月柳",会稽王"轩轩如朝霞举"等。这是一种以意境神韵来形容人的表现性笔墨,也为黄诗的虚笔所吸收。

黄诗的虚笔景句可用以叙事,也可用以抒情和议论。《宜阳别元明用觞字韵》"明月湾头松老大,永思堂下草荒凉"为虚笔景句,以故乡实有的地名,勾起不尽乡思。在悬想中,其处松已老大,草自荒凉,而人远隔他乡,不得与故里风物相亲,又徒增几多凄怆!这些浓重的愁苦感情,是靠两幅构创的画面得到抒发的。《再次韵寄子由》中"风雨极知鸡自晓,雪霜宁与茵争年"的虚笔,却是格言式的议论。

我们有必要思考这样一个问题,抒情就直截了当抒情,议论就明明白白地议论,为什么要人为构创虚的具象描写来抒情和议论呢?两者相比究竟哪一种方法好呢?这得看具体情况,不能一概而论。如果在一首诗中，形象已经十分丰富了，中间很得体地插一两行直抒胸臆的抒情或议论，也会成为很成功的作品；而当一首诗的形象描绘很贫乏，多为直说，那么黄诗的这种以虚笔景句进行抒情和议论的方法就显得非常可贵了。比较起来，以景语抒情和议论，是更合于艺术规律，更富于艺术品格的。由于抒情、议论的材料不是抽象的概念，而是具象的画面和镜头，就能形成深远的意境，给读者以鲜活的刺激，给他们的艺术联想开拓广阔的领地。黄诗的这种虚景和唐诗的那种实景，在这一点上对读者审美感受所制造的艺术效能是同功的。

有时候，黄诗中的这种虚笔与实笔互相结合渗透，便生出了艺术新境。"落笔尘沙百马奔，剧谈风霆九河翻"中，"落笔""剧谈"为实笔，"尘沙百马奔""风霆九河翻"则是人工造境，用以形容谢公定文章与谈吐的风采气势。每句于虚笔之前冠以二字的实笔，使诗的总脉络非常清晰，杜绝了歧义的产生。"交盖相逢水急流"，"相逢"是实笔，"水急流"三字为虚笔，意谓好友聚首之渴急与短暂如水之急流。这里特意不用"如"字，一用"如"字，意象就死化了。

所以黄诗中的具象虚写是带有比喻的性质的。这时，喻体不像一般比喻的喻体那样狭窄和凝冻，而往往扩展为浑茫的意境。它不是死的而是活的，不是凝固的而是运动的，因为它经过诗人审美意识的烛照和改制，这使黄诗中虚笔景句作为比喻来说，不仅仅是一种消极的描摹、比拟，而在描摹、比拟的同时，还对读者产生着意境的感染。《听宋宗儒摘阮歌》形容阮咸音乐时写道："寒虫催织月笼秋，独雁叫群天拍水。楚国羁臣放十年，汉宫佳人嫁千里。深闺洞房语恩怨，紫燕黄鹂韵桃李。楚狂行歌惊市人，渔父挐舟在葭苇。"这样用形象、情节的描写所透发的情韵来表现音乐魅力的笔墨，在白居易《琵琶行》、李贺《李凭箜篌引》、韩愈《听颖师弹琴》中，都有过成功的实践，而对黄庭坚来说，则是他整个虚笔描写体系的具体实践之一。

在以意境做比喻时，黄庭坚常常表现出奇特的想象力。《次韵杨明叔见饯》用狐鬼作妖的峡谷中猎人靠着鸣叫就能猎取一车猎物的场面比喻小智，而用晴朗的日子在万里大漠上射雕的场面气氛比喻大智，真是匪夷所思！这种喻体已不是单一的实体，既是一种浑厚的意境，取义又带很大的模糊性和多义性，所以它已逸出比喻的范围而进入象征的领域了。《湖口人李正臣蓄异石九峰，东城先生名曰壶中九华并为作诗……因次前韵》全首都贯穿着深沉哀痛的抒情，主要的艺术特征是给情找到了一个寄托物湖口石，这个寄托物被暗暗附了人的灵魂，所以前六句句句说石，又句句在哀悼东坡，其象征的虚笔所带来的撼动读者的力量是异常强烈的。

熔铸中的艺术发酵

对于黄庭坚的诗歌艺术，以往的研究者最注意就是"夺胎换骨"，其实这仅是这位江西诗派祖师的艺术创辟之一。"夺胎换骨""点铁成金"从本质上看不是别的，而是对前人用典法的一个发展。这个发展表现在三个方面。

首先是力避常见的、用滥了的俗典，而且对于表现对象与典故间的意义联系，往往不取常人的一般思路，而是突出某些新警的意旨，从而能取得"以故为新"的效果。如《湖口人李正臣蓄异石九峰……》中"能问赵璧人安在，已入南柯梦不通"谓谁能把失落的湖口石再送回来呢？东坡先生已经作古，不能复生了。这一切恍如一场梦一样，已入梦中的石、人，与活着的人都已无法沟通了。这里"赵璧""南柯"两个典故都有着更复杂更宽广的含义，而不像一般用典只以完璧归赵表物还原主，以南柯梦表人生如梦。像这样注意意旨而不拘泥于字面的用典法，是迥异于传统的用典思路的。又如《次韵叔父夷仲送夏君玉赴零陵主簿》的开头四句写了田蚡窦婴相斗和邵平种瓜两个典故："田窦堂上酒，未醉已变态；何如东陵瓜，子母相钩带。"这四句逆起的诗突兀独立，只字未涉及诗中要写到的夏君玉，而是在说明一个抽象的道理：富贵者因钩心斗角而多起祸端，贫贱者却可子母相守享天伦安乐。"何如"两句是典中套典，其句式来自阮籍《咏怀》其五："昔闻东陵瓜，近在青门外。连畛距阡陌，子母相钩带。"黄诗在这里主要取"子母相钩带"的字面之义，而对邵平其事似已不大在意了，这都与传统用典大异其趣。

其次是对单个典故的改造和发挥，这就是所谓的"夺胎换骨"。"夺胎换骨"实质上是使典故作为诗人笔下驱使的材料变成更积极的东西,在诗中触发联想,活跃思维,并成为形成意境的催化剂,而不是把典故仅作为说明某一概念的变相语词。在这里典故不是对概念的消极的表述,而是对情思的积极的表现。在《晋书·庾亮传》中,何充悼惜庾亮的逝世说:"埋玉树于土中,使人情何能已!"黄庭坚在《忆邢惇夫》诗中用了同样的意思,但变成了自己的话:"眼看白璧埋黄壤,何况人间父子情。"这不同于一般的用典,而是对原来做了一番加工改造,使其更为通俗近切,更为雅致,更富于色彩。这样"不易其意而造其语",就是所谓"换骨法"。从这个实例中我们不是可以体味到"换骨法"积极的文学意义了吗?!"夺胎法"较之"换骨法"就更进了一步,如《南史》载陶弘景多次辞谢了梁武帝的征召而隐居不出。"唯画作两牛,一牛放水草间,一牛着金笼头,有人以杖驱之。武帝笑曰:'此人岂有可致之理!'"黄庭坚在《题李亮功戴嵩牛图》中写道:"戴老作瘦牛,平田千顷荒。觳觫告主人,实已尽筋力。乞我一牧童,秋间听横笛。"这题画诗不是像连环画文字脚本那样的说明,而竟代牛立言,用以寄托作者隐退的思想。对《南史·陶弘景传》那段文字做了极大的发挥,"窥入其意而形容之",就是所谓"夺胎法"。《蚁蝶图》中写蝴蝶不意间触蛛网而丧命,群蚁争收其残骸坠翼、一个个像凯旋的将军那样可到"南柯"邀功领赏去了。这首诗虽只短短二十个字,却浓缩了作者对人生的复杂情思和对世态的激愤谴责。诗中巧妙地用了"南柯"一词,就把唐人传奇《南柯太守传》所表现的蚂蚁国的权力之争和宦海沉浮的感慨渗入短诗中去了。像这样的"夺胎法"不是大大地扩展了传统用典法的效能,对传统用典做了有益的发展吗?这怎么可以和剽窃等同起来呢?为什么历来的使事用典都合理合法,而对它加以发展就不行,就要说是剽窃呢?

再次,在用典方面,黄庭坚最大的创造还是对几个典故的巧妙熔铸。如"朱弦已为佳人绝",典故的主体是伯牙、子期的故事,但于"弦"字之前冠以"朱"字,"朱弦"就逸出了伯牙子期故事的范围,显然来自《乐记》"朱弦而疏越,一唱而三叹"一句。伯牙、子期是难得的知音,他们均为男性,而这里却是为"佳人"而绝弦,这似乎又纳入了司马相如为卓文君弹《凤求凰》的故实。知音和爱情这两层意思、两个典故是怎样联系到一起的,除了为知音(包括爱情知音)弹琴这一点外,还有司马迁《报任安书》中说的"钟子期死,伯牙终身不复鼓琴,何则?士为知己者死,女为悦己者容"。这样,"朱弦已为佳人绝"一句就熔铸了这众多典实的意蕴在内,诸如对友谊的珍惜,对爱情的忠贞,对崇高信念的追求和向往,理想破灭后心情的失望、灰冷等等。"白眼举觞三百杯"一句诗,熔冶了阮籍的狂放,郑玄的气度,以及杜甫《饮中八仙歌》"举觞白眼望青天"、李白《将进酒》"会须一饮三百杯"等诗句所表现的思想情绪。"蛾眉倾国自难婚"一句融进了《诗经·卫风·硕人》中"螓首蛾眉"、《李夫人歌》中"一顾倾人城,再顾倾人国"等对女性美的礼赞,在此基础上又表现着《离骚》"众女嫉余之蛾眉兮,谣诼谓余以善淫"的对信而遭疑、忠而见谤的不平现实的愤懑之情。《谢公定和二范秋怀五首邀余同作》(其三),是悼念老师兼岳父谢景初的,诗中写的"采莲涉江湖,采菊度林薮,插鬓不成妍,谁怜飞蓬首",来自《古诗十九首》"涉江采芙蓉,兰泽多芳草,采之欲遗谁?所思在远道",《诗经·卫风·伯兮》"自伯之东,首如飞蓬,岂无膏沐?谁适为容",杜甫《佳人》"摘花不插发,采柏动盈掬"等,因为熔冶诸典于一炉,便以美人香草的传统比兴手段把深厚的情思——向往、怀念、哀悼、沉痛、自洁等有效地表现出来了。

使事用典是我国魏晋以降的诗文中经常使用的表现手法,黄庭坚作为一个不肯为人作计、在诗歌艺术上锐意标立个性的诗人,对于前人那种程式化的、单一凝固的使事用典已经感到不满足,极力要在这方面走出自己的路子。他的这条路子,就是一种熔铸改造的功夫,即对典故不拘泥,不沾着,或取其一端生发开去,为我所用;或将几个可粘连的典故熔为一炉,但都是让典故跟笔下的描写对象结合之后,形成一个并不能与对象重合的形象或意境。这种不安于陈规,对传统艺术手法进行发展变革的精神,无疑是值得肯定和称道的,绝不可以视为形式主义,更不应像褊狭刻薄的王若虚那样,把"夺胎换骨"这种本来带有创造性和变革精神的艺术新路说成"剽窃"。"夺胎换骨"不是消极的以典比附,而是积极能动的表现性手段。在这里,故实像是酵母,它与描写对象发生关系之后,就起着一种发酵作用,酿出新的艺术境界,给读者以新的艺术感染。

本文只就其荦荦大端、对黄庭坚在诗歌上的艺术创辟及对宋诗发展所做的贡献做了如上的分析。黄庭坚在诗艺方面其所以能取得这些创造性的成果，首先是他有一股兀傲自立的精神。他要极力标立自己的艺术个性，务去陈言，开创出一个诗的新天地来。其次，他转益多师，不但学杜、学韩，也学楚辞，学陶渊明，甚至连他极力反对的西昆体中一些可取之处，他都吸收到自己的艺术库中来，经过艰苦勤奋的努力，以达到自然浑成的总目标。再次，黄庭坚是一个艺术家，他不断地在进行着艺术功力的磨砺。他的艺术感触灵敏，艺术思维的发达和艺术联想的丰富、机敏，加上他丰厚的书本知识和对于佛道及中国古典哲学的深厚修养，使得他能把自己的思想和感受得心应手地转化为诗歌艺术，从而成为北宋后期诗坛上众望所归的一代宗师。

当然黄庭坚的诗也有着明显的缺点。说他缺乏现实主义精神固然是委屈了他，他的诗集中的不少作品表现出对于时代颓风的激愤，对民瘼的体恤，对外敌的痛恨和对边防的关注，以及对王安石的公正态度，都说明他并不是埋在象牙塔中的一个唯美主义和形式主义者。但是，他的诗集中这些主题正大的诗所占的比重毕竟嫌少，那些应酬诗，收到了别人馈赠的纸、砚、拐杖、水果、香料后写的那些不一而足的缺乏社会意义的诗却显得太多。他对诗的上述创辟之功应当被肯定，但这些功夫如果做得过头，也往往失却自然浑厚的宗旨，露出形式上的圭角来。

李清照《词论》新探

关于李清照的《词论》,学界已写了不少文章。这些文章互相之间虽然还存在着一些小分歧,但对《词论》的大部分问题,都有了大体一致的认识,似乎不需要再做研究了,其实不然。平心而论,对《词论》研究的深入程度还是不够的。对于《词论》大部分问题看法的一致,并不是由不同角度的深入研究所取得的,在很大程度上表现为原地踏步,即相同意见的不断重复。因此,对《词论》的研究亟待深化,不仅有分歧的问题(如对《词论》在宋词发展中的意义的总估价等),有必要继续进行讨论,就是目前大体取得一致认识的问题,也还可以进行新的探讨。本文就是对这种新探讨所做的尝试。

关于《词论》的写作时间

自从夏承焘先生提出《词论》是李清照早年之作以后，这一观点即成为定论，从未有人提出过异议，而且众口一词认为，她南渡之后的词创作突破了她早年所写的《词论》中的保守理论。

李清照《词论》写作的时间，尚可以重新判定。这个问题至少不应当说死，然后由大家从各方面进行科学的细致的辨析，从而得出接近事实的结论。我认为《词论》写于南渡之后，甚至有可能写于李清照的晚年。说它是李清照早年之作，理由并不充足，有些理由甚且难于成立。

夏先生的主要理由是：一、《词论》中"无一语涉及靖康之变"（《评李清照的〈词论〉》，见《月轮山词论集》），"没有提到靖康乱后的词坛情况"（《李清照词的艺术特色》，见《月轮山词论集》）。二、南渡后诸名篇"并不都是很典重、尚故实、擅长铺叙的作品，除《声声慢》之外，也不见得都很讲究声律"，"到南渡那时，由于流离民间，生活激变，使她的创作实践能够突破早年保守的理论"（《评李清照的〈词论〉》，见《月轮山词论集》）。另外，王延梯同志在《李清照评传》中还提出一个论据："这篇《词论》品评北宋名家无一免者，独于周邦彦未曾涉笔，因此它可能作于早年，或在大晟府成立之前。"这三个理由都是可以商榷的。

对《词论》未涉及靖康之变和南宋词坛，要进行具体分析。《词论》是一篇回顾词的发展史，重点对宋词发展进行总结的专门性文章。虽然在我们看来，靖康之变对于宋词的发展包括李清照本人的创作变化，是一个转折点，这主要是就词创作的内容而言的，抗敌复土的时代热潮，成为南宋词内容的主流；但是在李清照写作本文时的意识中，所注视和看重的却是"协音律"等关于词的写作艺术方面的问题，从这个角度看，靖康之变便无须提起。从词风和写作艺术看，苏轼在宋词的发展中，无疑具有里程碑的意义，他的影响从李清照出生之前的十一世纪七十年代，超越靖康之变直染及李清照之后的张孝祥诸人。所以李清照重点批评苏轼之词为"句读不葺之诗"，而对词风受苏轼影响，名声又远逊于苏轼、和李清照本人大致同时、南渡后仍活跃于词坛的张元干（1091—约1170）、叶梦得（1077—1148）、向子諲（1085—1152）等人，自然没有必要予以评论了。这就是《词论》虽写于南渡之后，却未涉及靖康之变及南渡后词坛的原因。

至于从《词论》未涉笔周邦彦推论它写于李清照早年，这是很难说通的。周邦彦如果是李清照的晚辈，在写作《词论》时他还未上词坛，自然可以由此推论《词论》写作的时间；而周邦彦长李清照二十七岁，他对李清照来说是前辈词人，周邦彦提举大晟府已五十五岁，当时李清照也近三十岁，所以，《词论》无论写于李清照的早年还是以后，写时她都是熟知周邦彦及其作品的，《词论》未涉及周邦彦并不能说明它的写作时间问题。《词论》纵使是李清照十七岁时写的，她当时也不会不知道周邦彦。李清照在《词论》中未谈到周邦彦，应当是感到这位婉约派的集大成词人无懈可击，按照李清照的性格，又不愿对之仅做褒赞，因而略去未提。《词论》中评论了贺铸，贺铸与周邦彦同时，说明对周邦彦是有意未评的。

王延梯同志还认为《词论》未涉笔周邦彦，其写作年代"或在大晟府成立之前"。我认为从《词论》评论了晁端礼这个人看，恰恰证明它是写于大晟府成立之后。晁端礼在宋代词人中，最多只能算得上个三流词人，《词论》中为什么要写到他呢？盖李清照于此文中所评骘之人，或为词坛名家，或为重臣写词者（如元绛），或为有文名而兼写小词者（如曾巩），而所以评到晁端礼，就是因为晁在当时有一点虚名。《能改斋漫录》卷十八载："政和癸巳（1113），大晟乐成，嘉瑞既至，蔡元长（京）以晁端礼次膺荐于徽宗，诏乘驿赴阙。次膺至都，会禁中嘉莲生，分苞合跗，复出天造，人意有不能形容者，次膺效乐府体属词以进，名《并蒂芙蓉》。上览之，称善，除大晟府协律郎，不克受而卒。"晁端礼这一点虚名，是从写阿谀文学中得到皇上的青睐，成了大晟府的一员而取得的，正因为如此，李清照才在《词论》中点了他的名字，把他列入"破碎何足名家"一类。

研究《词论》的文章，差不多都承夏先生之说，谓李清照后期的词突破了她《词论》中的理论。其实只要对李清照前后期词进行一些比较和分析，便会得出恰恰相反的结论，即李清照前期的词，与《词论》要求多有不合，而中、后期的词则与《词论》要求基本相合，这更使我们坚信《词论》写于南渡之后，甚至写于李清照晚年。这一点到下文再详细讨论。

《词论》中谈及《声声慢》等词的押韵问题，而《声声慢》这一词调是在宣和年间才渐渐被词人们写起来的，此时已接近南渡了，南渡之后，词人填写《声声慢》才较为普遍起来。李清照谈诸词调押韵，是对词人创作中用韵实践的总结，对《声声慢》做这样的总结，应是宣和靖康以后的事情，这是我判断《词论》写于南渡之后的另一个依据。

另外，我们知道，《词论》最早见载于《苕溪渔隐丛话》后集。《丛话》是直录李清照原文而非转引于他人书中。在此之前，笔记、诗话和其他书中从未见有称引《词论》任一句段的。胡仔《苕溪渔隐丛话》后集自序说，《丛话》前集成书之后，"比官闽中，及归苕溪，又获数书，其间多评诗句，不忍弃之，遂再采摭，因而捃收群书旧有遗者，及就余闻见有继得者，各附益之，离为四十卷"。此序写于乾道三年（1167），而前集序写于绍兴十八年（1148），李清照卒年1151—1155年，当胡氏开始收集后集材料时，李清照或在世，或谢世未久。大约由于《词论》为李清照晚年所写，以前的书中不可能称引，胡仔在《丛话》前集《丽人杂记》中虽然记录并评论了李清照的《如梦令》《醉花阴》断句，记载了她再适张汝舟等事，却不可能录引她的《词论》，因为《词论》此时或未问世。从1148年到1167年，《词论》作为胡氏在这十九年收集资料中"闻见有继得者"，才得以完整地收录在《苕溪渔隐丛话》后集中。

从以上诸方面看来，《词论》不可能写于李清照早年，而是写于南渡之后，甚至为李清照晚年所写。

"协音律"是《词论》的总纲

强调词必须协音律,亦即强调词为音乐文学,这是一篇《词论》的总纲。所以,文章一开始先讲了一个李八郎曲江歌唱的故事,作为全文的题叙。《词论》对于词史的回顾,重心放在宋代。宋代谈到的第一个词人是柳永,而对柳永所肯定的,就是他在"变旧声作新声"时,能"协音律"。谈过柳永之后,《词论》将宋代词人分为四组进行了评论。在这四组中,对张先、宋祁兄弟、沈唐、元绛、晁端礼一组,主要是说他们词作的整个艺术水准还不够高,不能算作词坛名家,而对另外三组,则是作为词坛名家或文章名家来评论的。在评论这三组名家时,协音律仍是立论的总纲。其中晏、欧、苏这一组和王安石、曾巩这一组都属于不"知"词的作家,他们的词作"不协音律",违背了音乐文学的基本特质,因而对这两组都抑之甚激,语挟嘲讽。对晏几道、贺铸、秦观、黄庭坚这组,则是在肯定他们为"知之者"、其词能"协音律",符合音乐文学特质的前提下来评论的。

李清照的创作与她的理论主张是相一致的。研究李清照《词论》的文章在将《词论》评晏、贺、秦、黄这组"知"词词人时提出的铺叙、典重、故实等要求与李清照的词作进行对照,其所以得出李清照创作与理论不合,或说创作突破了理论这样与事实悖谬的结论,原因就在于其忽视了她《词论》"协音律"这个总纲,抛开了这个总纲去浮泛地理解《词论》中铺叙、典重、故实这些特定概念。实际上,李清照这里提出的铺叙、典重、故实,并不同于一般诗论中的同名的概念,而是"协音律"前提下为词这一音乐文学所要求的铺叙、典重、故实,不特眼观而且耳听也觉条畅妥溜、不晦不隔的铺叙、典重、故实。《词论》谈另外三组词人时,并未提出过这些苛责,这是因为另三组词人或非文章名家,或为"不协律"、不"知"词的作家,连起码的格还不够,因此还谈不到这些要求,而只有对晏、贺、秦、黄这组"知"词词人,才可以提出这些进一步的要求。

《词论》中最核心的一句话是词"别是一家"。这一命题正是针对两组不协律的词人所提出来的,而晏、贺、秦、黄诸人在这一点上是并没有问题的,既然肯定了他们的"知"词,那么说他们无铺叙、少典重、少故实自然是对内行的更严要求。更不用说要求一般词人有铺叙、尚典重、有故实,必以"协音律"为前提,受"协音律"这一总要求的制约,如果脱离了这个前提,那就是论诗而不是论词了。

因此,我们在用这些理论去对照李清照的词作的时候,也绝不能脱离了音乐文学这一前提,而用一般诗论中的这类概念去做衡量。李清照论词时所说的这些概念,与一般诗论中同名概念是大有区别的。说李清照的词创作与理论不合,正是忽略了这种区别而得到的错误认识。

《词论》所要求的铺叙

李清照对前代词人的贬抑无遮无掩,出话径直,而对他们的褒扬则很少露于字面,往往暗藏在字里行间,着眼于柳永对词这一文学形式的发展,"变旧声作新声",空前地发挥了词作为音乐文学的效能,《词论》独予响亮的称赏。不仅如此,李清照对柳永词的善铺叙是十分推重的,不过这一点在《词论》中却藏而未露,但细按全文,这种意向是十分鲜明的。回顾词的发展史,整个唐五代和宋初的文人词,一直束缚在小令的框子里,到了柳永,甘心置身于都市的平民生活中,不仅用笔而且靠身体力行的音乐活动,对词的形式做了重大的发展,以至凡有井水饮处皆能歌柳词。在这中间,长调慢词得到了确立,而铺叙这种新的艺术功夫就是在柳永的手里做成的。柳永之后的大部分词人,都在创作中吸收了柳词的这些艺术经验,运用铺叙加强描写的厚度,而晏几道却始终活动在花间词和南唐词的疆域里,用调子凄苦的短章小令,重温着昔日的旧梦。无怪过去的评论家说他"独可追逼花间"(陈振孙《直斋书录解题》卷二十一),"具足追配李氏父子"(毛晋《小山词跋》,见汲古阁本《小山词》)。所以《词论》说"晏苦无铺叙",这是很中肯的批评。

现在可以在铺叙问题上来联系李清照本人的词创作了。

研究《词论》的文章都说李清照后期的词与她的《词论》不相符合,这个说法是很难成立的。即以铺叙问题为例,说她后期的词不擅长于铺叙,那么是不是说她前期的词就长于铺叙呢?显然不能这样说。《漱玉词》除个别篇外，大都难于系年，从情调与所写内容看，很大一部分为她三十余岁离开青州后至赵明诚去世前所写。这正是李清照创作的旺盛期。此时赵明诚再次出仕，夫妻常有短暂的分离，这给李清照带来了愁苦，也激发了她艺术创作的冲动，所以此期间词中多抒写闺中离愁。《漱玉词》中也有一部分可断为赵明诚去世后所写，而可指明为早期作品者极少。有极少数无感伤孤寂情绪的词，可姑视为早期的作品，铺叙功夫显然不如后期作品，那岂不是说，早期词作与《词论》主张更不相合。

李清照后期的词并非不擅于铺叙，只是这种铺叙已发展了柳永的手法，而创辟为易安体所特有的铺叙法。这种铺叙不留生硬痕迹，不做汉赋式平实的铺摘，而是铺写色调统一的意象。李清照词这种特有的铺叙，和它特有的故实等，共同构成境界朗润不隔的易安体，使得李清照词自成一家，发展了北宋的婉约派，以至有些评论家如清代的王渔洋称李清照为"婉约派之宗"。《词论》中提出要有铺叙，就是对柳永以来的词坛实践包括李清照自己后期词创作实践的总结。

我们可以通过李清照后期的具体作品，来认识她这种铺叙的特征。《声声慢》《永遇乐》都可肯定为李清照后期的作品。这两个长调都是极讲究铺叙的。《声声慢》可说是极尽铺叙之能事，全篇不用比兴，纯用赋体，读后使我们感到词人的感情是这样饱和，喷薄而出，但又绝不是径直的叫喊。感情虽然极浓，却只在篇尾溢出，在词中间却是一脉暗流。全篇主要以景物出之，乍暖还寒的节序，晚来的疾风，御寒浇愁的淡酒，旧时相识的过雁，憔悴的黄花，雨打梧桐点点滴滴向心头的声响……感情虽为暗流，又时时在意象中冒出，写晚风点以"怎敌"，写过雁唤起"伤心"，写黄花缀以"有谁堪摘"，写独自倚窗，愁叹"怎生得黑"，这样使感情起一种唤醒的作用，加强了意象的向心力，从而创造出统一的、气氛很浓的凄伤意境。所以，《声声慢》的铺叙，既是景物意象的铺叙，也是感情心态的铺叙，二者一明一暗，互相交织，互相唤醒。意象的铺叙并非同类景物的罗列，感情的铺叙也不是相似心态的堆砌，而是统于一个独特意境中的互相渗透互相映照着的景和情的自然变化。因为这种景和情的多角度的充分展现，使词所创造的意境获得了浑厚饱满的品格，又因为景的描写和情的抒发均以寻常言语出之，又不断自然变化着，所以意境的浑厚饱满却无厚重浓酽之弊而保持着清新和雅致。

　　《永遇乐》在从客观的景和主观的情两个方面进行铺叙这一点上和《声声慢》正同，但这种同中又有相异。《声声慢》所铺叙的景物氛围与词中所抒发的孤寂、凄冷、愁闷的感情，在色调上相和谐、相统一；《永遇乐》这两个方面的铺叙则是反向进行的。《永遇乐》的景物描写所尽力铺叙的是眼前天时春景的宜人，昔日元宵佳节的欢乐和妆饰穿着的济楚，以此来反衬目下境况的凄凉和心意的灰懒，从而产生了更强烈的悲剧效果。在上阕中，景和情的铺叙都很规整，差不多都是三句一组，两句乐景之后，紧跟一句哀情的抒写。这种哀情的抒发并不是声泪俱下的哭喊，而是与前两句景语紧密相连的内心独白,"落日熔金,暮云合璧——人在何处!染柳烟浓,吹梅笛怨——春意知几许!元宵佳节,融和天气——次第岂无风雨!来相召,香车宝马——谢他酒朋诗侣!"而整个下阕的章法正如上阕中的一个句组,连用六句回忆"中州盛日"元宵节的欢乐,然后又用六句写眼前仪容和精神面貌的巨大变化。这两个方面的铺叙都饱满到相宜的程度,最后结以"不如向、帘儿底下,听人笑语"一句。这一句看似平静的内心独白,所引出的是一种无泪之哀,比之有泪之哀更为沉痛,更震撼人的心灵。

我们举出李清照晚年的这两首词作,来分析李清照词铺叙的特征。可以看出,她的铺叙是非常注意主观与客观、情与景、哀与乐、虚与实的相互配合和辩证关系的。刘熙载《艺概》说:"词之章法,不外相摩相荡,如奇正、空实、抑扬、开合、工易、宽紧之类是已。"又说:"词中承接转换,大抵不外纡徐斗健,交相为用,所贵融会章法,按脉理节拍而出之。"李清照已经自觉地把握了词的这些章法艺术,是在此基础上建立自己的铺叙法的,只有这样来运用铺叙,才能富于章法变化,也才能使词作明白流畅,本色当行,使人既听得懂,又听得有诗味,达到音乐文学的要求。

李清照词的故实

唐五代词一般不大用典。王又华《古今词论》引沈谦语:"男中李后主,女中李易安,极是当行本色。前此太白,故称词家三李。"

所谓当行本色，主要指语言浅近浏亮，明白家常，不待补假。李白、李煜词，都可以说是"羌无故实"。李清照既与李白、李煜合称词家三李，按说也应是少用故实的，李清照研究者也多说清照词很少故实，与其《词论》主张不合，实则这种认识是不对的，其根源在于对李清照词作察之未深。李清照不特在《词论》中强调要有故实，她的词创作同样很重故实，与其《词论》重故实的要求是一致的。

李清照强调词尚故实，是时代风气使然，宋人作诗，如严沧浪所言，多以才学为之。这种作风不能不影响词坛，在李清照之后，词中用典使事之风还是有增无已，至辛弃疾而达其极。《词论》嫌秦观词"少故实"，"乏富贵态"，正表现了这样的时代风气。其实我们读秦观词，并不觉得"少故实"，而感到运用故实正恰到好处，如秦观的代表作《满庭芳》（山抹微云）篇中"蓬莱旧事""谩赢得青楼薄幸名存"都是故实。"斜阳外"三句系化用隋炀帝诗句。又一篇《满庭芳》（晓色云开）篇中的"豆蔻梢头""十年梦"即分别用杜牧《赠别》和《遣怀》诗中关于扬州之典故。《词论》说秦观"少故实"，的确给人吹求之感。

用典使事是宋代写韵文的一种时代风气，因而宋人在这方面也从艺术实践中积累了成功的经验。如所谓"用事不使人觉"（《诗人玉屑》卷七引邢子才语），"水中着盐，饮水乃知盐味"（《诗人玉屑》卷七录《西清诗话》引杜少陵语），"令事如己出，天然浑厚"，"用其事而隐其语"（《诗人玉屑》卷七）等等。李清照所要求的故实，就是建立在这些成功经验的基础之上的用典，她在词的创作上，也正是照此办理的。《词论》说黄庭坚"即尚故实而多疵病"，是指他把"夺胎换骨""点铁成金"法常常用到词的创作中。如他的《满庭芳·茶》、《浣溪沙》（新妇矶头眉黛愁）等就是这样的作品，《词论》对黄庭坚的这一批评是公允的。

从李清照词中的用典可以看出，她是很喜欢读晋宋时代的书的，她词中的典故有不少出于《世说新语》和陶诗。如《怨王孙》的"水光山色与人亲，说不尽无穷好"，便是用《世说新语·言语》的典故："简文入华林园，顾谓左右曰，会心处不必在远，翳然林水，便自有濠濮间想也，觉鸟兽禽鱼自来亲人。"《念奴娇》中"清露晨流，新桐初引"八字，是用《世说新语·赏誉》写景的原话。《摊破浣溪沙》中"风度精神如彦辅，大鲜明"，来自《世说新语·品藻》刘令言的话"王夷甫，太鲜明；乐彦辅，我所敬"。《浣溪沙》"远岫出云催薄暮"来自陶渊明《归去来辞》中"云无心以出岫"一句。《鹧鸪天》"莫负东篱菊蕊黄"，《醉花阴》"东篱把酒黄昏后，有暗香盈袖"，《多丽》"细看取，屈平陶令风韵正相宜"，"人情好，何须更忆，泽畔东篱"，都出自陶渊明《饮酒》诗"采菊东篱下，悠然见南山"的名句。

我们可通过一些例子，认识李清照词的故实特点。《多丽》一篇，一口气用八个典故以形容菊花的清幽高洁；《渔家傲》过片"我报路长嗟日暮，学诗谩有惊人句。九万里风鹏正举，风休住，蓬舟吹取三山去"，也是一句一个典故，这些作品之尚故实自不待说，但这都不能代表李清照词故实的典型特征。要认识李清照词故实的特征,还是来看她的《醉花阴》。

《醉花阴》,明清诸选本多题作《九日》或《重阳》,"佳节又重阳"一句,暗喻王维《九月九日忆山东兄弟》"每逢佳节倍思亲"的含义。过片全以菊花为话题。"东篱把酒黄昏后,有暗香盈袖"两句中用了两个典故,而且把两个典故有机地结合起来。上句用陶渊明《饮酒》中"采菊东篱下"之典,陶诗的题目既是《饮酒》,《醉花阴》中只写"东篱把酒"四字,自然便包含着菊花在内,所以下句写"有暗香盈袖",虽未点明袖中为何物,不言而喻是菊花了。下句"有暗香盈袖"一句,实用《古诗十九首·庭中有奇树》一首中"馨香盈怀袖,路远莫致之"的典故,婉转表达了思念远人的深情。像《醉花阴》中这几个典故,确实做到了"用事不使人觉","事如己出,天然浑厚",既不作为典故看,也构成着极有感染力的艺术境界,但它们确又有着典故所负载的深厚意韵,明乎此,才能够更好更深地欣赏《醉花阴》这首词。

类似《醉花阴》这样的故实,在李清照的词中是普遍存在的。如《一剪梅》中的"花自飘零水自流",写夫妻分离后时光和青春的逐渐消逝,看来似乎是直寻的胸臆中语,实乃化自李后主"流水落花春去也"一句。《蝶恋花》"醉莫插花花莫笑,可怜春似人将老",是暗用刘希夷《代悲白头翁》"年年岁岁花相似,岁岁年年人不同"的诗意。《声声慢》"梧桐更兼细雨,到黄昏点点滴滴",其词、其意、其境,都来自白居易《长恨歌》"秋雨梧桐叶落时",而后来白朴的杂剧《梧桐雨》第四折,对《长恨歌》的这一句则做了更淋漓尽致的发挥。正因为李清照的"故实"多潜隐在词中，无迹无痕，既不作故实看，也无碍于阅读和欣赏，也是构成意境的有利因素，而无丝毫扞格之感；从字面上看，似乎明白家常，羌无故实，以此取得了"三李词"的共性，也便使得研究者以为她的词作是少故实的。李清照词中故实的特点也是服从于她"协音律"的《词论》总纲的。她的词"以寻常语度入音律"（张端义《贵耳集》卷上）虽则运用故实，也必使本色当行而摒除了书卷气，但是却不能说她的词创作是不尚故实的。

关于文雅和典重

文雅是文学格调问题，是针对侧艳浮靡和伧俗不雅说的。《词论》举李八郎故事以说明。唐代"乐府声、诗并重"之后，紧接着便说："自后郑卫之声日炽，流靡之变日烦。"又说，"五代干戈，四海瓜分豆剖，斯文道熄，独江南李氏君臣尚文雅"。"郑卫之声""流靡之变"主要是指花间词人，因为花间词差不多为男女恋情的描写所充斥，那种浓重的脂粉气令人发腻，有类欧阳炯在《花间词叙》中所说的"扇北里之娼风"的南朝宫体诗的作风。比较起来，这一时期还是南唐词有较深切的生活感受，创作态度也严肃得多，所以《词论》在晚唐五代词中独标李氏君臣为"尚文雅"。《词论》说到宋代的柳永，在称赏他能"协音律"的同时又指出他"词语尘下"。宋人陈振孙也指出"柳词格固不高"（陈振孙《直斋书录解题》卷二十一），近人冯煦说柳永"好为俳体，词多媟黩"（《六十一家词选例言》），《词论》所谓"词语尘下"，正是指柳词有类花间词的"郑卫之声""流靡之变"，缺少文雅。李清照对花间词人和柳永的这一批评是中肯的，也是积极的。柳永的"词语尘下"，当日已为苏轼所强烈反对，经常告诫他周围的词人不要沾染柳永的词风，李清照对苏词不重音律大加贬抑，而在主张词的内容要高雅纯正这一点上，却采取了和苏轼相同的态度。

贺铸词中多香草美人的比兴寄托之作，如他的《青玉案》就是如此。这类词如作赋体看，自然觉得浮艳而欠典重，加上《薄幸》（淡妆多态）一类写男女幽会的作品，似比花间词写男女恋情的短章，描绘更见切实具体，这便是《词论》责以"苦少典重"的原因。另外，我以为《词论》说贺词"少典重"，还有音律方面的原因。诚然贺铸是精音律的，张耒序其词说："大抵倚声而为之词，皆可歌也。"（《东山词序》）张炎《词源》也说他和吴文英俱善于锻炼字面，"使字字敲打得响，歌诵妥溜"，但和李清照词比起来，贺铸许多词作的音响节奏确有浮急之感，陈廷焯《白雨斋词话》说贺铸词笔势飞动，正指的这一特点。张耒《东山词序》又指出贺铸词"幽洁如屈宋，悲壮如苏李"，像《六州歌头》（少年侠气）、《将进酒》（城下路）、《天门谣·登采石蛾眉亭》（牛渚天门险）等，都"雄姿壮采，不可一世"（夏敬观评语），明显地受着苏轼豪放词风的影响，已经偏离了《词论》"词别是一家"的玉律了，无怪乎李清照要说他"苦少典重"。

从李清照自己的词作来看，还是后期作品更为典重，更符合《词论》的要求，早期的作品则是不够典重的。《点绛唇》（蹴罢秋千）如果是李清照的作品，无疑应属早年之作，若与中后期词比起来，当然不如后者典重。另如《渔家傲》（雪里已知春信至）、《鹧鸪天》（暗淡轻黄体性柔）等咏物词，从感情基调看属于前期作品的可能性更大，这些作品的典重性都不及中后期作品。

有些人认为典重、故实是李清照"早年所做的工夫"，她后来的一些名作"突破了自己早期的'典重''铺叙'的理论"。还有些人举《声声慢》中"这次第，怎一个愁字了得"、《永遇乐》中"不如向帘儿底下听人笑语"等"以寻常语度入音律"的例子为由，说明她后期的词并不典重。其实据《词论》谓贺铸"苦少典重"看，"典重"与"浮艳"是相对的，典重不等同于"古雅"。"以寻常语度入音律"，当行本色，并不妨其典重。说家常语就不典重，这恐怕已不同于《词论》所揭示的本旨；同时，典重还兼指音乐的沉稳典雅。因而有理由说，像《醉花阴》《声声慢》《永遇乐》等名篇，都是很典重的作品。试取贺铸诸作与李清照这几首作品细心通读比较，是不难体味到典重在谁手中。典重、故实等，并非李清照"早年所做的工夫"，而是她中年到后期创作成熟的重要标志。《词论》正是她对自己后期创作实践的经验总结。

以前文章中对《词论》得失的总评价，基本上是公允的，如指出苏轼以罕有的魄力，对词做了根本性的发展，然而也出现了巨大的阻力和普遍的非议。在这个节骨眼上，《词论》站在保守的立场，强调词"别是一家",极力封闭词的疆域,研究者对《词论》的这一批评是对的,但是应当指出,《词论》强调词"别是一家",也不是没有积极意义的。任何一种文艺形式,都有它特殊的美学个性。词与诗就是应该有所区别,词只有保持其美学个性(与诗相区别),才能使它获得存在的价值。所谓诗词"合流",这不是提高了词,而是泯没了词,取消了词,使词变为汉乐府式的新体杂言诗了。词到东坡,开创出豪放一派,但如学苏不当,只学到他粗豪的一面,便容易走向鼓努叫嚣的魔道。对此,《词论》强调词"别是一家"不啻一服对症的良药。

《词论》中还有不少明显的不确当处,以前的研究文章还未及指出。如在评论词家名宿时,又抬出宋庠、沈唐、元绛、晁端礼这些在作词方面并无多大成就和影响的人来,似乎没有必要;将晏殊、欧阳修与苏轼划为一组,说他们的词"皆句读不葺之诗尔,又往往不协音律",这在苏轼我们原是可以理解的,何以又陪上晏、欧?说他们的词作也是"句读不葺之诗",使人百思不得其解。黄庭坚在当时虽偶与秦观并提,但同时人晁补之已批评黄词"不是当家语,自是着腔子唱好诗"(《苕溪渔隐丛话》后集卷三十二引),清代的陈廷焯甚至说"黄九于词直是门外汉"(《白雨斋词话》卷一),我们读黄庭坚传下来的词,确实好作品不多,而《词论》却把黄庭坚放在"知"词词人之列,而对他"时出俚议,可称伧父"(《词林纪事》卷六引陈后山云)的不文雅倾向又未作批评,这些地方与李清照对诸家责之过苛同为不公允处,是应该指出来的。

论元代悲剧

元代以前，我国戏剧还处于未成熟时期，唐五代的参军戏，宋代的"杂剧"和金朝的院本，都是幼稚状态的戏剧形式。在这种简单的讽刺小品和表演掌故的短剧中，不可能产生严肃的、表现崇高美的高级戏剧——悲剧。到元代，我国戏剧得到飞跃的、突变性的发展，走进了这样的轨道：它把舞台客观世界化，力图真实地再现社会现实的部分演变过程。这样，我国戏剧在元代便发展成熟，成为完整的代言体的综合艺术，于是悲剧也便蓬勃地出现于剧坛了。戏剧形式的成熟，提供了悲剧出现的可能性，但并不决定着悲剧产生的必然性。元代剧坛上能涌现出一本本悲剧，这是时代所决定的，是时代和艺术的共同产儿。悲剧的时代，才产生悲剧的艺术。由一个落后的游牧民族，来统治从南方到北方广大中国土地上已高度发展的汉族和其他民族，民族压迫和阶级压迫使广大人民群众处于水深火热之中。生产力遭受破坏，人类文明被毁弃，知识分子没有出路。法制堕隳，恶棍横行，践踏人的尊严。这一切残酷现实，带给知识分子愤懑、悲观、失意的时代心理。当他们作为一个戏剧作者进行杂剧创作的时候，反映这样的现实并渗透这种时代心理，悲剧就在戏剧刚一成熟的时候应运而生。

什么是悲剧？为了回答这个问题，古代不少美学家对悲剧的内涵和本质进行过考察和阐述。但是从亚里士多德到歌德，从黑格尔到别林斯基，他们关于悲剧的理论都很难规范世界戏剧史上的所有悲剧，不能给悲剧立一个最一般的、最基本的界说。因为这些理论家只能以他们当时所能看到的悲剧作品作为考察的对象，而悲剧本身却总是不断在发展着，随着这些理论家之后各个历史阶段社会现实的变化，随着地域、国度和民族的不同，悲剧的基本内容、冲突形式、悲剧形象和艺术色彩都不断发生着变化，而理论家当时所依据的材料，却不可能包括其后所出现的或当时业已存在而他们却无缘看到的那些悲剧。例如东方特别是我国的悲剧，就很少为西方的理论家看到，因而也很少为他们所提及。

元杂剧中哪些作品可以算作悲剧，我们便只能按照人们最通常的理解，把那些在戏剧结构的主要阶段特别是戏剧高潮部分，主人公遭受悲惨命运甚至毁灭的剧作，看作悲剧。悲剧在元人杂剧中占有很重要的地位，其中像《窦娥冤》《汉宫秋》《赵氏孤儿》等，都是元杂剧中的千古名作。元曲四大家中的前期三家，都创作过悲剧作品。元代的悲剧作品多姿多态，对明清时代的戏曲产生过很大的影响，也为我们研究悲剧提供了丰富的内容。由于人们艺术欣赏的好尚和情趣是多样的，悲剧具有永久性的美学价值。悲剧在我国广大城乡，是很有观众市场的戏剧门类。在我国戏剧史上，元代悲剧问世最早，开了我国戏剧艺术中的悲剧的先河。因此，我们很有必要对元代悲剧做一番比较深入的研究。

多姿多态的元代悲剧

在元代，由于悲剧处于新生，有着蓬勃的生命力，作家思想没有框框，也没有权威理论的约束和干扰，他们只是根据自己的感受，相宜地处理具体素材，这样，各个作家都用自己的创作实践为悲剧这一领域增添着艺术财富。因此元代的悲剧呈现着丰富的艺术色彩，显示出多变的艺术姿态。

元代悲剧中，就题材说有历史悲剧，也有现实悲剧。就冲突说有性格悲剧，也有命运悲剧。就结尾说有带着亮色结尾的悲剧，也有不为一般人所熟知，甚至不为戏曲史家所注意的那种在浓烈的悲怆气氛中结局的悲剧。

仅就元代的历史悲剧来言，由于剧作家对现实的不同感受和对历史题材的不同处理，也呈现着不同的风貌。大体说来，元代的历史悲剧有三种类型：即忠实的历史悲剧，改造的历史悲剧，翻案的历史悲剧。像《介子推》《豫让吞炭》这样的悲剧，我们称之为忠实的历史悲剧。剧作家在创作这些悲剧的时候，没有对历史事实进行较大的改动,只是按照戏剧艺术的特点,对事件和人物进行了一番集中。这两本历史悲剧描写了春秋时代侯国内部和侯国之间残酷的政治斗争,反映了在这些斗争中一些忠臣义士所表现出的特异态度和令人惊异的作为。《介子推》写介子推向晋献公进谏,指出他宠骊姬,迫害太子申生和重耳,恣意享乐,大兴土木损耗民力而不听臣下劝告,走的完全是商纣王倾覆的死路。因为忠言不被采纳,介子推便携母隐退山林,以图全身。嗣后,重耳逃来山里,朝廷派人追捕,介子推之子介林自刎代死,介子推又割下大腿上的肉给重耳充饥。后来重耳即位,是为晋文公,他在封赠群臣时偏偏把当年用身家性命搭救自己的介子推忘在脑后。当晋文公看到宫门上介子推新悬的《龙蛇歌》时,才突然想起他来,又用不尊重人的放火烧山的办法来求介子推出山;介子推坚意不仕,抱黄芦树而死。这基本上是按照史实写的。《豫让吞炭》写智伯向赵襄子求地遭到拒绝,智伯恼怒欲伐赵,其家臣豫让劝谏不从,智伯终于战死。豫让立志为智伯报仇,潜伏到襄子的住宅行刺未遂。他回去后漆身毁容,吞炭致哑,再次行刺襄子失败,自刎而死。这个戏就更加忠于历史,连许多人物的原话都直接从史书上搬到剧中。《汉宫秋》《赵氏孤儿》可称为改造的历史悲剧。马致远在写《汉宫秋》时,对历史情节做了几点重要的改造:(1)把待诏宫女王嫱的身份改为妃子①。(2)汉元帝时匈奴臣服于汉朝,王嫱是作为和亲的宫女送给匈奴的②,剧中改为汉朝衰弱,匈奴以军事要挟,索取昭君。(3)史书记载王嫱去匈奴生养一子二女③,剧中改为行至汉匈交界的黑江投水而死。(4)史书未载毛延寿其人,在小说《西京杂记》中,毛延寿也只是画师之一④,《汉宫秋》把他的身份改为中大夫,后来又反叛外逃。这些历史情节的改造,都是为了加强民族矛盾的描写,宣扬爱国主义和民族气节,批判朝臣的自私、苟安和皇帝的腐朽昏庸。《赵氏孤儿》为了突出戏剧冲突,对历史情节也做了相似的改造。

---

①《汉书·元帝记》"竟宁元年春正月",匈奴呼韩邪单于来朝。诏曰:"……呼韩邪单于不忘恩德,向慕礼义,复修朝贺之礼,愿保塞传之无穷,边陲长无兵革之事。其改元为竟宁,赐善于待诏为掖庭王嫱为阏氏。"

②《汉书·元帝记》"竟宁元年春正月",匈奴呼韩邪单于来朝。诏曰:"……呼韩邪单于不忘恩德,向慕礼义,复修朝贺之礼,愿保塞传之无穷,边陲长无兵革之事。其改元为竟宁,赐善于待诏为掖庭王嫱为阏氏。"

③《汉书·匈奴传》:"王昭君号宁胡阏氏,生一男伊屠知牙师,为右日逐王……呼韩邪死……复株累单于复妻王昭君,生二女,长女为须卜居次,小女为当于居次。"

④《西京杂记》:"元帝后宫既多,不得常见,乃使画工图其形,案图召幸之。诸宫人皆赂画工,多者十万,少者亦不减五万,独王嫱(自恃容貌)不肯(与,工人乃丑图之——括号内文字系据《乐府题解》补),遂不得见。……乃穷按其事,画工皆弃市,籍其家资皆巨万。画工有杜陵毛延寿,为人形,丑好老少,必得其真。安陵陈敞,新丰刘白、龚宽,并工为牛马飞鸟众势,人形好丑不逮延寿。下杜阳望亦善画,尤善布色,樊育亦善布色,同日弃市,京师画工于是稀矣。"这便是弄不清谁丑化了王嫱,因而不分青红皂白来了场对画工的大屠杀,并不能肯定是毛延寿点破画图。

至于《霍光鬼谏》，则完全改变了历史事实的基本面貌，所以我们称之为翻案的历史悲剧。历史上的霍光"久专大柄"，几代皇帝的废立都操在他的手中，他的威慑力甚至使初即位的汉宣帝在与他同车时如芒刺在背。霍光几十年在朝中培植了庞大的私党。他的妻子又设计毒死皇后，由其女成君取而代之。直到霍光死后，宣帝才"始亲政事，励精为治"。而《霍光鬼谏》中所塑造的霍光，却始终不为皇帝所推重，但他忠心无私，大义灭亲，坚忍执着，至死为鬼都坚持谏诤无道的昏君。这完全不是历史人物霍光，而是剧作者所塑造的一个封建忠臣的悲剧形象。

《窦娥冤》是元杂剧中一本著名的现实悲剧。在那种严厉地钳制舆论，严禁作家在作品中指斥时弊的时代空气中，剧作家提防文字招来的横祸，不得不给自己的艺术披一层历史的外衣，关汉卿却敢于在这种逆境中，写这样一本"现代戏"，一部面对现实的悲剧，这是需要超凡的胆识的。

元代悲剧中还有同某些希腊悲剧相近似的命运悲剧，如《生金阁》《魔合罗》《荐福碑》等在早期元杂剧中还有不少以浓烈的悲怆气氛结尾的悲剧，这种结构特征，在后来的中国戏曲中有所改变，悲剧于结尾处多带有亮色。对于这一点，批评家和戏曲史家似乎并未注意到，因而在现有的戏曲史论著中没有指出过悲剧的这一流变现象。关于命运悲剧和在悲怆气氛中结尾的悲剧，后文将作专节论述。

元代悲剧的创作思想

从现存的十几本元代悲剧看,它们总的思想倾向是:描绘了那个时代的残酷现实,揭露并诅咒了那个黑暗的时代,鞭挞了统治者中的凶狠、贪馋和昏聩分子以及依附于他们的邪恶势力,抒发了作者对统治者的激愤和不满之情,而对善良的弱者和不幸者则寄以同情,做了深沉的悲悼,代他们发出凄怆的呼号。当然,要具体对这十几本悲剧进行分析和比较的话,也看得出在元代悲剧的创作中,存在着种种复杂情况,各个悲剧之间在思想深度方面,在悲剧形象和悲剧冲突的典型意义,以及批判的矛头所指、谴责力的大小、艺术震撼力的强弱等等方面,都存在着种种差异。

一部悲剧的思想性,决定于剧作家的思想和见识,而剧作家思想的高度和深度,则取决于他接触、体验、认识现实的程度。反过来说,时代和现实形成作家的感情和创作思想,作家的感情和思想又左右着作品的内容和风貌。对大部分作者生平已湮没难考的元代悲剧来说,要客观地进行评价,主要是结合时代对作品进行具体分析,看作家在自己的时代是站在哪些社会力量方面,他对历史的发展所持的态度如何。

例如《汉宫秋》的悲剧主题和悲剧人物,在很大程度上便是时代赋予的,因此如果脱离时代,脱离马致远所处的具体历史环境对该剧进行这样那样的抑扬,便不能说是历史唯物主义的态度。马致远在《汉宫秋》中对历史情节的改造,强化、提高了王昭君的悲剧形象,加深了昭君出塞的悲剧意义。这是因为蒙古统治者残横的民族统治和民族压迫,使作为读书人的马致远在思想感情和民族意识等方面,取得了与人民群众在某种程度上的一致的结果。《汉宫秋》给它之前那些以王昭君为题材的诗词的单纯的哀怨音调中,加进了浑厚、阳刚、壮烈的主旋律。这种主旋律取得了和人民群众爱国主义心声的共鸣,这是时代和现实给马致远的宝贵的馈赠。因此,只着眼于是否符合历史细节,不把历史悲剧同其他文艺作品一样看成是社会生活在作家头脑中反映的产物,而用供博物馆收藏的历史记录来要求历史悲剧,这种批评标准和批评方法无疑是不妥的;反过来,抛开历史的可能性和基本真实,用现代人的认识,用现在的政治标准来要求古人所写的历史剧,也未免是错误的苛求。《汉宫秋》的悲剧发展,是以汉元帝与王嫱的爱情为线索的。一个皇帝对民间女子恐怕很难有纯洁专一的爱情,人民对帝王的爱情则更是隔膜的。观众和读者欣赏《汉宫秋》,对汉元帝跟王昭君的爱情给予关注,是因为这种特定的帝王爱情变故,在一定程度上反映着国运的危殆,出于对国家安定和人民生活安宁的向往,他们才关注帝王的爱情,把忠君与爱国的感情结合在一起。正是在这种联系上,帝王的爱情悲剧才牵系着人民的情绪,元帝悲哀情怀的抒发才使人产生共鸣。

《窦娥冤》可推为元代悲剧之冠。作为一本有深刻思想性的现实悲剧,《窦娥冤》成功地描绘了一幅具有强烈时代精神的社会生活画卷。这部作品所纳入的社会内容是深厚的,所呐喊出来的基调是高昂的。它所浸透着的爱憎还不仅仅是像《汉宫秋》那样,只是发生着与人民心声的共鸣,只是对人民的愿望和历史要求做了某种折光的反映。毫不过分地说,作为一个与人民取得了一定联系的艺术家,关汉卿通过《窦娥冤》集中地表达了当时下层人民的基本思想、情绪、要求和愿望。窦娥之冤亦即当时人民群众的苦难和冤抑。《窦娥冤》作为一部悲剧是人民的悲剧,这是我们对这一著名悲剧所达到的思想高度的基本估价。

和《窦娥冤》一起被王国维称誉为"即列之于世界大悲剧中亦无愧色"的《赵氏孤儿》是世所瞩目的,二百年前就被译为法文。在这个戏中,纪君祥并没有把自己的褒贬生硬地塞进去,而是通过剧中人物极其真实的行动和作为,展示了美善与丑恶的大搏斗,并通过美善的牺牲和毁灭,来表现其崇高的精神魅力。面对屠岸贾恶魔一样的凶残行动,敢于赴汤蹈火的人们,一个个义无反顾,前仆后继地用鲜血和生命做代价去换取人道和正义。一股浩然正气萦绕于整本戏中。中华民族为人类所称道的扶弱灭凶的美德,感染着每一个读者和观众,给他们以激励。观众在恐怖与怜悯中肯定了人道和正义力量,否定了凶残与邪恶,从而在情愫方面受到陶冶。这些都可以使自亚里士多德以来的悲剧理论中合理的方面得到印证。

但是在另外一些元代悲剧中,由于剧作者思想水准和艺术眼光的限制,作品的思想性便和上述各剧显出了高下之分。《哭存孝》无疑也是一个悲剧。在这个悲剧中,主人公李存孝甚多奴性,对李存孝的悲剧命运起决定作用的李克用只是有些昏庸，却并不坏，最后，罪恶主要归于两个小丑李存信和康君立，这就大大降低了悲剧的批判力量。《豫让吞炭》中的赵襄子这个人物，作为悲剧主人公的对立面，却具备着比悲剧主人公更高的人格，这便使《豫让吞炭》这个戏在思想上显得非常复杂。更主要的是悲剧主人公豫让那种封建人身依附的奴性和盲目愚忠，大大降低了这个悲剧的思想性。赵襄子原来被智伯欺凌，处于正义地位，他后来的复仇做法虽然显得过火（把智伯的头骨制成酒器使用），但公理还是在他一边。而且他在对待屡次刺杀自己的豫让的态度上，显出他胸怀的宽广。他酷爱忠臣义士，不计私仇，愿意把刺杀自己未遂的豫让招到幕下来；而豫让矢志要杀掉赵襄子，甘心最后自我毁灭，这虽然颇有感动人处，但终不能取得我们的同情。《豫让吞炭》在某些地方与拉萨尔的悲剧《弗兰茨·冯·济金根》存在着相同之处。如果把《豫让吞炭》同《赵氏孤儿》对照来读，将是相映成趣的；两本戏都是复仇悲剧，但是程婴和豫让，一个出于正义和人道而复仇；一个则出于盲目愚忠。一个是向邪恶势力的韧性战斗；一个则是堂吉诃德式的蠢动。一个是复仇成功；一个是当然的失败。一个是崇高严肃的行动，令人饮敬；一个的行动则带有滑稽味，令人可笑。两本戏的思想性的高下于是也不分自明了。阿英先生在分析《赵氏孤儿》时曾强调："这里所说的'赵家'，虽指的是赵盾，实际上还是影射宋朝。"但是《豫让吞炭》中恰恰是消灭赵氏为智氏报仇，难道能说这个戏拥元反宋吗？把影射和索引的研究法引入文学，近代以来时有抬头，然而这是不足取法的。

元代的命运悲剧

元杂剧中的《魔合罗》《朱砂担》《生金阁》《盆儿鬼》《荐福碑》等，都带有命运悲剧的性质。悲剧主人公注定时乖命蹇，他千方百计要躲开命运的安排，但怎么也躲不开。他的悲剧下场是不可抗拒的天意。这些命运悲剧表现出作者对元代黑暗的社会现实的痛恨和无可如何的情绪。命运具有不可抗拒的威力，悲剧主人公的意志和行为与命运相冲突，而最后遭到的总是毁灭，入于命运的彀中，这是古希腊悲剧的重要特点，反映了当时英雄人物与社会邪恶势力斗争无法取得胜利时，所产生的一种带有迷信色彩的观念。如索福克勒斯的《俄狄浦斯王》就是命运悲剧很典型的代表。俄狄浦斯命中注定要杀父娶母，他竭力反抗命运，做了种种努力，但这些努力恰恰促成他杀父娶母从而走向毁灭的结局。元代的命运悲剧有着与此大致相近的特点。

元代之所以产生这么多的命运悲剧绝不是偶然的。命运悲剧是对当时黑暗现实的一种折光的反映。剧中那种好人总是为命运所愚弄的情节构思，是剧作者对黑暗现实的强烈感受的产物。

"天迷迷，地密密，熊虺食人魂，雪霜断人骨"（中唐诗人李贺诗句），弱者的不幸在现实中成为带普遍性的事实。现实向人们一次次显示：弱者的悲惨命运是不能从他们的挣扎中得到改变的。谁要认为反抗命运可以收到什么成果,谁要按照现实所应当合理存在的那样来描写生活,反而是歪曲了现实。这样,命运悲剧就产生了。

下面试对《朱砂担》《荐福碑》两本命运悲剧做一些分析。

《朱砂担》的剧情是这样:王文用卜卦时知道了自己将有一百日血光之灾,于是借做生意出外躲避。一百日将满回乡时,路上被强盗铁幡杆白正缠住不放。虽然几经摆脱,最后还是在太尉庙被杀,财物被夺。白正杀人窃财后,又去王文用家将文用的父亲推入井中,霸占了王文用的妻子。王父的阴魂到地曹告状,得不到伸张,后经东狱太尉过问,才惩办了铁幡杆白正。请看剧中王文用之父的冤魂到地曹告状时,与地曹判官的一段对话吧:

〔索老云〕我孩儿因做买卖去,利增百倍,有铁幡杆白正图了他财,又算了他性命,又将老汉推在井里死了,又要了我家媳妇儿。地曹与老汉做主咱!

〔净(地曹判官)云〕你才说是谁推在井里?

〔索老云〕是铁幡杆白正推我在井里。

〔净云〕既是他推你在井里,可怎么不打湿了衣裳?

〔索老云〕湿是湿的,热身子焐干了。

〔净云〕你端的死了不曾?

〔索老云〕死了!

〔净云〕既是死了便罢,告他怎的!

〔索老云〕尊神，你使些神通，拿将他来折对咱！

〔净云〕凭着我也成不得，你且这里侍候者，等天曾来啊，你告他，不争（若是）你着我去拿他，我怕他连我也杀了！

〔索老云〕我不曾见你这等神道。

这是不同凡响的一段笔墨。元代的冤狱不计其数，遭屈者呼告无门，作者在这里着意开神的玩笑，说明连神道也昏庸自私，混账透顶，人间的官场便可想而知。其实在这里，神祇的所为，就是元代官府腐朽现状的艺术再现，地曹判官身上充满了元代滥官污吏那种活生生的人气。王文用父亲的冤魂抱着老大的希望去地曹告状，地曹判官听了半天还未明底里，又问："你才说是谁推在井里？"他也不推断情理，就向原告提出挑剔："既是他推你在井里，可怎么不打湿了衣裳？"接着又毫无是非观念地叫他"死了便罢，告他怎的！"看到老汉不肯作罢时，又推诿指责，矛盾上交，只怕给自己带来麻烦。这种描写的典型性，甚至使我们活灵活现地看到了当今现实中那些官僚主义老爷们的尊容。

《荐福碑》的主人公虽然没有毁灭，但这却是一本很值得注意的命运悲剧。穷读书人张镐和范仲淹是八拜至交，范仲淹给他写了三封介绍信，让他去投奔财主和达官，以取得资助和提携。他先去拜谒洛阳黄员外，接着去拜谒黄州团练副使刘士林，都是还未进门，就听到主人死亡的噩耗。张镐深感自己命运乖蹇，也不再去投托扬州刺史宋公序,把荐书撕个粉碎。这时适逢天下大雨,他便去龙神庙中避雨,心情沮丧,百无聊赖,以掷珓卜问前程。因为连掷三次都是下下,气得他咒骂龙神"折贵攀高",是"披鳞的曲蟮""带甲的泥鳅",并题诗对龙神予以否定。后来他流落在饶州的荐福寺中,长老很同情他,决定把寺中珍藏的颜真卿所书荐福碑给他拓一千张帖,让他作为上京进取功名的川资。不料当晚碑石便被雷击碎。张镐感到天不容己,决计触槐而死,这时多亏范仲淹来寻他,携他一同进京,他才得发达峥嵘。

元代统治者以落后民族统治先进民族,除了收买少数汉族中的奴才作为助手而外,便不得不大搞愚民政策,打击压抑读书人。谢枋得《送方伯载归三山序》引元人语曰:"我大元制典,人有十等,一官二吏,先之者贵之也;七匠八娼九儒十丐后之者贱之也。"证之郑思肖《大义略序》中"鞑法一官二吏三僧四道五医六工七猎八民九儒十丐"的话,元朝统治者把知识分子排为"老九",当不是虚妄的说法。自唐代以来,知识分子主要以科举为出路,虽然这是唐宋统治者管束和利用知识分子的大网,但总算给了他们生活的一线光明,使他们有一个奔头,起码有一个精神依附。元代前期基本上取消了科考,读书人前途茫然,失去寄托,生活没有着落,比其他人所受的精神打击更为惨重。

《荐福碑》就是一本集中表现读书人艰难处境和内心痛苦的悲剧。"这壁拦住贤路,那壁又挡住仕途。如今这越聪明越受聪明苦,越痴呆越享了痴呆福,越糊涂越有了糊涂富!则这有银的陶令不休官，无钱的子张学干禄。"第一折这曲《寄生草幺篇》就是全本戏的主题歌。表现元代知识分子处境和心情的杂剧尚有《渔樵记》《王粲登楼》《范张鸡黍》（虽然这几本戏的背景均为汉代）。其中《范张鸡黍》就有着很浓的悲剧氛围，而还不及《荐福碑》这样主题集中。《荐福碑》把元代知识分子的感受和时代心理，创造性地以命运悲剧写出来，批判的矛头更集中，批判的力量也显得更强。马致远的大部分剧作为神仙道化科，都是他退隐之后以出世思想来麻痹自己也麻痹别人的消极作品。这位颇负盛名的元曲大家反映社会现实的剧作除《汉宫秋》外，《荐福碑》本来是应当予以重视的好作品。但是，多年来的文学史著作对这本戏是否定意见居多，我以为这是不公正的。例如游国恩主编文学史说："《荐福碑》写书生张镐的不幸遭遇，诅咒了社会上'这壁拦住贤路，那壁又挡住仕途'，但充满了宿命论观点。"科学院文史更明确地说："《荐福碑》就其基本思想倾向看，是在宣扬宿命论观念，但在具体描写主人公张镐的怀才不遇的命运的时候，却也对封建社会中的贤愚不分、是非颠倒的不合理现象做了一番暴露和抨击。"联系元代的具体现实和马致远的思想实际，把《荐福碑》放到元代命运悲剧的创作中来考察，并对《荐福碑》这一作品做具体分析，就会感到对《荐福碑》做"充满了宿命论观点"，"是在宣扬宿命论观点"的判断，是很不准确的。首先，从全剧的思想倾向看，马致远对张镐的不幸命运，态度是不平的，激烈地抨击了这种现实的不合理。悲剧主人公张镐并不屈从于命运，不甘心听任命运的摆布，而是进行了积极的反抗。他向龙神宣战说："把似你便逞头角欺负俺这秀才，把似你便有爪牙近取那澹台，周处也曾除三害，我若得那魏征剑来，我可也敢驱上斩龙台。"这种不向神祇低头的强精神，绝不是对命运的肯定和宣扬。同时，作者也没有把张镐的不幸命运完全看成一种抽象的天意。给张镐带来不幸的最关键最高潮的事件是龙神向他报复轰击碑文。这里的龙神并没有神秘色彩，而是一种社会化的、有功利的"人"的变形。作品不是强化神的灵光，引起人们的敬畏，而是亵渎他，咒骂他的凶狠，谴责他的邪恶，引起人们的痛恨。从全剧看，所谓命运就是这种神的作祟，而这种神，实质上就是社会。

从马致远散曲的内容可以看出，作者年轻时代曾有过不凡的抱负，热烈憧憬功名仕宦。而在知识分子备受压抑的那样一个时代，这一切后来都破灭了，这不能不引起他极大的不平和愤慨，最后他在隐逸中，以出世的情绪极力使自己忘怀功名利禄，从闲适中找到归宿。《荐福碑》当是马致运理想幻灭之后的激愤之作。它的主要倾向是发泄读书人的不平之气，而不是宣扬宿命论观点。

悲剧形象的艺术创造

在悲剧形象的塑造上取得成就的大小，很大程度上决定着一部悲剧主题的深度、思想性的高低和感染力的大小。元杂剧的人物形象中，类型化的人物是不少的，而在元杂剧的悲剧中，情况显然要好得多,大部分悲剧的主人公形象,都程度不同地显示着作家的独特感受和艺术创造。前文说过,《汉宫秋》好些地方都改造了客观的历史情节。

这种改造既是服从于剧本所揭橥的爱国主义思想,同时也是出于马致远笔下独特的王昭君形象的需要。历来的悲剧理论和艺术实践都在表明,只有具备高尚美德和不凡性格的人,才适于做悲剧的理想的主人公。而自晋代石崇开始的以王昭君为题材的诗词,都只渲染悲怨两个字,王昭君的形象在这些诗词中是悲剧性的,但却只是浮在悲剧历史事件之上的被动物。《汉宫秋》把昭君写成处于悲剧冲突一方而带有很大主动作用的人物:"(番王)今拥兵来索,待不去又怕江山有失,没奈何将妾身出塞和番!"这样,昔人诗词中一个娇弱美人的胸怀变得宽阔了,形象飞跃性地升华了。《汉宫秋》中王昭君的出塞,一不是不得宠时的使气请行,二不是作为礼物被动地送给匈奴,而是为保全大汉江山的一种富于政治意义的出行。王昭君临行留下汉家衣裳,到匈汉交界处举酒向南浇奠,毅然举身蹈江而死,都表现出强烈的民族意识。

这种与广大人民相通的思想意识,在公元十三四世纪的元代是进步的。当然在整个封建时代,封建知识分子中的这种进步性却不可能从忠君思想中脱离开来。马致远对历史情节的改造,提高了王昭君的悲剧形象,使《汉宫秋》的"悲"同过去诗词中的"悲"就落到不同的意义和不同的高度上。这个悲再不是汉家姑娘远去胡地隔绝故土的那种悲,而是为汉家江山的安全以生命做崇高牺牲的这种悲。正如别林斯基说的："改变历史人物的本来面目，好像成了悲剧的不可剥夺的权利，而这种权利是由悲剧的本质所产生的。悲剧家想在某个历史局势中表现自己的主人公，历史就给他提供这个局势；如果这种局势的历史英雄不符合悲剧家的理想，他有充分的权利按照自己的心愿改变他。"马致远正是自觉不自觉地利用这种权利来塑造王昭君这一悲剧形象的。

《汉宫秋》在塑造王昭君时，艺术上也有较大的弊病。这个戏的悲剧主人公应该是王昭君，但马致远却把这个戏写成一本末本戏，始终由汉元帝一人歌唱，这对充分刻画昭君的性格和展现她的内心活动是很不利的。王昭君割舍了元帝的宠爱，在民族矛盾中自觉走向毁灭，这个悲壮的举措，本来是很容易把人物写得更血肉丰满的。王昭君的跳江正如《孔雀东南飞》中刘兰芝的投池，都是成竹在胸的行动。刘兰芝所殉的是他和焦仲卿的情爱，而昭君所殉的是国家和民族的安定，按说王昭君的形象应该更加感人，可是就两个悲剧形象的具体艺术感染力相较，王昭君反而显得逊色。这主要是因为《汉宫秋》对王昭君形象未做充分的、深化的、展开来的艺术表现的原因。在这样的一个末本戏中，王昭君没有机会呈现她内心的感情波澜，她性格的光辉始终被压抑着无法放射出来。

窦娥是元代杂剧中一个突出的悲剧形象。这是一棵柔弱枯黄的小苗，一出土，就长在贫瘠干涸的土地上，得不到养料和水分。但她却有坚韧的对付不幸境遇的忍耐力。这棵弱苗被风沙吹打着，即使被吹打得摇晃和颤抖，却不弯曲她倔强的枝干，而顽强地生活下去。关汉卿给窦娥这一悲剧形象赋予完整的性格特质。她有刚的一面，也有柔的一面。在不屈地同恶势力和不平世道的斗争上，她是一团腾跳着、燃烧着的烈火；在对婆婆恪守孝道方面，她又像滴滴润人心田的甘霖。她的斗争是随着对现实世界的认识而递进发展的，因此她不免对官府抱过幻想，以为他们能伸张正义；她的尽孝又是有着纯正的原则的，对婆婆在恶徒面前怯懦退让、苟且随和，她也进行辛辣而有分寸的嘲讽。窦娥悲剧形象之美，是同丑恶斗争的壮美，同时也是人性之美。我们看《窦娥冤》，感到窦娥的形象是美的，是封建阶级、资产阶级中正常的人，也会感觉到这个形象是美的，但如果不从真实的心灵感受出发，不把艺术中的现实看成活的、运动的、具体的现实，而把艺术化的现实视为思想观念的机械的变形，用庸俗社会学的观点去分析窦娥，那么这个悲剧形象就可以被说得很糟：窦娥拒绝张驴儿的邪恶要求而愿守寡到底，可以被指责是封建贞节观，因保护婆婆而屈招，可以说成是放弃原则的屈服；连她在第三折戏中那种责问上苍痛呼大地的义愤，她感天动地的三桩誓愿，都可以分析成是寄凤愿于神灵，是不折不扣的唯心主义……这样，窦娥哪能谈上什么反抗精神的照人光辉呢？文学评论要是挥起极左的魔杖，艺术油然沛然的生命活力便被抹杀而不复存在，无论什么样的艺术形象，便都会成为一具显现概念的僵尸。这种做法是我们在分析窦娥这一悲剧形象的时候必须自觉防止的。

窦娥临死之前，跟她相依为命多年的婆婆来刑场和她诀别，窦娥有这样一段遗嘱：

婆婆，此后遇着冬时年节，月一十五，有瀽不了的浆水饭，瀽半碗儿与我吃；烧不了的纸钱，与窦娥烧一陌儿，则是看你死的孩儿面上〔唱〕念窦娥葫芦提当罪愆，念窦娥身首不完全，念窦娥从前已往干家缘，婆婆也，你只看窦娥少爷无娘面。念窦娥服侍婆婆这几年，遇时节将碗凉浆奠；你去那受刑法尸骸上烈些纸钱，只当把你亡化的孩儿荐！

如果离开作品所创造的形象体系，用现代人的思想来要求这个具体的艺术人物，有些人又将提出责难：这不是迷信愚昧吗？不是狭隘自私吗？死到眼前还忘不了吃喝花钱！但实际上，这一段宾白和曲辞极能震撼人心，以至使人流出汹涌的热泪。这是因为这段剧词表现了浓厚的人情和窦娥对生命的强烈的欲望，引起了人们感情共鸣。这一情节，以及窦娥为怕婆婆伤心，赴刑场时要求走后街，死后嘱托父亲收养婆婆等描写，给形象加上了色调浑厚的油彩，使形象植根于人类感情的深土中，这对于充实窦娥的悲剧形象，使之更加丰腴，更加逼真，起了十分重要的作用。否则这个人物如果只有斗争性的一面，缺乏人性的色泽，她便会成为一个畸形的、简单干瘪的形象，成为一个失去社会色彩的抽象的躯壳。

窦娥的形象是生动的，雄奇的。剧中写她对社会现存秩序的怀疑、思考、诅咒，达到了相当的思想高度，但关汉卿并没有也不可能把窦娥写成一个毅然否认天神地祇存在的、超时代的思想家。窦娥的反抗精神使我们心灵感动和情绪激昂，并不是由于我们在古代悲剧的女性人物中找到了一位具有无神论思想的世界观方面的同调者，而是由于看到一个善良的弱者在对被压迫者的不幸命运的愤慨中，对世界产生了疑问和不满，从而大声疾呼，从灵魂深处发出对天地鬼神日月星辰的责问和申斥，就像屈原奋笔书写《天问》一样，这难道不足以使我们激动吗！窦娥挥斥风云，感天动地，使浮云荫蔽，悲风回旋，大雪飘飞，大地亢旱，这样所形成的一个浪漫主义的悲剧艺术形象，它的魅力是绝不会随着人类唯物论思想的普及而失却光彩的。

另外一些元代悲剧中的悲剧主人公，也有着各自的特色。如《赵氏孤儿》中的程婴身上，便集中了古代我国人民为正义勇于献身、赴汤蹈火的美德。《霍光鬼谏》中霍光这个"文死谏"的悲剧人物，在我国封建时代的宰臣中就很具典型意义。《哭存孝》中的李存孝，下场叫人感到凄惨，他真正可悲的是对李克用这样一个昏聩主人的忠心不二。《豫让吞炭》中的悲剧主人公豫让，为主人复仇而死，并不能引起我们的同情，他没有是非观念，只凭一腔愚昧的忠主意识，提着头为并不值得为之卖命的智伯复仇，这是一个至死不悟的、固执得令人可悲可笑的人物。他临死之前以剑砍襄子衣服算是为主复仇，使我们知道，我们的祖先中早就不乏阿Q的种子。由此可见元代悲剧所塑造的悲剧形象，在不同的剧中是存在着等差的。

元代悲剧的冲突和结构

随着题材的变化和内容的不同,元代悲剧的结构和冲突也有着丰富的变化。大致归纳起来,有这样三种结构形式:递进结构;中转结构;静态结构。

递进结构是戏剧最常见的结构形式。元代悲剧中的《窦娥冤》《霍光鬼谏》《朱砂担》《荐福碑》《哭存孝》《赵氏孤儿》都采用了这种结构。蔡婆婆把张驴儿领回家里,这就开始了窦娥与张驴儿的矛盾冲突。张驴儿决计要占有窦娥,窦娥却凛然难犯,两方面谁也奈何不得对方。当然采取主动打破这种对抗局面的仍是张驴儿,他趁机给汤内放毒,企图毒死蔡婆以霸占窦娥,结果毒死了自己的老子。张驴儿提出官休私休两法,心想窦娥于人命关天之际,定然会接受私休,走入他的彀中;而窦娥既未下毒,心无恐惧,愿去见官。当这场冲突引进官府后,窦娥的悲剧就露出了端倪。官是贪官,吏是污吏,是非颠倒,根本无理可讲。诱逼妇女、放毒杀人的凶徒站在原告席上,受害者却被打入死囚牢。到此,冲突似乎已发展到高潮,而悲剧却意想不到地在这个绝境以浪漫主义的调子向更高潮发展,这就是感天动地的刑场一折,然后才在第四折以窦娥冤魂的出现解决矛盾,结束全剧。

《霍光鬼谏》的悲剧推动力,主要是霍光"文死谏"的坚忍执着的性格。皇帝信任霍光的两个儿子,把他们封为二品大官。霍光告诉皇帝，他这两个儿子"狠似豺狼，蠢似猪羊"，僭居高位，必然给百姓带来灾殃。这些话，皇帝根本听不进耳朵。后来这两个花花公子果然献妹以媚皇上，皇上更沉迷于酒色。霍光上殿痛打他的两个儿子，并再次要求皇上把他的两个儿子放为庶民。谁知皇帝不但不听劝谏，反而降罪惩罚霍光，霍光在气愤忧伤之下抱病卧床，临死之前又痛切地向皇帝谏诤，要他赦囚犯薄赋敛，去邪留正，招贤纳士。但这些话对一个昏君是不起任何作用的。"生前出力保江山，命终进节扶炎汉"，霍光死后，他的鬼魂仍念念不忘朝廷，入宫向皇帝预报他的两个儿子将要谋反的消息。霍光一生的用心都是徒劳的，以至做了鬼伯，仍然丝毫不改变对皇帝的忠诚，始终力谏皇帝实行仁政。霍光的下场是凄惨的，墓顶上的土还未干，就因儿子谋反被满门抄斩。《霍光鬼谏》戏剧发展的递进特点是：事实越来越证明霍光的谏诤是正确的，然而随着他谏言正确性的被证明，他的遭遇也就越悲惨。从推动剧情发展的力量看，是霍光的悲剧性格决定了他逃不出这样的逻辑。

在递进结构的元代悲剧中，《赵氏孤儿》惊心动魄、扣人心弦的情节冲突是尽人皆知的。奸臣屠岸贾迫害赵盾，杀了赵家满门三百余口。赵盾的儿子赵朔在被杀之前，秘密嘱托他的妻子，将来好生抚养遗腹子，以复赵家的深仇大恨。悲剧从第一折开始围绕杀孤保孤，展开了越来越激烈的斗争。为了把孤儿转移出宫廷，解除程婴的后顾之忧，孤儿的生母和下将军韩厥相继自杀。第二折程婴将孤儿携到太平庄与已退隐的旧臣公孙杵臼共商保孤大事。这时屠岸贾为了斩草除根,下狠心要把全国半岁以下小儿尽杀死。程婴与公孙杵臼义无反顾,争相赴死以保孤儿。商量的结果,决定由程婴将孤儿调包,把自己的亲生婴儿交给公孙杵臼,冒充孤儿,然后出面告发公孙杵臼匿藏赵氏孤儿。第三折写屠岸贾带领卒从到太平庄搜孤,拷打公孙杵臼,公孙杵臼为了迷惑屠岸贾,宁愿忍受酷刑而不招认,直至来人从土洞中搜出孤儿(实际是程婴的幼子),公孙杵臼撞阶而死。屠岸贾得到小儿,连刺三剑。程婴目睹亲生骨肉遭此残害,五内俱伤,而又只得压抑不露,因此使屠岸贾入彀,视自己为心腹,又收其幼子(实际上是赵氏孤儿)为义子,养在家中教习武艺。第四折以前,均以激越悲壮的调子展开情节;第四折则转换了一下调子,节奏变得徐缓起来,戏剧跳过二十年时间,孤儿已长大成人,武艺精熟。负着重大使命的程婴,二十年来一直把一切都压在心底。现在自己已经到了风烛残年,必须让孤儿知道这一切。这是一件多么重大而做起来又多么艰巨的事啊!弄不好,二十年的苦心就全部白费了,四五个屈死的英灵的血也便白流了。重大、迫切而又极为艰巨的使命,加上程婴炽热如焚的责任感煎熬着他的心,使他"踌躇辗转,昼夜无眠"。他终于想出了一个办法:把围绕孤儿存亡所展开的那些血泪往事,画成"手卷"——连环画,丢在孤儿面前,等孤儿看了这一切,深为画上的事所打动,而对这究竟是怎么一回事又大惑不解,迫切想搞个水落石出的时候,程婴出来先隐去真人姓名,把往事细讲了一遍。这个讲述,使壮烈的悲剧又一次在观众面前映现,同时撩拨起孤儿的种种不平。这

时,时机成熟了,程婴于是点明孤儿和自己本来的身份,一颗蛰伏了二十年的复仇种子,突然冲破外壳,猛烈地勃发起来

(普天乐)听的你说从初,才使我知缘故,空长了我这二十年的岁月,生了我这七尺的身躯!原来自刎的是父亲,自缢的咱老母。说到凄凉伤心处,便是那铁石人也放声啼哭!我拼着生擒那个老匹夫,只要他偿还一朝的臣宰,更和那合宅的家属。

(一煞)摘了他斗来大印一颗,剥了他花来簇几套服。把麻绳背绑在将军柱,把钢锤敲残他骨髓,把铜铡切掉他头颅!

《赵氏孤儿》最后的复仇仍然是壮烈的,而不是一般杂剧那种"大家喜欢"的轻松结尾。《赵氏孤儿》在激烈的情节进展中细致生动地表现了人物的心理活动。如第一折程婴把孤儿装在药箱里要带出驸马府,屠岸贾早就派韩厥在门口把守。韩厥对程婴盘查得很认真,其实他是做样子给旁边的小校看的。这是一个老诚练达的人,因为他不动声色,装得很像,以致使程婴发慌下跪。岂知他们本是一样的心思,都痛恨屠岸贾残害忠良,因而要竭力保护孤儿。所以当韩厥把旁边的小校打发走后,立即说明自己的本意,让程婴带上孤儿火速离去。但因为这个变化太突然,程婴总不敢相信韩厥的话,反复考验他。韩厥是一个军人,一片忠心不被人理解,于是

引剑自刎，以使程婴彻底释疑。这里韩厥的内心活动，就有几个波折变化。又如第三折搜孤时，屠岸贾安排程婴拷打公孙杵臼，公孙杵臼为了迷惑屠岸贾，表示很恨程婴，说："莫不是那孤儿他知道，故意把咱家指定了。"程婴一听吓得腿打战，但也只有公孙看出了这一点，公孙不得不暗中嘱咐程婴，自己不是有始无终，绝不会指攀他。当屠岸贾将程婴幼子连刺三剑时，也只有公孙杵臼了解程婴的内心痛苦。他在触阶牺牲之前，又叮咛程婴要把复仇斗争进行到底。公孙杵臼这些感情活动，都是在受刑和准备牺牲的极度悲愤中进行的。人物心理活动的真实刻画，为《赵氏孤儿》的悲剧冲突增色不少。戏曲注重写意，在事物联系之间的情理和逻辑方面，往往无所拘泥，像《赵氏孤儿》这样注意情节真实性的剧作，在元人杂剧中是比较突出的、可贵的。

中转结构的悲剧有《替杀妻》《梧桐雨》《介子推》等。所谓中转结构的悲剧，是指这种剧在开始较长的阶段内，并不是悲剧，或者说并不存在着发展为悲剧的必然性，而是在中腰（第二折后半折以后）才走向悲剧化的，或者开始是这种性质的悲剧，中腰以后转为另一种性质的悲剧。

《替杀妻》一剧中，促使悲剧主人公走向毁灭的，与其说是淫妇的胡为，毋宁说是张千纯洁善良的心地和重于友情的性格。青年屠户张千和看重义气的年轻员外拜为结义兄弟。员外有事出外半年，清明节张千和员外的家属到坟园祭祖，员外的妻子趁机勾引张千，被张千拒绝并晓以大义。不久员外归家，妇人将员外用酒灌醉，逼张千与她私通，并持刀要杀员外。张千忍无可忍，终于夺过刀来将妇人杀死。事发后，官府将员外拘捕，张千回家和老母告别后，便去自首，被判为死刑。临刑前他沉痛抒发了不能奉养老母、不能与员外共享兄弟情谊等种种憾恨之情。这本悲剧赞美了张千带有封建色彩的重于友情的美德。张千有可能是《水浒传》中石秀的原型之一，只不过他的性格是淳厚质朴，而石秀则以绿林好汉的豪气汰除了张千的悲剧性。

《替杀妻》是在第二折近尾时突转为悲剧的，第三、四两折是大段的抒情，悲剧气氛异常浓烈，很像《窦娥冤》的第三折。这两折千古憾恨之情的倾吐和抒发，并不是《窦娥冤》那样的激烈谴责，对被杀的妇人，对官府，都没有正面作为怨恨指斥的对象。张千在这两折戏中似乎是在朦胧地哀怨仕途的坎坷难测，哀怨人生命运的不公平，而这正是我国不少成功悲剧性作品所要造成的艺术境界。在遇到员外这样一个家庭时，张千的性格和品德决定了他的悲剧下场。《替杀妻》正是在展现这一悲剧事件的过程中，肯定了张千的崇高品德和美好性格。讴歌执着地走向毁灭的美好事物，这是悲剧的辩证法，也是悲剧的共同性。所以鲁迅说："悲剧是将人生有价值的东西毁灭给人看。"

《汉宫秋》《梧桐雨》在结构上也是从第二折的中间突转为悲剧的。这之前都是描写帝王爱情的欢洽，而当外敌武力威胁的消息传来时，悲剧便陡然出现。这两个悲剧的直接制造者虽然不是汉唐这两个皇帝，但推究造成他们自己和两位妃子的悲剧的根源，元帝、玄宗这两个沉湎声色而政绩窳败的皇帝，是无可逃其咎的。《介子推》也在中腰发生了一个转折。所不同的是，上述三剧是从非悲剧向悲剧的突转；《介子推》却是从一种悲剧向另一种悲剧的转折。《介子推》的第一、二折是申生、重耳的悲剧，第三折介林杀身教重耳，介子推割股为重耳充饥，则是从前一种悲剧向后一种悲剧（介子推的悲剧）的过渡。过渡完成的标志是放在第三折和第四折之间的楔子。前一种悲剧和这个过渡作为铺垫，推出后一种悲剧——介子推的悲剧来，就产生了强烈的、爆炸性的悲剧效果。前一种悲剧的主人公，成为后一种悲剧的制造者，而后一种悲剧的主人公，则是把前者从悲剧命运中拯救出来的美善力量，这样整本戏的谴责挞伐的力量就显得特别深刻巨大，非常集中地、典型化地揭露了封建统治者的忘恩负义和心肠残忍。一种悲剧—过渡—另一种悲剧，由这个三部曲组成一个完整的悲剧，这种非常高明、非常卓越的结构，在世界各国的悲剧中似乎还是仅见的。

元代悲剧中还有一本在结构方面异于上述递进结构和中转结构的悲剧《双赴梦》。这本悲剧的结构可以叫作静态结构。全本戏并没有情节的发展，四折戏都沉浸在对往事的悲戚的回忆中，抒发着悲伤的情怀。关羽张飞死后，刘备心情郁闷，极度悲伤，思念两位贤弟，作念他们一生的业绩，这些在第一折中是通过他派去搬尸的使臣的口唱出来的。第二折由诸葛亮歌唱。蜀汉连失两员宿将，帝王"心劳意攘"想念关张，国家出现了政治危机，作为丞相，诸葛亮不能不感慨系之。第三折是张飞和关羽的阴魂相会，第四折关张阴魂在刘备的梦境与刘备相会，这两折中张飞的阴魂倾吐了对张达、糜芳、糜竺、刘封等人的怨恨，悲悼蜀国气运的衰微，要求复仇。悲剧中所以有这种静态的结构，是出于表达人物复杂的悲剧心情的需要。根据《双赴梦》而来的秦腔传统折子戏《祭灵》，在西北观众中很有市场，半个多世纪以来流传不衰，说明在人们多样性的欣赏情趣中，静态结构的悲剧是有其独到之处，因而是观众所需要的。

元代悲剧的结尾

我国叙事文学多以大团圆结尾。明代以后的戏曲，大团圆几乎成为定规。明清时代的戏曲中的悲剧，虽因主人公毁灭等原因。不一定能大团圆，但往往在结尾时对悲剧冲突所造成的后果做一些善后工作，带出若干亮色，使观众的情绪得到缓冲、调整、平衡，进入平复或深化的境界。西方悲剧大多由冲突把悲剧的气氛和效果推向最高潮，使观众在感情受到感染和刺激的最高峰的时候，戛然结束。中国戏曲中的悲剧与西方悲剧在民族风格方面的不同，在很大程度上是由结尾所显示出来的。所以研究中国悲剧的结尾，以及结尾与全剧联系的特点，是研究我国悲剧的一个十分重要的课题。

汉末著名的悲剧叙事长诗《孔雀东南飞》就有着浪漫主义的结尾：两位互相殉情的夫妇，他们合葬的坟茔上，树木交生，一对鸳鸯在树丛中夜夜相向悲鸣。这个结尾渗透着人们的美学理想，把美和悲有机地结合起来，奠定了中国悲剧叙事文学结尾的基本特征。嗣后的悲剧小说《韩凭妻》以及民间传说的梁祝爱情故事，都赋予这样的结尾。所以后来戏曲悲剧带着亮色的结尾并非偶然，这不是剧作家要陈陈相因，而是体现着群众的欣赏情趣和审美要求。中国戏曲与西方莎士比亚及莎氏之后的文人的剧作比较起来，有着更深厚的民间渊源。由于渊源的不同，使它们在悲剧的结尾上也现出了相异。

从大的方面说，元代悲剧有两种结尾：一种是悲剧主人公的对立面受到惩罚的光明结尾；一种是一悲到底的非光明结尾。其后一种结尾，与西方悲剧有相通之处。这种结尾的悲剧有些亦与西方悲剧的风格相近，而大部分和西方悲剧仍然不同，而有着我们自己的民族特色。

主人公的对立面受到惩罚的光明结尾的元代悲剧有《窦娥冤》《赵氏孤儿》《朱砂担》《盆儿鬼》《荐福碑》《冯玉兰》等；一悲到底的元代悲剧有《介子推》《霍光鬼谏》《替杀妻》《双赴梦》《豫让吞炭》《梧桐雨》等。从这个胪列中可以大体寻出一个规律。一悲到底的悲剧除《梧桐雨》《豫让吞炭》外，其余四剧均在元刊本中。而《梧桐雨》的作者白朴又确知为最早的元代戏曲家。我们知道元刊本杂剧基本保持着剧本的较早面貌，创作时代比较早；而臧氏《元曲选》中的杂剧，甚至杂有明初作家的作品，包括整个元代各个时期的作品，《元曲选》中的杂剧又大部分在流传过程中经过明代人的加工。我们便发现这样一个规律：早期的元代悲剧，往往有可能是一悲到底的非光明结尾；而后期的悲剧，特别是经过明代人修改的悲剧，则基本上是悲剧主人公的对立面受到惩罚地带着亮色的结尾。

颇值得思考的是，在《元刊杂剧三十种》和《元曲选》中都可以找到的著名悲剧《赵氏孤儿》，两种版本有着极大的差别。这个差别主要在结尾。元刊本中的《赵氏孤儿》和一般的元人杂剧一样，共四折。《元曲选》中的《赵氏孤儿》却较一般的元人杂剧多出一折，为复仇专门写了第五折。在这一折中，程勃（即孤儿）由正末扮演，共唱了七支曲子。因为在元刊本中此剧全无宾白，所以不能详知结尾的具体情况，但从"正名"中"冤报冤"的话[①]看，一定是在最后很简洁地在舞台上做一个过场，杀了屠岸贾全家，报了赵家的冤仇。看起来还是元刊本的写法比较高明，像《元曲选》中那样，只不过表明最后把屠岸贾处以极刑，并无什么特别有韵味的关目，却又临了闪出一个多余的人物魏绛来，确实给人画蛇添足的感觉。我推测，这第五折一定是由明人续写的。为什么续这一折？原因主要是元末明初以后，我国戏剧的大团圆结尾已逐渐形成一种习惯的规程，观众中形成了这种艺术欣赏的习尚，为适应于此，明代人便给《赵氏孤儿》续写了第五折。

当然，早期的元代悲剧，也有着带亮色结尾的作品。被明代的朱权称为"初为杂剧之始"的关汉卿，他的《窦娥冤》的结尾却带

[①] 元刊本《赵氏孤儿》正名："韩厥救舍命烈士，陈英（程婴）说妒贤送子。义逢义公孙杵臼，冤报冤赵氏孤儿。"

着亮色，这是需要进行具体分析的。

《窦娥冤》的第四折，由窦娥的鬼魂出现，向父亲肃政廉访史窦天章申诉冤情，使她的冤屈得到昭雪，贪官和坏人受到惩罚。用我们现在的眼光看，如果三桩誓愿都已应验，悲剧已发展到高潮并有了结果，窦娥在精神上已取得胜利，在此结束全剧，矛头便最后指向整个封建统治制度。这样，第四折似乎便没有多大存在的必要了。但是，从关汉卿留下来的全部剧作看，他是并未对封建制度产生过怀疑的，他的最高理想不过是吏治清明而已；同时因为张驴儿一等坏人还未惩处，窦娥的冤仇还没有报，还没有一个着落，观众心情上还有缺憾，这样第四折看来也是必要的。

元曲熟语赏析

我在攻读硕士研究生期间，到第三年大部分时间是读元曲的，主要是读杂剧。我把明代臧晋叔所编《元曲选》中的一百本杂剧和今人隋树森所编《元曲选外编》中的六十二本杂剧通读了两遍。其后又寻读了系里所藏的线装《脉望馆钞校本》、《古今杂剧》（即元刊本，我认为是瓦印本）影印读本。

元杂剧作家是真正走到民间草根中的落魄文人，对群众语言十分熟悉。我研究元杂剧，当然主要是考察历史变迁中的文学发展，从艺术学和戏剧学角度探寻它的规律和特征。但我确确实实被元曲的生动语言感动了，所以也想在研究元曲艺术的同时，出一些元曲语言研究方面的副产品。我随读顺手做了一种卡片，我的想法是想仿照张相的《诗词曲语辞汇释》的体例，编一本《元曲语辞汇释》。我的具体办法是把元杂剧唱词和道白中常用的而今人却感到生疏的三个字到七个字的常用语（熟语），逐步立为空白辞目卡片，按辞头依 ABCD……Z 排列起来，这样在读曲的过程中，遇到一个词，就把这个词出在哪一本戏，哪一折，哪一个曲子中以及上下语境，原原本本过录到卡片上。天长日久的积累，就成了很有学术价值的资料。孰料"鹈鴂先鸣，高辛先我"（《离骚》语），我做完了高高的几摞卡片，这时看到一本新书出来了，这就是顾学颉先生的《元曲释辞》。于是这个预想好的副产品便搁置至今。

然而，顾先生也不可能把这方面的工作做完，元曲熟语中蕴蓄着古人丰富的智慧和哲学，我现在想对元曲熟语做较深细的解析。这样，工作量就达到原来"汇释"体例的好多倍，原来的工作就只成了一个基础。原来最出力的是汇集出处，这是一项缜密而枯燥的学术性功夫，对网上读者来说反而没有什么意义。我现在在原来卡片的基础上从头做起，主要是解读和赏析，这样做放在网上才有点意思。这些生动且能表达深刻意蕴的语词，我觉得当代小说家就可以智慧地采用，一定会使这些光辉过的语言在几个世纪之后再发出光芒。

安乐窝中且避乖

"安乐窝中且避乖"一语见元杂剧《冤家债主》第一折《天下乐》，《王粲登楼》第二折《滚绣球》，《裴度还带》第一折《油葫芦》，《金安寿》第四折《唐兀歹》。元散曲中亦多用此语，如赵显宏《刮地风·叹世》，张养浩《双调·水仙子》。元曲中往往还在这句话后头跟一句"倒大来悠哉"，这样既避是非又自由轻闲的处世态度，倒能大大地悠闲自在。

"安乐窝里且避乖"是一种处世态度，也是一种处世技术。意思是远离人群，避开是非，明哲保身，求得自由自在。

推这句话的语源，应说到北宋的邵雍。邵雍，字尧夫，谥号康节，自号安乐先生，北宋哲学家、易学家，著《皇极经世》，创易学先天之学。三十八岁居洛阳，名其居曰"安乐窝"，我们读他的《伊川击壤集》，就知道他的确是把宇宙看开了，把人生看透了。我不怕东施效颦之讥，也名自己的书斋为"陋斋安乐窝"，卫俊秀老人和贾平凹都为我题写过这个斋号。邵先生的"安乐窝"曾是阔人的大宅子，有三十多间，我的容膝之居，不敢装阔，特标出"陋斋"，"陋斋"而能安乐，似比康节先生更上了一个境界。原谅，这样说不过是开个玩笑。

中华处世术由来远矣，尧要聘许由当天子，许由不愿当，他给天子起了个独特称谓，叫"九州伍长"。不当就不当，还把使者传达的话称为"恶语"，觉得脏了他的耳朵，跑到河里去洗。尧时很民主，要在秦以后这样做，非掉脑袋不可。许由的拒绝虽显得很高雅，但和后世"避乖"之举实是一脉相承，都是把自由自在放到第一位。许由的做法有点硬碰硬，后世绝对不敢仿效。

战国出了老子庄子，"避乖"的处世术进一步哲学化了，就是如何处理矛盾。遇到对方不可战胜时，我并不投降，但也不硬碰硬，我给你玩太极拳，与你"虚与委蛇，不知其谁何"！魏晋时曹操和司马氏手都很硬，魏晋文人装疯卖傻，大多数仍玩太极推手，许多玩得不好的如祢衡、孔融、嵇康等仍没有保住性命，当然他们丧命的主要原因还是性硬，太看重自由和尊严。

古代有一些"避乖"高手，如范蠡和张良。说高主要是见识高远，知道及时回头往低处走，这在一般人都做不到。现在许多人走到高处以后，要杀他他都不想再当平民。范、张两人实在是高，以至竟被后世人拔高为神仙。

原则不能放弃，但真理不得时的时候，只能虚与委蛇，不能硬碰南墙。实在不行，便选择独善其身。人们往往鄙夷阿Q，其实阿Q虽然没文化，但他的处世艺术几乎与老庄接了轨。一是善自我安慰，主观性膨胀，不至畏葸得害抑郁症；二是虚与委蛇得圆活，简直像参修过老子的哲学。

我当学生时，正是政治刚硬的时代，我走的道路虽然被认定属"白专"，又一直争取着自由和尊严，但始终没有被划到敌对阵容中去，还是我分寸把握得好。我虽然在坚守我不合时宜的个性，但也使我的言行总是阈限在不反动的界限内。那时虽未深入学过老子，但朴素地悟出了老子的某些精髓，从我认为阿Q与老子相通来说，我也是阿Q。

"安乐窝中且避乖"，这话说得有些乖张，但也说得有色彩，说得家常，说得艺术，主要是说得智慧。

把羞脸揣在怀里

这句话见元杂剧《老生儿》二（即第二折，后仿此）刘引孙云，《冻苏秦》二《笑歌赏》曲，《荐福碑》二《滚绣球》，《鸳鸯被》二道姑云，《金线池》二韩辅臣云，《醉写赤壁赋》四外云。

这句话的意思是，不得已只好抹下面皮。说这话的，当时都是弱者。

俗云：话有三说，巧说为妙。这话就说得很巧。我想现代作家写小说，要相应的人物在相应的地时从嘴里说这样巧妙软和的话出来，该是何等鲜活，语言好像回响着中古民俗的足音，通体能是这种色彩，我将是爱读的。

"把羞脸揣在怀里"，这是一句属内心独白的话。自己给自己台阶下，自我勉励，鼓起勇气抛头露面。

古贤教人做人，最重要的一点就是要知耻。礼义廉耻，国之四维。把羞脸揣在怀里，这时说此话的人表明自己是知耻的，按时势固宜闪开，之所以站出来，实在是不得已耳。

这个话放到当下，应是属于公关学的一句术语。现在干推销员这种职业的，一天到晚都是把羞脸揣在怀里。敲人家门时，即心里惴惴，开开门是一个冷脸子，甚或恶语相加，而你却只能好言劝导，笑脸相迎。大街上散广告，殷勤地递上去，人家连看都不看，你不能有丝毫脾气。这是下层人，至于上层，其理一揆，有时实际比这更脸厚。

当然也有人是不屑于说此话的,我为什么要"把羞脸揣到怀里"?我就没有"羞脸"我揣什么?这种人亮出来的,是一张伪善的脸,恶煞的脸,以此在台面上打天下。

有话则长,无话则短,这一条就写这么多。

拨尽寒炉一夜灰

见《杀狗劝夫》二《滚绣球》,《荐福碑》一《六幺序》,《倩女离魂》三《三煞》,《薛仁贵》三《一煞》,《贬黄州》三《紫花序》,《冻苏秦》二《煞尾》,《调风月》二《三煞》意谓穷至寒夜无被可盖,守乏炉以待旦。元曲中常用此语状写人物的贫寒处境。

这原是吕蒙正诗中的一句话,写这首诗时,他是一个穷困的寒儒。

这首诗是:

> 十谒朱门九不开,满头风雪却回来。
> 归家羞睹妻儿面,拨尽寒炉一夜灰。

我们可以通过这一熟语,认识元曲熟语的一些规律。前人的一些诗句,如被诸家元曲不约而同地运用,这诗句就成了元曲熟语。这种现象很奇特,有些前人诗句,运用的曲家很多,被用的频率很高。如"拨尽寒炉一夜灰"这句便是。前人的诗句很多，但有些诗句就没有交这种好运，没有成为元曲熟语。就如人一样，有些人，你看不出他能当官，他似乎也没有当官的兴趣，但他硬是被送上官位，而且连连升迁。有些人很有官瘾，也多处走门子，却怎么也当不上官。前人的诗句成千上万，但在元曲中成为熟语的，其实没有多少。有些诗句，被偶一用之，而终未成为熟语。再比一个例子，有些小说不一定是同时代写得最好的，但它被改编成电影或电视连续剧，广泛放映，家喻户晓。

凡诗句成为熟语，就符号化了，就成了固化的语言格式，半抽象半具象。它具备一定的形象性，但绝不能视为实指性描写；它又带有抽象性，故不能把对象框死，受众可以通过这一符号对之发挥想象。

所以，前人诗句成为元曲熟语，是由中国文化和中国思维特征酿结而成的。易有象、数、理、占，《周易·系辞》说："易者，象也；象也者，像也。"易象思维深深渗入中国文化和中国人的思维中。太极图用以描摹宇宙，既抽象又具象；乾卦可以描述一切事物的发展过程，但爻辞又都是用龙说事。"拨尽寒炉一夜灰"既成熟语，就符号化了，就成了一个"象"，一个人只要用这七个字自我描摹，再不说别的，就说明此人已穷愁潦倒。

因为后边将会"散说"许多元前诗句变成的熟语，所以在本条"散说"中，集中分析一下这类熟语形成的深刻原因，是很有必要的。

伏侍君王不到头

"伏侍"即"服侍","伏"是"服"的假借字。此语见《介子推》二《尾》,《东窗事发》三《紫花儿序》,《霍光鬼谏》三《三煞》,《醉写赤壁赋》二《耍孩儿》,《西蜀梦》四《滚绣球》,元刊本《楚昭王》二《络丝娘》。不忽木《辞朝》套数《天下乐》。

"伏侍君王不到头"在元曲中都是被撤职罢官者的喟叹。说再不能侍候皇上了,服侍皇上服侍了个半截,显得无比伤感。实质上这种伤感主要是惋惜丢了官帽。

伴君如伴虎,封建时代的官场是一个险恶的场所。宦海浮沉,弄不好即遭贬谪、流放,甚至杀头,这时他们就喟叹"伏侍君王不到头"。中国自古以来,官场充满了伪善语言,一个大臣在被皇上降罪时,常常叩头高呼"谢主隆恩",被罢了官心里实际上很怨恨,嘴里却还要谢。被踢出官场,却喊不能服侍皇上了,这种违心的叹息是同样的假惺惺。

元曲中还有一些话可与"伏侍君王不到头"做延伸链接,如"太平本是将军定,不许将军见太平"。这不是当事人的慨叹,而是历史老人的画外音,就显得冷静而深刻。没有将军的征战,君王的江山是打不下来的;但江山既已打下,将军便成了闲置物,且容易分去君王的一部分威严,这就为将军的删除埋下了伏笔。"飞鸟尽,良弓藏;狡兔死,走狗烹"。说"不许将军见太平"也不一定,将军如果聪明，处处表现出一颗忠心，要把奴才当到死，他可能会经见一段太平；如果他不知趣居功自傲，摆出老二老三的架子，那就离死不远了。古今中外例子不胜枚举。

当然也有君王被将军捏在手里翻不了身的，东汉末年的霍光、董卓、曹操就是这样的将军，这是历史上很少的特例。

经板儿印在心上

此语见《合汗衫》三《小末云》，《冻苏秦》四《步步娇》，《风光好》二《二煞》，《抱妆盒》二《正末云》。元明小说《初刻拍案惊奇·延亲恩孝女藏儿》亦见此语。

意谓对某事某人或某话语牢记心头，永远不忘。

民间语言有一个重要特征，就是感性化。如说"牢记心头"则是概念化的，而说"经板儿印在心上"，就用形象加深了表意的强度。表明记得很牢，刻骨铭心，说"经板儿印在心上"，就像用刀子刻上去的，像在木板上刻经那样，刻死在木头上而不容改变，永不磨灭。

对这一熟语的产生，不见有学者谈起，这里我说一些自己的私见。宋元时代出现"经板刻在心上"这句话，是中国四大发明之一的印刷术发展史的活见证。我国唐代已有雕版印刷，而大量运用木质雕版印刷则开始于宋代。而运用最多的并不是印刷儒家经典，而是刊印佛经。所以这里说的"经板儿"的"经"，并不是"经史子集"的"经",不是《易经》《诗经》《南华经》《道德经》的"经",而是指佛经。

南北宋刻印的著名佛经如《开宝藏》：刻印于太祖开宝四年（971）至太宗太平兴国八年（983）。在四川益州完成，共5000多卷，480函，用木质雕版13万块。《福州东禅寺大藏经》：神宗元丰三年（1080）至徽宗崇宁二年（1103）刻印于福州东禅寺。共6434卷，479函。《碛砂藏》：于端平元年（1234）至咸淳八年（1272）刻于平江府（今苏州）碛砂洲延圣寺。共6362卷，591函。

刻印佛经，民众随喜助印，参与其中，故对老百姓来说，比起印刷儒家经典来，刻印佛经是他们更接近的事，因而就用"经板儿"来表述铭记不忘的含义。

军骑嬴马连云栈

语见《风光好》一《油葫芦》："恰便似犬逢饿虎截头涧，更险似军骑嬴马连云栈。"《追韩信》二《驻马听》："止望学龙投大海驾天关，划地似军骑嬴马连云栈。"《楚昭公》一《寄生草幺篇》："止不过船横古渡垂杨岸，路逢峻岭滩头涧，小可如军骑嬴马连云栈。"《西游记》第四本十五出《叨叨令》，"骑"作"单骑"。

此语形容处境危险。

还未查出此语属前人诗句。此语的构成方式是险境叠加，即险上加险。栈道都修在山上，一般临谷溪或深渊，都很险要。"连云栈"即高耸入云的栈道,行于其上,极为危险。如骑马行于连云栈上就更危险,何况骑的还不是健康的马,而是一匹瘦弱无力的马。

由这个古语,却想起洋人的事。二十世纪初,英美几个弄诗的青年人,眼光开放了一下,就变得崇中迷外起来。这帮人以庞德为领袖,他们看到中国古诗富于意象的特征,就大量翻译,从中品习,于是学会一手,以意象叠加之法创立了一个在欧美颇具影响的诗派——意象派。这是西方现代主义风潮中崛起的一个重要派别。

洋人重视的这种意象在中国诗中达到极致时,就成为名词堆积,只弄一堆很有色彩的名词摆在那里,就成为非常美妙的诗:"鸡声、茅店、月、人迹、板桥、霜";"枯藤、老树、昏鸦、小桥、流水、人家、古道、西风、瘦马"。军骑、赢马、连云栈,也正有这种特色,所以我以为,"军骑赢马连云栈"这一元曲熟语,作用虽然不过是形容一个险字,但因富含诗的素质,所以放在杂剧唱词中,就增强了曲辞的文学性。

《天净沙·秋思》赏析

枯藤老树昏鸦，

小桥流水人家，

古道西风瘦马。

夕阳西下，

断肠人在天涯。

这是一首元散曲小令。泛义而言，词、曲都是中国的诗，但元曲的总趋势是走向俗化，像马致远的《耍孩儿·借马》、睢景臣的《哨遍·高祖还乡》散套，都极力追求"蒜酪"味，已偏离了中国古典诗歌重视意象的品格；而这首《天净沙》却最足以体现中国古典诗歌以意境意象取胜的根本特征，所以王国维在《宋元戏曲史》中说"《天净沙》小令，纯是天籁，仿佛唐人绝句"。

《天净沙》写景，都是白描，而景的每一个小单位，都浸染了情在其中。这种浸染到景中的情，从字面上并看不出，是十分内在的，所以这种写景真正出色地做到了以景托情。称赞过这首诗的王国维在《人间词话》中又说："昔人论诗词，有景语、情语之别，不知一切景语皆情语也。"一切景语皆情语，这话倒没错，但还有一个等差问题：较拙劣的景语，其中所寓的情必是既少又浅；而好的景语，却会在其深层埋着浓厚的、深沉的情。在《天净沙》中，哪怕每一个最小单位的景物，都不是纯客观的具象的事物，而是一种意象。这首小令的前三句，平列了九个单音名词："藤""树""鸦""桥""水""家""道""风""马"。每个单音名词前边，各用一个字来修饰，达到高度的简洁。就像是绘画时并不勾染，只拿笔蘸上墨最经济地点了九下，一幅意境深远的秋景图就形成了。九个名词，十八个字，中间并不用介词、系词、连词等连缀，九个名词之间不发生任何语法关系，只由意象的叠加而形成高度统一的意境，这种高度省简而意象之间并不拴死却能取得更强烈的艺术效果的诗句，只有唐人的"鸡声茅店月，人迹板桥霜"差可与之相仿佛。

九个名词虽然互不发生语法关系，九个并列的景物单位虽然各自独立，但由于各自属性和色调的关系，便自然发生内在的组合，形成一个统一的、浑然的境界。这三句，每句中有三个景物单位，形成一组，组成一个小画面。在每幅小画面中，静的景物与动的景物互相搭配，静的"藤""树"，搭配上动的"鸦"；静的

"桥""家",搭配上动的"水";静的"道",搭配上动的"风"和"马"。三个小画面合起来便组成一幅诗意浓郁的大画,然后再给这幅大画涂抹上夕阳的余光,加上一个天涯断肠的人物,犹如画龙最后点上眼睛,便获得生命,腾空飞去。前边的景物意象不断叠加,当最后一句,人出现在画中,又用一句抒情将前边写得非常充分的景一下子领提起来,调动起来,这样,最后一句就与前边四句互相映照,生出了艺术的光辉。

由这首小令,谈到古诗的翻译,也许不是多余的话。我始终以为,中国的古诗是不能翻译的。就像这首小令,一连串景物的小单位并列在那里,取得了上述那样的简洁而带一定不确定性的特别的艺术效果,如果在翻译时用动词、连词、介词,把这些本来并列的景物单位分配在不同的主从、领属、对象等关系中,那种独有的艺术特征也就不复存在了。譬如把前三句译成这样:"干枯的藤蔓缠绕着枝丫纵横的老树。几只黄昏归来的乌鸦,静静地站立在老树梢头。一股潺潺的溪水从小桥下流过。桥边,一座茅屋孤零零地躺在那里。一匹瘦骨嶙峋的老马,驮着伤心断肠的主人,缓缓行进在古道上。"这样一翻译,我们读原作时感受到的那种艺术韵味,一下子全跑得无踪无影。这是什么原因呢?我想,原因大约有这么几点:

第一,原作是高度精练高度简洁的,经这样一翻译,那种简洁美就全被赶跑了。

第二,九个并列的景物单位,它们之间的关系并没有被点明,没有被说死，所造成的意境是浑厚的，带有一定的朦胧性，一经翻译，九个景物单位之间的关系被规定死了，读者在阅读欣赏过程中能动地发挥自己形象思维的余地被取消了，审美的兴味自然便大大减弱了。

第三，原作两个字组成一组，读起来有音乐节奏上的短促感和顿挫感，就像用干笔枯墨画出的秋景，这样一翻译，节奏的顿挫感没有了，干笔枯墨没有了，而成了柔润的绵密的笔墨，所以味道就变了。

第四，传统的中国画讲"布白"，大片白的空间，形成艺术上的空灵韵味。中国的古诗和中国画是相通的，都属于表现性艺术体系。这首小令的前三句，就极讲究这种艺术"布白"，这样一翻译，这种艺术布白或被填实，或被裁掉，就失去了原有的韵味。

论《红楼梦》的悲剧精神

《红楼梦》是一部最伟大、最深厚的悲剧长篇小说。

悲剧，这是西方美学一直比较重视的一个课题。近年来，我国文艺理论界对这个问题也甚为关注。但是，对于这个美学范畴的研究，历来似乎都存在一个偏颇，即把力量主要花在阐释、咀嚼、探讨经典作家关于悲剧的理论的概念含义上面，而对世界古今悲剧作品的具体研究则比较忽视，故而不能用悲剧实际发展中不断出现的活的、有生气的新现象、新经验，去很好地充实悲剧理论，推动悲剧理论的发展。这种偏颇是轻视实践的一种表现。

然而，这样一个事实是谁也否认不了的：自埃斯库罗斯（恩格斯称他为"悲剧之父"）以后，两千三百多年来，悲剧始终在不停顿地发展着，从来不大受理论的约束。社会现实对悲剧创作的影响，比悲剧理论对悲剧创作的影响不知要大多少倍。西方理论开始逐渐介绍到我国是近代的事，而我国的悲剧创作却可以追溯到神话时代的夸父逐日。战国秦汉以来，我国的悲剧创作从未消歇，而亚里士多德、黑格尔，甚至别林斯基、车尔尼雪夫斯基，都没有读过中国悲剧，难怪他们的悲剧理论根本无法完满地解释和说明我国元代十几本悲剧中存在的各种复杂现象。不用说，在《红楼梦》这样的作品面前，经典作家的悲剧理论就显得更其不够了。因此，从悲剧的角度对《红楼梦》进行实际研究，这是十分必要的。遗憾的是，自二十世纪初王国维发表《红楼梦评论》一文，从悲剧角度对《红楼梦》进行过研究后，七十余年无人继响，至今鲜见再有从悲剧角度评论《红楼梦》的论文问世。笔者虽然有这种愿望，惜乎学力浅薄，难负此任，这里只是把这个话题提起，发出呼吁，并提出一些问题来，初步发发议论，只要能引起专家们研究这个问题的兴趣，我这篇粗疏的文章便算达到了我所期待的目的。

《红楼梦》悲剧精神的根源

王国维说《红楼梦》是"彻头彻尾的悲剧"。鲁迅先生对《红楼梦》的悲剧性做了精练的概括。"颓运方至，变故渐多，宝玉在繁华丰厚中，且亦屡与'无常'觌面，先有可卿自经，秦钟夭逝，自又中父妾厌胜之术，几死；继以金钏投井，尤二姐吞金；而所爱之侍儿晴雯又被遣，随殁。悲凉之雾，遍被华林，然呼吸领会之者，独宝玉而已。""后四十回虽数量止初本之半，而大故迭起，破败死亡相继，与所谓食尽鸟飞独存白地者颇符。"①曹雪芹是着意把《红楼梦》作为大悲剧来写的。在曹雪芹的《红楼梦》世界里，宇宙间在演着一部大悲剧。

王熙凤梦见秦可卿易箦时对她所发的那通议论："常言'月满则亏，水满则溢'，又道是'登高必跌重'。如今我们家赫赫扬扬，已将百载，一日倘或乐极生悲，若应了那句'树倒猢狲散'的俗语，岂不虚称了一世诗书旧族了！""否极泰来，荣辱自古周而复始，岂人力所能常保的！"我们可以将这段话看作曹雪芹创作《红楼梦》的思想主题。这就是曹雪芹对世界的悲剧感受。

在我们看来，事物由盛而衰只是自然发展规律的一个侧面。在此同时，在事物内部的矛盾运动中，也有新的因素萌生着，在对衰朽因素的扬弃中，朝气蓬勃的新事物便嬗变出来。总的看来，在事物的这种盛衰递变中，世界在发展，在前进。而曹雪芹在对旧传统的否定中，找不到新的出路，同时又怀着对旧传统悲悼的感情，他所感受到的，便只是事物发展递变中由盛而衰这一个侧面。这正如我们看到的另外一个事实：资产阶级在历史舞台上露出头角，这无疑是历史前进的一大标志，而人文主义伟大作家莎士比亚笔下的著名悲剧人物哈姆雷特，却感到世界是一个大牢狱。哈姆雷特的这种

---

① 我认为后四十回是根据曹雪芹某个写作阶段的散佚文稿补缀而成的。文学创作是一种个体精神劳动，渗透着作者独特的个性气质和精神风貌。很难想象高鹗的个人创作能是这个样子，《红楼梦》之前和《红楼梦》以后直到现在，我们都没有看到过这种例子。后四十回只能主要出自曹雪芹之手。

感受，既来源于时代，也来源于他个人可悲的、不幸的遭遇。在新旧交替的时代，旧事物的否定者，他的理想追求浪漫而强烈，却又偏偏要被现实轰毁，这样，他对世界的悲剧感受，便会自然地产生。曹雪芹作为一个艺术家，由他所处的时代，他的生活经历、身世遭遇等等所决定，他只感知到事物发展中由盛而衰、由荣而枯这一个侧面。受这种悲剧感受左右，他用恢宏的、形象的、生动具体的艺术描写，表现了世界事物发展的这一个侧面。从这个侧面，同样可以展现历史，使他的艺术成为时代的一面镜子。

作家的这种独特感受，对于他所从事的艺术创造来说，不但是无损的，而且是必须的。没有这一点，他的艺术便难以成功，便不可能有价值。对整个世界的较完整的反映，只有依赖于作家艺术家们从各自不同的角度，用各自不同的色彩的集体表现才能达到。全面的、不偏不倚的、纯客观的反映世界的作家艺术家是从来不曾有也不可能有的。巴尔扎克是从保王党的立场来创造他的《人间喜剧》的；托尔斯泰是用俄国农民的宗法思想、眼光、心理和情绪来反映沙皇俄国1861年至1904年的社会生活的。他们对社会历史的认识是有毛病的、有偏颇的，但谁能否认他们是世界文学史上两座峻拔的奇峰呢？他们正是站在一定的世界角度，具备了他们独特的生活感受和艺术感受，才成为一个伟大的艺术大师的。这体现了艺术创造学的一个规律，对曹雪芹当然也应作如是观。

所以，悲剧都是时代氛围作用于作家感受的产物。《红楼梦》悲剧精神的根源首先在于时代。曹雪芹所处的时代，中国古老的封建社会在两千年缓慢的历史脚步中，早已走到了尽头。早在十一、十二世纪的宋代，中国封建统治就已失去了汉唐帝国宏大的气魄，再也不能在经济文化方面有重大的建树，统治者只能消极守成。封建官僚机构越来越庞大，只有加重盘剥农民才能维持统治和满足他们的欲壑。明清时代情景每况愈下，统治阶级用一只手死死地封闭着海关大门，防止西方资本势力流入，用另一只手操起大棒镇压人民的反抗。清代康熙至乾隆朝出现的貌似安定统一的局面，不过是腐朽封建制度的回光返照。当时西方资本主义已经高度发展，古老的中国封建帝国的安定，岂不是一种悲剧吗？！仅从《红楼梦》偷闲点染的那些笔墨看：正常的吏治行不通，护官符成了通神的法术，"防护内廷御前侍卫龙禁尉"可以掏一千两银子向阉官去捐买，法制堕隳，各级官吏上下打通关节，百姓中的无辜者会意外丧生，杀人凶犯却可逍遥法外……这一切说明，整个中国的封建社会和贾府一样，"外面的架子虽没很倒，内囊也尽上来了"。它弥漫着沉闷的、令人窒息的空气！它像一方奇大无比的顽石，把中国弱小的新思想的幼芽死死地压在下边。

这种时代的悲剧气息，是不能不反映到曹雪芹的头脑中来的。在这种新旧交替的时代，旧制度虽然维持着表面的强大，但已无可挽回地临近死亡；从这个旧制度的母胎中生长出来的新的经济因素以及反映这些新因素的新思想的萌芽，在仍然还显得强大的旧制度面前找不到出路，处于巨大的苦闷中。这样的时代，对新旧两方来说，都具有悲剧的性质。曹雪芹作为个性解放的拥护者，而同时作为遭受意外打击的官僚贵族家庭出身的知识分子，也免不了存在着对昔日繁华的缅怀。这样，新旧两方的悲剧，他都有深切的感受。对旧制度的悲悼，对新人物的哀叹，这两方面都渗透在曹雪芹对自我命运的伤感情绪中。马克思在《黑格尔法哲学批判导言》中说："当旧制度还是有史以来就存在的世界权力，自由反而是个别人偶然产生的思想的时候，换句话说，当旧制度本身还相信而且也应当相信自己的合理性的时候，它的历史是悲剧性的。当旧制度作为现存的世界制度同新的世界制度进行斗争的时候，旧制度不是个人的谬误，而是世界性的历史谬误。因而旧制度的灭亡也是悲剧性的。"马克思这段精辟的话，是我们理解《红楼梦》悲剧与时代关系的一把理论钥匙。

前面说过，形成曹雪芹的悲剧感受的一个重要方面，应包括他的身世遭际。这里有必要对这一点稍做申述。

一个人遭到现实的无情打击，生活发生突然的逆转，就会发生摅发愤懑的强烈要求。这种摅发欲，在一般人，只是很浅显地直接把愤懑表现出来，比较深沉的人，便可能做各种折光的变形，从而显出一定的深刻性。如果这是一个能够运用文字的人就会产生写作的欲望，假如他恰好有着灵敏的艺术神经和文学表现天才，他的愤懑又极深广，那么，不朽的文学巨著就可能从他的笔下创造出来。在我国，最早也最透辟地说出这个道理的，是太史公司马迁。他因李陵之祸受到株连而遭宫刑后，在给朋友的信里说，自来的典籍名著都是作者遭遇不幸的产物。《春秋》《离骚》《国语》《诗经》等，

"大抵贤圣发愤之所为作也：此人皆意有所郁结，不得通其道也，故述往事，思来者"。关于自己写作《史记》，司马迁说："仆诚已著此书，藏之名山，传之其人通邑大都，则仆偿前辱之责，虽万被戮，岂有悔哉！"这段话与《红楼梦》开卷第一回的"作者自云"，精神颇为相通。

清代的红学家多将曹雪芹比诸"盲左腐迁"，有的说："吾谓作是书者，殆有奇苦极郁在于文字之外者，而假是书以明之，故吾读其书之所以言情者，必泪涔涔下，而心怦怦三日不定也。"（潘德舆《读红楼梦题后》）有的说："蒲聊斋之孤愤，假鬼狐以发之，施耐庵之孤愤，假盗贼（应读作梁山英雄）以发之（明代的李贽就指出过这一点），曹雪芹之孤愤，假儿女以发之：同是一把辛醉泪也。"（二知道人《红楼梦说梦》）这都是很有见地的话。联系我们现在可以了解到的曹雪芹生平的大概，知道他少年时代是在一个贵族官僚家庭中过着豪华优裕的公子生活。由于政治变故，中年以后却潦倒到住在京郊的破房子里，有时连肚子也吃不饱的困境。他也许没有平步青云的兴趣，但在人生道路上，他始终未找到出路，成为中国十八世纪一个"多余的人"，这对一个有思想有才华的人是终身的憾恨，他不能不产生对社会、对人生的浩大的愤懑。这愤懑他终于发之于天才巨制《红楼梦》。

仅仅是对于时代和个人命运的悲剧感受，并不一定能够产生《红楼梦》这样具有独特风貌的悲剧作品。要深入探求《红楼梦》悲剧精神的根源，还必须探寻曹雪芹的美学理想和美学追求。美学理想是悲剧的灵魂,没有美学理想和美学追求,便很难有深刻感人的悲剧。

时代制约着作家思想,但同一时代中,不同作家却会有不同的美学理想,不同的艺术气质和艺术个性。这属于作家的主体精神。曹雪芹处在那样的悲剧时代和个人具体的生活环境中,他对青年女性的命运特别关注,同时对少女的青春美具有一种纯真的、圣洁的尊重、保护和向往的思想和心理。这种理想,具有浓厚的民主和人性的色彩,而这种理想却总是被现实无情地碾碎。现实中,青年女子总是免不了被社会的泥淖所玷污,所陷埋。作家的诗意向往,也总是像夸父逐日一样永远难于企及,这便形成了作家的悲剧心理。

作家对现实的悲剧感受和追求女性美的悲剧心理的融合一气,并不是始自曹雪芹,不为曹雪芹所独有。古代不少命运侘傺的作家都存在着这种情况,这种美学现象是值得研究的。究竟是命运多舛,才聊托追求美女的理想以通郁结呢,还是二者之间有必然的联系?屈子为楚国贵族集团嫉妒排挤,报国无门,忧愁幽思,曾在抒情悲剧长诗《离骚》中写他乘云霓以求宓妃,望瑶台而思有娀佚女。但闺中深邃,哲王不寤,徒怀一腔深情而无由抒发表达,曹植的《洛神赋》也是在政治生活失意抑郁感愤的心情下写出的。赋中发自肺腑地盛赞洛神那种"皎若太阳升朝霞,灼若芙蕖出渌波"的美不可言的风采神韵。然而人神异道,难于交接,恋情深长而怅怨无穷,悲剧的诗情是笼罩通篇的。除屈原、曹植这种自身具有悲剧气质的诗人的作品外,像张衡《四愁诗》一类作品,也带有类似的性质。

和《离骚》《洛神赋》所不同的是，屈原和曹植的诗篇充满了浪漫的诗情，这种对女性美的向往和追求是如烟似雾的幻影，是直接的感情抒发，《红楼梦》却是通过现实生活的具体描写，通过贾宝玉这一理想人物的言行活动，表达出曹雪芹的悲剧情怀的。

这样，对时代的悲剧感受，对自我命运的伤悼和对少女青春美的追求向往，融化为一种统一的悲剧精神，依凭于曹雪芹深厚的艺术修养和杰出的艺术天才，《红楼梦》这一不朽杰作便自然产生了。

《红楼梦》悲剧的深厚性

《红楼梦》作为古典文学中最伟大的悲剧作品，它在继承我国古代悲剧文学遗产的基础上，在悲剧文学的开拓方面，有着巨大的、创造性的建树。这以前，我国文学中的悲剧作品，大多是散见于笔记中的简括的叙述。往往浸染着民间文学浪漫的气息。汉代的叙事长诗《孔雀东南飞》，他在三百多行诗中把一对青年夫妇互相殉情而死的故事写得那样深沉朴素，从而控诉了封建宗法势力的吃人罪恶，的确难能可贵，其摇撼人心的悲剧力量是巨大的。后来在元明时代的杂剧、传奇和清代的地方戏中，也不乏动人的悲剧。但由于体裁的限制，《红楼梦》以前的悲剧文学，一般都是比较单纯的个人遭际的叙写，不可能展示较广阔的社会背景，也不可能深入到现实的角落里去剖析生活的那些微末的细胞。《红楼梦》悲剧的杰出成就和创造精神就在于，它以极其严肃的现实主义笔墨，写出了深厚的、富于诗意美和独创性的社会人生的大悲剧，达到了我国古代悲剧文学的极峰。深厚性是《红楼梦》悲剧最可宝贵的特征。《红楼梦》悲剧的深厚性是从三个方面显示出来的。一、在曹雪芹看来，在那样一个时代里，人生是一个大悲剧，他以悲剧的笔调展示了丰富的社会现实。二、在贾宝玉和林黛玉爱情悲剧的周围，作家还写了一系列大大小小的悲剧，这些悲剧同宝黛爱情悲剧具有相互映照烘托的作用。三、这种悲剧不是个人恶德或小丑播弄造成的，其根源在社会，所以王国维称《红楼梦》为"悲剧中的悲剧"。

《红楼梦》作为一部前所未有的悲剧，不只是宝黛的爱情悲剧，它也是整个社会的悲剧，所有人物的悲剧。它是在写，在这样一个特定的时代里，人生便是一部大悲剧。如果我们客观地去把握曹雪芹的思想，而不把我们的思想注入曹雪芹的思想去，不用我们关于历史、社会、阶级的成见去改造和割裂这部完整的艺术品的话，我们将不难看到，曹雪芹的独特的人生感受以及他以这种感受所创作的《红楼梦》的客观状况和性质就是如此。在贾府这个黑暗王国里，其悲剧主人公不待言，即这个王国的最高统治者贾母，这个极善于自娱养性和排遣烦恼的人，最后面对着王国大厦的倾颓，也不能不放声大哭。她借用给宝钗庆贺生日的机会，妄图使大家强颜欢笑，适足以透露她内心的悲凉。作为黑暗王国显赫宰臣的王熙凤，曹雪芹看来是很欣赏她的才干的，但在王国将亡的时日里，王熙凤的才干便不能不失去昔日的光彩。她也逃不出薄命司的劫运，最后在心身交瘁和良心的折磨中凄哀地死去了。

在曹雪芹的观念里，并没有僵硬地把人物划分为正反两大营垒。他只是真实地来写人。存在是复杂的，好中有坏，坏中有好，善中有恶，恶中有善，曹雪芹存在化的、"不敢稍加穿凿"地来写这些真实的人物。至于读者和评论者要在这众多的人物中，通过对他们的分析，根据他们各自的主要倾向来划分性质和营垒，这当然也无不可，这正像人们对生活中的人进行品评和划分一样。然而曹雪芹对他的人物却并未做这样的划分。所以，在《红楼梦》中出现了类似西方悲剧研究中所说的那种"恶人的悲剧"。如果在《红楼梦》中找到了"恶人的悲剧"，这些所谓"恶人"，不过是后人的指派，并非曹雪芹观念中固有的范畴。在曹雪芹那里，既然没有写作之前就明确定下来的"恶人"，当然也就不存在什么"恶人的悲剧"了。

历来的美学家认为，只有具备正面素质的人，才有资格成为悲剧主人公。如车尔尼雪夫斯基指出："悲剧是人的伟大的痛苦，或者是伟大人物的灭亡。"（《论崇高与滑稽》，见《美学论文选》）别林斯基也说："只有品格高尚的人，才能做悲剧的主人公和蒙难者，因为现实本身就是这样的啊！"（《诗的分类·戏剧诗》，见《古典文艺理论译丛》）无论从理性还是感情上讲，我们都乐意接受这种理论，但当我们研究悲剧《红楼梦》的时候，我们如果从作品的实际出发，并能真正做到知人论世，而不以我们的认识去替代曹雪芹的认识的话，那么我们就一定会看到，曹雪芹的思想上并无这种理论的痕迹。他的博大的悲剧意识，灌注到差不多所有人物的精神和躯体中去，他的人物身上，差不多都带着悲剧的气息。曹雪芹雄辩地用他天才的艺术而不是用思辨的理论迫使我们承认，即使被评论者划分为反面的那些人物，评论者自己也不能否认他们的悲剧性。这种"悲剧性"当然并不是我们站到这些人物的思想意识的立场上，而是站在曹雪芹的角度上，站在人类正常感情的客观立场上产生的认识和得出的判断。

有人会立即指出这是用"人类"来模糊阶级的界线，但是我认为正好相反，在这里恰恰不能用阶级的概念来生硬地乱套。曹雪芹的观念中本来就没有阶级的概念，用阶级的概念来乱套，这正好会把复杂的事物简单化，把深刻的问题肤浅化。《红楼梦》中的人物（仆婢除外）无论被评论者划分为正面的还是反面的，他们都没有越出封建阶级的范围，即使分为先进与落后或正义反动两部分，也不能否认各自身上的复杂素质。如宝钗这一人物，她究竟算正面还是算反面？就算是反面人物吧，她身上那许多美的素质难道可以随意否认吗？王熙凤这样一个公认的反面形象，曹雪芹对她也是爱憎并施的。

从无产阶级的高度看来，曹雪芹的社会历史观未免悲观。从总好激切地表明自己的爱憎立场的"左"派同志看来，曹雪芹这种善恶不分混沌朦胧的处理，甚至可以叫作"反动"，但曹雪芹这些由时代造成的认识局限，并不妨碍《红楼梦》成为一部伟大的现实主义巨著，并不妨碍它成为时代的一面镜子。曹雪芹作为那个时代的见证者，唯其有独特的人生感受和艺术感受，才保证了《红楼梦》悲剧的深厚性和独特的艺术审美特色。十八世纪，万不可能有无产阶级的社会革命观，曹雪芹当然也不能超越他所处的时代而和无产阶级具备相同的历史观。我们现在固然有正确的历史观，但我们与曹雪芹的时代是隔膜的，我们可以正确地、科学地去分析和认识那样一个时代，但我们对那个时代的认识却有我们反过来的局限性。起码在感性方面，我们是无论如何难与曹雪芹企及的。要用以具体形象为主要特征的艺术去反映和表现那样一个时代，曹雪芹是具备优越的条件的。尽管他缺少无产阶级的认识和观点，但他掌握了现实主义这个有力的法宝，就从他当时那种独特的悲剧感受出发来进行创作，他也完全可以写出深厚的悲剧文学来，事实也正是这样。反之，他如果只有着乐观的、与悲剧绝缘的人生观，《红楼梦》这部千古杰作也许根本就不会产生了。

这部书以贾宝玉和林黛玉的爱情悲剧为主干，同时展示了贾府由盛转衰的具体过程。《红楼梦》不是把宝黛的爱情悲剧孤零零地独立出来，而是把这棵爱情悲剧的大树所赖以生长的空气、土壤、环境，一并活生生地显示给我们。由于宝黛爱情悲剧活动在广阔、繁复的背景和环境里，因而我们所看到的不是一幕抽象的或者单薄孤立的悲剧，这部悲剧便给了我们强烈的时代氛围和史诗的壮阔感。从《红楼梦》具体描写的虚线和潜流中，我们感觉到荣、宁二府与整个社会交通着一根根血管和神经。"以管窥天，管内之天即管外之天也，以蠡测海，蠡中之海即蠡外之海也。"（王希廉《红楼梦批序》）我们从《红楼梦》中不但看到了贾府的衰败，同时也看到了贾家的姻戚史、薛、王诸家族和整个封建社会的衰亡破败。这就是被海明威称之为"文学冰山浸在水里看不见而可以感知的八分之七的部分"。这种贾府同整个社会的衰败，在曹雪芹看来是必然的，甚至是"活该"，但在作家复杂的感情中，这仍然是令人哀伤的悲剧。

从历史实际和一定的角度看，曹雪芹把当时那个时代看成一部大悲剧的感觉和认识，是并没有多大错误的。这与我们上文对当时时代的极简单的分析是契合的，这显示了杰出的现实主义大家美学思想和美学见解的深刻性。

红楼一梦，悲剧渊薮，千芳一哭，万艳同悲。《红楼梦》悲剧的深厚性，又表现在作家在写宝黛爱情悲剧的同时，还写了大大小小一系列悲剧。这些悲剧是和宝黛爱情悲剧的大树生长在同一土壤和环境中的一株株小树。这些小树，同宝黛爱情悲剧的大树枝枝覆盖，叶叶交通，共同形成一座郁郁葱葱的森林。它们千姿万态，托得这棵大树显出无限的风致。

尤二姐在盲目中失足，眼睁睁走向毁灭。这是一个善良温厚的小家女子。她进入贾府，像一朵才绽的鲜花掉进了污泥中。她苟安而缺乏理想，总是用凭空构想的小天地使自己得到平静。最后，这朵鲜花被一脚一脚踩入泥底，揉得粉碎。一进贾府，她的毁灭便是必然的。

尤三姐是一个奇女子。她清醒，泼辣，有理想，适与乃姊形成鲜明对照。对待贾珍、贾琏这群人，她能出奇制胜，玩之于掌股，搞得他们尴尬不堪，保护了自己的清白。她倾心柳湘莲，突然宣布自己这一心底的秘密。她的理想纯正而美好，但在那样一个时代，她这一举动会使人们感到大胆奇特，就是让我们看来也觉得颇有些罗曼蒂克。不幸的是，她所处的环境使得一个本来应该是她的知音的人，不敢相信她的清白，他意想不到她那超拔的自卫本领。在尤三姐这样一个烈性女子身上，悲剧于是迅雷不及掩耳地演成了。一个清白女子之无出路，连她乐于托命的人也不可能理解她，理想戕伐了，她又不会去窝囊苟活，只有用热血去殉自己的清白和那颗突然冷却的心。

晴雯像朝阳中一片鲜洁的红霞，如池沼里一朵亭亭玉立的芙蕖。她疾恶如仇，富于牺牲精神，但在封建卫道者的眼里，她风流的体貌和正直不阿的品德一并成了罪恶，于是生生地被迫害而死。有人说晴雯是黛玉的影子，晴雯的悲剧说明了封建末世官方的伦理道德观已经蜕变为违背人情的、非人道的东西了，因而晴雯的悲剧暗示着黛玉悲剧的必然性。

以上三个人的悲剧的酿成，根源都在社会。这个社会，正是宝黛爱情悲剧所以产生的社会。这些大小悲剧互相衬托，互为背景，而又显出各自不同的色调和姿态。正如清代红学家诸联说的："可卿之死也使人思；金钏之死也使人惜；晴雯之死也使人惨；尤三姐之死也使人愤；尤二姐之死也使人恨；司棋之死也使人骇；黛玉之死也使人伤……"不同悲剧的不同情调，给予读者不同的感染力。

《红楼梦》是悲剧渊薮，曹雪芹是悲剧圣手。我们不可能用更多的篇幅来分析书中的其他悲剧，但仔细想来，书中所写到的贾氏家族和亲戚中的少妇少女以及重要的婢女们，哪一个的一生不是一幕悲剧呢！小姐中的元春四姐妹，亲戚中的宝钗、湘云，少妇如李纨、可卿，侍妾如平儿、袭人，丫鬟如金钏、司棋、紫鹃、芳官等等，她们的命运无不是可悲的，但没有任何两个人的悲剧是相同的，充分表现出《红楼梦》悲剧的丰富性和多样性。

《红楼梦》悲剧的深厚性，更表现在它把人物悲剧的根源，直追寻勘探到社会的最深处，排除了人事方面的偶然性，诸如坏人的计谋，人物间的误会，机缘上的巧合等等。对于宝黛的爱情悲剧，可以说贾母、贾政、王夫人、凤姐都没有责任。他们都是竭尽心力地按着封建伦理道德的标准，安排贾宝玉的婚事的。在这个问题上，他们并未使什么"坏心"，他们是怀着一片爱护贾宝玉的"诚心"行事的。因为无论如何薛宝钗都比林黛玉有着更多的封建美德可把宝玉诱导感化到继承贾府先祖勋业的道路上去。正如别林斯基在论述莎士比亚的悲剧《罗密欧与朱丽叶》时说的："凯普莱脱家长们不过是些善良而鄙俗的人，他们不能想象任何高于他们自身的东西，他们根据自己本人的感情来判断女儿的感情，以自己的本性来衡量她的本性，他们就是这样毁灭了她。"（《诗的分类·戏剧诗》，见《古典文艺理论译丛》）所以我们读《红楼梦》如果对贾母到凤姐这些人，全部施以憎恨的感情，这就未免显得肤浅。因为这里发生的所有悲剧根子都在社会，在制度。曹雪芹在写贾母、贾政等人时，并没有像"四人帮"主持的评法批儒中描写儒家人物时那样，或则画为青面獠牙，或则写成丑态百出，甚至恶言相攻，谩骂时出，曹雪芹把荣国府的家长们，都描写成个人品质并不坏的人。作家那种浮露、浅薄、廉价的爱憎褒贬，是深厚悲剧的大敌，它只能把读者引向对坏人恶德的注意，牵制了人们对造成悲剧的根本根源即社会的罪恶的思考。

王国维根据叔本华关于悲剧的分类，把《红楼梦》划为最上乘的"第三种悲剧"，"悲剧中的悲剧"。他说："由叔本华之说，悲剧之中又有三种之别：第一种之悲剧，由极恶之人极其所有之能力以交构之者。第二种，由于盲目的运命者。第三种之悲剧，由于剧中之人物之位置及关系而不得不然者，非必有蛇蝎之性质与意外之变故也，但由普通之人物、普通之境遇逼之不得不如是，彼等明知其害，交施之而交受之，各加以力而各不任其咎；此种悲剧，其感人贤于前二者远甚。何则？彼示人生最大之不幸，非例外之事，而人生之所固有故也。若前二种之悲剧，吾人对蛇蝎之人物与盲目之命运未尝不悚然战栗，然以其罕见之故，犹幸吾生之可以免，而不必求息肩之地也。但在第三种，则见此非常之势力，足以破坏人生之福祉者，无时而不可坠于吾前，且此等残酷之行，不但时时可受诸己，而或可以加诸人。躬丁其酷，而无不平之可鸣，此可谓天下之至惨也。若《红楼梦》，则正第三种之悲剧也。兹就宝玉、黛玉之事言之：贾母爱宝钗之婉嫕而惩黛玉之孤僻，又信金玉之邪说而压思宝玉之病；王夫人固亲于薛氏，凤姐以持家之故，忌黛玉之才而虞其不便于己也；袭人惩尤二姐、香菱之事，闻黛玉'不是东风压西风，就是西风压东风'（第八十一回）之语，惧祸之及而自同于凤姐，亦自然之势也。宝玉之于黛玉，信誓旦旦，而不能言之于最爱之祖母，则普通之道德使然，况黛玉一女子哉！由此种种原因，而金玉以之合，木石以之离，又岂有蛇蝎之人物、非常之变故行于其间哉？不过通常之道德、通常之人情、通常之境遇为之而已。由此观之，《红楼梦》者，可谓悲剧中之悲剧也。"我认为，这个分析是深刻的。王国维认为，人生就是没完没了的欲望和痛苦，像钟摆一样，来回在痛苦与厌倦之间活动。唯一的出路是解脱——拒绝一切生活欲望。在他看来，《红楼梦》就是极好地表现了这种解脱。王国维说，如果一个人不是因为自己的痛苦，而是看到了人类的痛苦，从而得到解脱之道的，这是因为他有高超的智力，能洞察到生活的本质。这种解脱是宗教的、超自然的，因而是平和的。惜春、紫鹃就属这种解脱。宝玉的解脱，是自己的生活欲望不能满足，感到了痛苦，悟到了所谓生活的真谛而出世，这是常人的解脱，是自然的、人类的，也是悲感的、壮美的、文学的。王国维从这种消极颓废的人生观出发来评论《红楼梦》，这种解脱说是离开社会关系和社会实践的唯心主义荒谬理论，当然不可取。但是他的悲剧分类和对《红楼梦》应划为"第三种悲剧"的阐述，却说到了《红楼梦》悲剧的实质，这是他理论中的合理内核，是可取的。正因为《红楼梦》悲剧是在十八世纪中国腐朽的封建社会中自然而然发生的，不是"小人拨乱其间"或由于偶然原因而发生的。贾母等对贾宝玉婚姻按当时的"常情""常理"行事,"各加以力而不任其咎",不负有造成悲剧的责任,唯其如此才深刻地把悲剧的根源追溯到罪恶的社会。

过去的研究文章在提到王国维时,因为他出发点的消极荒谬,便全盘否定了他在《红楼梦》研究方面的成绩和贡献,这是缺乏一分为二的分析和实事求是的学风的做法,对于学术的发展是没有好处的。

《红楼梦》悲剧主人公的形象特质

一部悲剧文学的思想精神和艺术审美特色,总是和它的悲剧主人公密切相关的。《红楼梦》的悲剧主人公是贾宝玉和林黛玉。他们是爱侣,是知音,是战友。他们作为两个艺术典型,当然各有其独特性,但作为《红楼梦》的悲剧主人公,他们也有共同的特征,这就是这两个形象都具有浓厚的悲剧色彩。这种悲剧色彩,体现在他们思想上的反传统特征,形象上的诗人气质和细腻文雅的性格结构。

反传统,大部分文章称为叛逆精神。宝黛的反传统,无论在内容还是方式上都是独特的。他们对传统并不积极地进击,而是表示鄙视和冷漠,同时搞自己的一套。《红楼梦》里有两个王国:一个是以贾母、贾政、王夫人为统治者的贾府的黑暗王国,一个是贾宝玉在大观园内建立的少女所组成的理想王国。贾宝玉在这个王国里积极追求自己的生活理想，实行女儿尊贵，倡导民主、仁爱和个性解放。贾宝玉建立这个理想王国，并不是要在这个国度里做威严的统治者，而是要像欧洲中世纪的骑士那样，虔诚地、尽心地为少女们服务。这就是他的最高理想和幸福。作者在第一回中所申明的"大旨言情"的《红楼梦》主题，就是要表现这些东西。

从贾宝玉敢于在合法的条件下建立另一个王国看，他的反传统是大胆的，但从他那些不成文的纲领的色彩看，从他反传统的盲目性看，他的反传统又有着十分消极的特点。一面反传统，一面又不得不与旧传统保持种种牢固的牵系。例如他建立理想王国，性质不消说是反封建的，结果必然是背离忠孝，但他从不正面发表反对封建忠孝的宣言，许多地方还依着旧礼仪行事。他在宣传自己的理想主张的时候，不能创立新型的理论概念和思想范畴，那些女清男浊的怪诞理论，所采用的还是元气说的很旧的思想材料。

顾忌于十八世纪清王朝的严密的文网，并与贾宝玉反传统的消极软弱性相统一，曹雪芹在描述贾宝玉的反传统性格时，也不正面表示出自己的倾向来，往往采取以贬义词做褒赞的方式。这种描述方式，在传统势力一方粗略看去，当然乐于接受，而在赞成反传统的读者的心目中，则褒赞之意却甚显豁。

贾宝玉的理想王国虽然带有乌托邦的性质，但在贾府的具体环境中，却不是完全的空想。为贾妃省亲所建造的大观园，就是《红楼梦》特意为贾宝玉建立理想国所设置的条件，于是这个现实的桃花源就出现了。在这里，除了贾宝玉是男性，李纨是年轻孀妇外，其余全是少女。园子与贾府的政治经济中心隔离着,贾母、贾政、王夫人、王熙凤以及贾府的其他主子,轻易是不涉足这里的。这样,大观园便成了一块独立的天地,贾宝玉便把主要精力用于对这个理想国的经营。

贾宝玉的理想,在大观园内是部分实行了的,这是因为:一方面,这是一块相对独立的天地;另一方面,宝玉还借助于十分疼爱他的祖母——贾府的"老祖宗"这把很有权威的保护伞。贾母疼爱宝玉,宝玉常常靠这位老祖母把自己从封建严父的封建铁掌下解救出来。在教育宝玉的方法上,贾政常常跟他的母亲有摩擦,这种摩擦有时达到相当激化的程度。贾宝玉在温柔富贵中发展成为这样一个不肖子孙,贾母是起了纵容作用的,虽然这并非她的初衷。这是一个老年贵妇人慈爱的人性因素所使然,《红楼梦》把这一点写得很真实,很自然。如果对人只做阶级分析,认为人性就是阶级性,否认人身上所潜存的阶级之外的人性,《红楼梦》的这种描写就无法解释。和贾母相对照,贾政的人性则被封建性戕残殆尽。这就形成了封建营垒中两个人物思想和感情的差别,见出人的复杂性。这亲生母子二人对待宝玉的不同以及由此所造成的时常发生的冲突,便是这种差别促使的,是阶级性与人性的冲突。

同时必须看到,贾宝玉的理想王国必然是短暂的,随时要走向毁灭,贾宝玉形象的悲剧色彩便是从这个理想国亡国的预感中生发出来的。宝玉的理想幻灭有两大因素:一是贾府的家长们包括盲目地对宝玉的理想王国起着保护作用的贾母(她的人性最终要服从其阶级性），迟早要摧垮和毁坏这块独立天地；一是大自然无情的规律，决定着红颜不能永驻，少女迟早要变为少妇。按照贾宝玉的理论，女儿一结婚，染上了男子的浊气，就没有资格做他理想国的公民了。他任何时候一想到此，一想到他营造的这个理想的女儿国避免不了的星散，他就有无法排遣的哀伤。

这一切说明，贾宝玉的反传统是不可能彻底的，是不会有真正出路而最终要失败的，所以是悲剧性的。《红楼梦》描写贾宝玉理想王国的形成、全盛、衰落、灭亡，几乎与贾府的由盛而衰相始终。贾宝玉的理想国具有为贾府黑暗王国的统治者所不容的反传统的性质，在此同时，这个理想国的建立和存在，又对贾府的兴旺有着完全的依赖性。所以贾宝玉理想幻灭的悲剧和贾府衰败的悲剧是紧密联结在一起的。贾宝玉反传统，但他对贾府的衰败也免不了有悲剧的感受。在这里，《红楼梦》中的两个王国——贾府的黑暗王国与贾宝玉的理想王国，就是这样既统一又对立的辩证关系。

贾宝玉对于这两个王国的衰亡，在感情上都是悲伤的，然而《红楼梦》的读者中，能够看出贾宝玉形象的浓厚悲剧色彩的人并不多。读者多以为他衣锦绣食粱肉，珠围翠绕，生活得无忧无虑，有时发发疯傻，不过是"无故寻愁觅恨"罢了。实际上，贾宝玉的悲观意识是最为深重博大的，因为这种意识的成因，在一些方面是超越了自身的利害和荣辱的。鲁迅先生说，《红楼梦》里能够呼吸和领悟笼罩贾府及大观园那种"悲凉之雾"的"独宝玉而已"，这个独具只眼的看法是十分精到的。比起贾宝玉来，林黛玉形象的悲剧色彩便很显明。她失去亲人，寄居贾府，又始终和贾府的家长们保持着距离。她这种清高，在存在两个王国的贾府里是带着政治性质的。林黛玉有极强的自尊心，这种自尊心来自对贾府家长们的不亲近。她在精神上异常孤独，这种孤独是对自己际遇的感伤和对环境的戒备。自尊与孤独，两者相互促进，恶性循环。越自尊，越不肯随和，就越孤独；越孤独，越不被人喜欢，就越自己看重自己的人格。她的处境和心理，强化了她的悲剧性格，决定她的思想也是反传统的。于是，她和贾宝玉在思想上和精神上成了难得的知音，她便成了贾宝玉理想王国的尊贵的皇后。林黛玉与贾宝玉反传统的动因是不同的。贾宝玉的反传统意识是从优裕的生活环境中异化出来的。宝玉不能成为封建统治阶级的理想的继承人是无疑的了，而他作为封建贵族的不肖子孙，也没有按照贵族家庭公子哥儿的常规那样发展，没有使自己的思考机能萎缩而消耗精力于寻花问柳、斗鸡走狗、喝酒赌博等等，他依靠家庭提供给他的优越的物质优势和悠闲的余裕，把精力发挥到对宇宙人生的探求上去，发挥到对少女的尊敬和向往中去了。所以贾宝玉的反传统是顺境的异化，而林黛玉的反传统却是对逆境的反射。林黛玉最美好的憧憬是跟知音贾宝玉的结合。然而，她婚姻和爱情的命运偏偏操在贾府家长们的手中，这些人所代表的正是林黛玉、贾宝玉所反叛的传统精神。他们绝不会让一对叛逆者抱成团而形成较强的异己力量。如果黛玉不和宝玉思想一致，不是宝玉反传统的战友，贾府的家长们也许可以允许她成为宝二奶奶。但假如是这样，假如她和宝玉并非同调，她也就不存在向往同宝玉结合这一理想了。正因为她和宝玉是知音,她才不能跟宝玉结合,这是现实所规定的一条悲剧逻辑。黛玉对这一悲剧也是时时意识到的,这就是她多愁善感的重要根源。如果没有贾宝玉这个知音,她也许就没有如此大的悲愁了,正因为有了这个知音,她的眼泪才"秋流到冬,春流到夏"。眼泪为知音而流,这就是所谓"还泪"。

《红楼梦》的悲剧主人公宝玉和黛玉又都具有浓重的诗人气质。丰富的内心生活,永不停息的追求和思考,深沉激越的感情波澜,往往是古今中外悲剧文学中主人公的共同特征。对于一个麻木的人,对于一个心似古井、感情冻结的人,是无所谓悲剧的。这样的人,即使有悲剧的际遇,把他们放在长篇中,对读者也是难于产生多大的感染力的。《红楼梦》悲剧主人公塑造成功的经验之一,就是赋予悲剧主人公以诗人的气质。诗人的气质,包括他们艺术型的思维方式,独拔众流的生活情趣,灵敏的感情触角,激湍的内心波澜,等等。

这种诗人气质,在宝玉和黛玉身上又有着不同的特征。宝玉偏于浪漫主义,他似乎整天都沉浸在诗意的遐想中,如傅试家的婆子说的,他看见燕子便和燕子说话,看见鱼儿就和鱼儿说话,对着月亮星星无缘无故地淌眼泪,长吁短叹。他把园中的落花人格化,唯恐人们践踏了它们,要捡起来兜入水中。一轴美人画,在他的眼里便是有生命的活人,跑去望慰"她"的寂寞。听了刘姥姥信口虚编的小女孩精灵雪天抽柴的故事,他竟认认真真地派小厮去踏勘一番，专程到荒郊去祭奠。小丫头谎诌晴雯死后去做芙蓉花神，对此他确信不疑，郑重地写了《芙蓉女儿诔》，以搏击风云的浪漫诗情，向这位少女的英灵倾吐了最诚挚的友情，虔诚地讴歌她的美丽，高度礼赞了她纯洁的美德。诗中对于迫害者的激愤之情直可腾薄云汉，颇有屈原《离骚》的特色。他时常对着少女们所做的那种化灰化烟的痴想，就是一种带有感伤色彩的虚飘邈远的诗的意境。

作为一个诗人，林黛玉始终站在现实的土地上。她葬花的举动以及诗歌杰作《葬花词》虽然也有着浪漫的气息，但从总的倾向看，林黛玉是偏于现实主义的。她对于环境经常有一种逼仄感，自尊和孤傲的反射不特不能减轻而是足以加重这种感觉。因此她镇日被悲凄的情思所折磨。当这种情思达到一定的饱和度，而又恰好有兴会勃发起她的艺术灵感时，她就做出了感人肺腑的悲苦的诗，这时候一个诗人的耀眼的光华就从她身上放射出来。贾宝玉对这位孤傲的姑娘的爱，是超越对异性形质的倾向心的高级情爱，他最倾慕的是黛玉的"灵窍"和"才思之情"（见《续南华经》）。在诗人的才情方面，他们也是互相引为同调的。

同他们的出身教养和诗人气质相联系，《红楼梦》悲剧主人公的性格结构是文雅细腻的。贾宝玉温文尔雅，他的感情细腻得像大理石的纹路，他对于少女的体贴无微不至，柔情似水。他就是发起脾气来，也只是一种痛苦的哀怨，从来不会使人有威慑震怒的感觉。这一切使得他缺乏男性的阳刚而有女性化的特点。这种女性化，也许跟他女清男浊的怪论不无关系，所以他和在气质上与自己相近似的秦钟、北静王、蒋玉菡、甄宝玉等人甚为投合，喜欢跟这些人交接往还，大概因为这些人嬗蜕了男子的阳刚之性，说明他们在很大程度上扬弃了男子的浊气吧。

林黛玉不但举止有仙子的气韵，感情更是十分纤细，就像春日郊园里的游丝，再轻的风也足以使之飘荡颤动。她没有宝玉的温厚，而感情触角的灵敏，却超过了宝玉和《红楼梦》中任何一个人物，甚至灵敏到病态的程度。

悲剧主人公文雅细腻的性格结构，加强了他们艺术形象的悲剧色彩，促成着《红楼梦》悲剧独特的审美特色。

《红楼梦》悲剧的审美特色和审美力量

《红楼梦》悲剧不但在展现社会现实的规模和揭示生活的深度方面，在创造性地塑造悲剧主人公的形象方面，超越了我国此前的一切悲剧文学，而且还显示出独到的审美特色，具有特殊的审美力量。按照西方的美学理论，悲剧的主要美感形态表现为崇高。这种崇高美，就是欣赏对象所具的豪犷的形体和气质，以及它们的气势给欣赏者所形成的那种压过来的感受。《红楼梦》悲剧当然也有着崇高美，这种崇高美即王国维之所谓"壮美"。当尤三姐引颈自刎的时候，我们如同看到光明的天空中骤然涌起浓密的黑云，一声霹雳，耀眼的闪电从空中划过。当司棋和潘又安双双殉情自尽时，我们又像经历到平静的世界出其不意地暴发了地震。晴雯的死亡如灵禽惨遭鸷鸟的巨爪，金钏的投井似溪流在地洞中没灭。这些悲剧都显得严峻、雄奇、悲壮、凄厉，使人惊心动魄，这当然是崇高美。林黛玉在宝玉与宝钗成婚的日子里，焚稿绝痴情，喊着"宝玉，宝玉，你好……"死去，给人以大夜弥天、阴云四合、悲风回旋的感受，是更具雄浑浩大的崇高美的。但是，崇高并不是《红楼梦》悲剧美感形态的主要倾向，崇高在《红楼梦》的审美特色中只占次要的地位。《红楼梦》悲剧审美特色的主要倾向，是幽雅的、东方式的诗意美——清幽的诗的意境和使人回肠荡气的诗的情怀。读《红楼梦》所得到的美感，如读张若虚、刘希夷的诗，欧阳修、秦少游的词，如看《清明上河图》的工笔长卷，如临江南苏州的园林。那种美是娟秀组成的宏阔，雅致里显示着流动，幽静中透出点喧闹。如听广东音乐，丝竹娴雅，虽不乏急管繁弦而绝少大鼓和长号的震响。这样，《红楼梦》便形成描写悲剧时独到的审美特色。注意到《红楼梦》这种审美特色，可以启发我们想到这样一个问题：西方美学家认为悲剧的主要美感形态是崇高，从《红楼梦》看，这个结论显然是靠不住的。以西方悲剧作为考察研究的对象，得出这样的结论是必然的，也是有道理的。但这个结论在中国的悲剧作品特别是《红楼梦》中竟见出了例外，失去了它的正确性和普遍意义。中国悲剧用艺术实践破除了西方美学家的这个结论。西方美学把美感形态分为优美和壮美，悲剧的崇高略等于壮美，而中国悲剧中幽雅的诗意美，既不是以对称、均衡、和谐、统一等为特征的"优美"所能规范，也不属以粗犷、严峻、阳刚、劲健为特征的崇高美，而是中国悲剧中常常独具的审美形态。在东汉建安年间出现的悲剧叙事长诗《孔雀东南飞》中,崇高美与幽雅的诗意美是并存的,后来民间流传的悲剧故事如韩凭妻、董永、梁山伯与祝英台等,也是二美并重,而牛郎织女、梁祝化蝶一节又表现为"优美"。元代杂剧中的悲剧《窦娥冤》《赵氏孤儿》《介子推》以崇高美为主,近似于西方悲剧,而《汉宫秋》《梧桐雨》等则以幽雅的诗意美为主。《红楼梦》悲剧的审美特色,就是在中国艺术遗产的基础上,发展了《汉宫秋》《梧桐雨》的悲剧美学传统而形成的。我国悲剧的这一独特的美感色调,为世界悲剧艺术的美学宝库中,增添了十分珍贵的文化财富。

《红楼梦》悲剧幽雅的诗意美的形成,有着作家曹雪芹主观审美观的根源,是作家自身精神风格的一种外化。看来,曹雪芹是特别注重和偏爱幽雅柔和之美的。这种审美偏好,又和作家所选择的题材相统一。《红楼梦》主要以少女为表现对象,作家直到潦倒落魄的后半生,耿耿于怀的仍是经过他艺术家的眼光和感情观照过的那些生活中的少女。适应于描写对象所具的特质,《红楼梦》的艺术风格正像少女的情怀一样娟秀、纤巧、缠绵、深细。

《红楼梦》幽雅的东方式的诗意美,还和作品所规定的大观园这一诗意环境有着极大的关系。那些楼台亭阁,花木山石,曲廊拱桥,流水修竹,少女们活动在这样的环境里,极容易造成幽雅的意境。

上文已经提到,《红楼梦》悲剧主人公的诗人气质和文雅细腻的性格结构，促成着全书独特的审美特色。因为《红楼梦》在艺术方面有一个重大的创造是，作者并不包揽一切地出面向读者描摹环境、叙述情节进展和人物活动，而往往把叙述者化到人物身上去，站在人物的角度，通过人物的感情、心理、眼光来展开一切，这样，作品的叙述和描写便在许多地方渗入着人物的精神特征，反过来作品悲剧主人公的气质和性格结构特征便不能不影响整个《红楼梦》的审美特色，造成作品中艺术描述的幽雅的诗意美。当然起决定作用的，还是直接描写的对象。例如刘姥姥的性格虽然是村俗的，但通过刘姥姥的思维、感觉、情绪所写出的大观园的意境，仍然基本上是幽雅的。这里只是说，《红楼梦》人物化的、类似电影感情镜头的描述方法，对于造成《红楼梦》幽雅的诗意美，是必须注意到的一个因素。

　　和《红楼梦》的审美特色相联系，这部悲剧文学作用于读者的欣赏情绪和感受机能，是一种诗情和诗意美的默默地渗透，而不是以崇高美为主的悲剧对读者或观众心灵的猛烈的震撼。莎士比亚的悲剧，戏剧高潮总是放在最后，当悲剧主人公同他的敌对人物在顷刻间纷纷毁灭的时候，我们就像猛然间经历了一场可怕的暴风雨，目瞪口呆，心灵受到剧烈的震动。看中国戏曲《赵氏孤儿》，也有同样的感觉。读《红楼梦》，我们的情绪却是浸沉在诗意的境界中，作品中所流动的悲剧气脉徐徐地缠绕、飘散，笼住了我们的感情。悲剧的云雾不时凝成细小的露珠，一滴一滴浸润着我们的心田，使之微微地颤动。崇高美的悲剧像暴雨，诗意美的悲剧像细雨。暴雨来势凶猛，具有触目惊心的威力；但暴雨总是很难渗入土地的深层去，暴雨过后，挖开地皮一看，底下的土仍然是干的。细雨点点滴滴，淅淅沥沥，润物无声，直可渗到土地的深处去。《汉宫秋》《红楼梦》这种悲剧的感染力正如春日细雨，来得从容、细微，却具有极强的渗透力，又不易消失，可以持久地起作用。

世界最早重视悲剧理论研究的亚里士多德说过，悲剧借以引起怜悯与恐惧，来使这种感情得到陶冶。比起崇高美的悲剧来，诗意美的悲剧则更具备这种作用。因为对崇高美的悲剧，读者和观众更多的是站在赏鉴者的角度，保持着一定的距离来感受悲剧主人公的行动、处境、心理、情绪，而对《红楼梦》这样的诗意美的悲剧，读者无形中浸淫于悲剧的意境里，流连其中感同身受地体察、品尝悲剧主人公的境遇及七情六欲。这样，这种幽雅的诗意美，对人的灵魂、感情便起着陶冶和净化的作用。《红楼梦》悲剧以其艺术审美力量，对读者的情感、心灵进行着塑造和感化，潜移默化地使人的感情、心理、情趣在一定程度上变得细致文雅而偏离粗野。

悲剧既然引起人的痛感，人为什么还爱看悲剧，还能从欣赏悲剧中得到愉悦呢？这是人们曾经大惑不解的一个问题。西方美学家对此做过种种解释，然而这些解释至今都不能令人满意。在本文中，我们当然不可能对这个问题做全面的、根本性的探讨，但是从《红楼梦》的艺术实际和我们阅读《红楼梦》时的美感实际，却可以对这个问题做一些在我看来是顺理成章的解释。

带着浓郁诗情的"悲"，是一种艺术化的情感，读者领受和品尝悲剧主人公的"悲",也便是一种高级的精神活动,一种诗化的感情享受。《红楼梦》悲剧的审美特征使得读者不由自主地把身心化入其中,和人物一起经受悲的诗情。"悲"愈浓,诗情也愈浓,得到的精神享受(艺术愉悦)也愈多。于是,悲怆和愉悦这两种似乎完全对立的感情便辩证地达到了统一。并不是只有伤春和对自身境遇感到悲观的读者才对林黛玉的《葬花吟》产生共鸣,一个即使处在顺境中的乐观的人,只要他的感受机能是健康和正常的,他就会从黛玉这些伤感的吟咏和所创造的意境中受到感染,得到艺术享受。

在主要表现为崇高美的悲剧中,如果悲剧主人公是一个英雄,读者眷恋毁灭的英雄,感情激荡,这还只能得到伦理的解释。现在我们读的是以幽雅的诗意美为主要倾向的《红楼梦》,它的悲剧主人公贾宝玉和林黛玉既有美好的精神和灵魂,又有着诗人的气质,以他们深沉的诗情打动着我们。他们一直朦胧地预感到自己的悲剧结局,并用诗化的情思抒发着对这种预感的悲愁,这种悲愁的情思是读者跟着他们一起领略着的。现在林黛玉毁灭了,贾宝玉蹈足于悲剧的深渊,读者从这里得到的就不仅是伦理的共鸣,更有着味同抒情诗人艺术化了的悲苦情怀。这就既有伦理的共鸣,也有诗情的感应,而后者便是可以得到高级精神愉悦的东西。这便是我们对《红楼梦》悲剧审美力量的极为概括的分析。

谈《红楼梦》的心理描写

也许跟它们的艺术渊源有关吧,中国古典小说一个显著的特征是描写的单纯性和客观性,作者只原原本本按顺序把故事过程和人物言行叙述出来,绝不用主观分析去干扰读者对故事发展的倾注。这与我们民族整个艺术的朴素性是一脉相通的。心理描写在《红楼梦》中也还没有成为显著的特色。但是我们可以肯定地说,比起此前的中国小说来,《红楼梦》在人物的心理描写上,是迈出了一步。在中国小说史上,心理描写只有到了《红楼梦》才明显地露了脸,这不能不说是曹雪芹在艺术描写上的一大功绩。《三国演义》写的是规模宏伟的战争场面,《水浒传》写的是叱咤风云的农民武装斗争,《西游记》写的是离奇怪谲的取经故事。它们的曲折惊险的故事便足以成为吸引读者的艺术力量。《红楼梦》不是这样,它写的是平凡的家庭生活,戏剧性、传奇性在《红楼梦》中已经大大减弱，代之而起的是更真实、更接近生活本来面目的描写，细节描写因之却更加强化。这种日常生活的描写，给予作者比较深沉冷静的思考头脑，使他有可能致力于对生活的更加深入细密的体察，对人物内心世界的更深的挖掘和分析，这便是心理描写在中国文学史上偏偏于《红楼梦》中露脸的艺术根源。

曹雪芹是很注意分析人物的内心活动的。龄官画蔷一节描写给我们透露了一个消息，即曹雪芹已经认识到人物内心活动的复杂表现，认识到人物强烈的内心活动必然表现为一种特殊的外在活动。

下面我们试通过《红楼梦》心理描写的几种不同手段，来分析这本书是怎样描写人物心理的，这些描写的特点是什么，究竟取得了怎样的艺术效果。

内心独白

内心独白是心理描写最原始、最直接的手段，也是《红楼梦》最常用的手法。《红楼梦》中的内心独白，在一定程度上是作者叙述语言的一种继续，从情调到语法，都接受着作者叙述语言的统率。作者不是彻底结束了自己的叙述，另立一种文字体系，去孤立地显现人物心理活动的过程，而是让人物的内心独白，还响着作者叙述语言的余音。第二十回写贾环到宝钗家里去掷骰子，因为赖莺儿的钱，受了抢白而哭起来，这时：

正值宝玉走来……宝钗素知他家规矩，凡做兄弟的怕哥哥，却不知宝玉是不要人怕他的。他想着："兄弟们一并都有父母教训，何必我多事，反生疏了。况且我是正出，他是庶出，饶这样看待，还有人背后谈论，还禁得辖治他了！"更有个呆意思存在心里。你道是何呆意？因他自幼姐妹丛中长大……便料定天地间灵淑之气只钟于女子，男儿们不过是些渣滓浊沫而已。……所以兄弟间亦不过尽其大概就罢了，并不想自己是男子，须要为子弟表率，是以贾环等都不甚怕他。

在这里，我们不但可以看出人物内心活动融合在作者的叙述之中，还可以看到这并非完全是此时此地人物的心理活动。人物的内心独白，往往经过了作者的改制。作者紧紧抓住人物性格中主要的东西，然后以此为依据，对此时此地人物的心理活动加以概括和重新组织，再放到人物身上去加以表现。

宝玉说："林妹妹从来不说这些混账话；要说这话，我也和他生分了。"黛玉暗中听了这话不觉又喜又惊，又悲又叹。所喜者：果然自己眼力不错，素日认他是个知己，果然是个知己。所惊者：他在人前一片私心称扬于我，其亲热厚密，竟不避嫌疑。所叹者：你既为我的知己，自然我亦可为你的知己；既你我为知己，又何必有金玉之论呢！……所悲者：父母早逝，虽有铭心刻骨之言，无人为我主张。况近日每觉精神恍惚，病已渐成……我虽为你的知己，但恐不能久持；你纵为我的知己，奈我命薄何——想到此间，不觉泪又下来。

黛玉百感交集的复杂感情，被作者析为若干条，予以铺排的描写。人物的内心独白，虽然经过作者的重新组织，有了某种概括的特性，但它并不失人物本来心理活动的全貌，不失它的特色和复杂性。这种描写能达到显现人物心理的全部活动过程所给予读者的同样的印象效果。这种内心独白，并不会给读者不真实的感觉，但一仔细琢磨，才发现是经过作者改制之后的东西。

作者根据什么改制人物的内心独白呢？根据人物性格中最本质的方面。书中贾宝玉的内心独白，总是厌恶功名利禄或者抒发女清男浊说之类叛逆的心声；林黛玉的内心独白，正是她对身世的慨叹、反压抑的孤傲和对爱情的种种思考。这些内心独白犹如诗文中的警策之笔，在情节中能立起一座突出的峰峦，不但强有力地表现了人物性格的本质光辉，而且能打动读者的欣赏情绪，使读者对人物产生强烈的感情共鸣。

对于以上两个人物在某种特定场合中的心理活动，作者最善于运用并列对照的笔法。有时这种写法表现为人物内心独白的交叉。

宝玉和黛玉发生口角，宝玉便砸那玉，引起一场很大的纠纷。

袭人劝宝玉说:"你和妹妹拌嘴,犯不着砸他,倘或砸坏了,叫他心里脸上怎么过得去呢!"黛玉一听这话说到自己心坎上,心里埋怨宝玉连袭人都不如;这时紫鹃也来劝自己的主人,叫他保重,说:"倘或犯了病,宝二爷心里怎么过得去呢!"宝玉听这话说到了自己的心坎上,也暗怨黛玉竟不如紫鹃。

这实际上是借着袭人的嘴,说出了黛玉的心里话;借紫鹃的嘴,说出了宝玉心里的话。两个人对对方又爱又恨,怕对方太伤心以及隐隐的懊悔心情便极妙地表现出来了。

宝黛初见时的内心独白,宝玉秦钟初会时二人的内心独白都是心理描写并列对照的例子。我们且看看三十一回的一个场面。金钏儿死后,宝玉心情不好,喝了酒回来,误踢了袭人;这天,宝玉还因为说宝钗像杨妃得罪了她。我们要作为例子的场面,便是发生这些事的第二天:

午间,王夫人置了酒席,请薛家母女等过节。宝玉见宝钗淡淡的,也不和他说话,自知是昨日的原故。王夫人见宝玉没精打采,也只当是昨日金钏儿之事,也没好意思的,越发不理他。黛玉见宝玉懒懒的,只当是他得罪了宝钗的原故,心中不受用,形容也就懒懒的。凤姐昨日晚上王夫人就告诉了他宝玉金钏儿的事,知道王夫人不喜欢，自己如何敢说笑！也就随着王夫人的气色行事，更觉淡淡的。迎春姐妹见众人没意思，也都没意思了。

这段文字的妙处在于一百多字做了四五个人物的心理描述，也描写了他们表现在外表上的情态。更妙的是各人的心事又恰好都是一种误会。宝玉本来是操心着被他踢伤了的袭人，不是因金钏儿之事，也不是因为得罪了宝钗，所以王夫人、黛玉都误会了，凤姐把王夫人的心理是摸对了，正因为如此，王夫人误会了，她也跟着错了。这些误会的交叉，带着一种喜剧性，构成了各种小矛盾。作者不是在这儿故兴波澜，因为各人的心理都是切合他们的身份的，所以在这段短短的描写中，各人的性格在一定程度上又都显现了一次。

内心独白的交叉进行，我们应该特别注意二十九回那段脍炙人口的文字。黛玉病了，宝玉来看她，二人因为互相试探，便发生了口角。作者在这里巧妙地让他们用无声的语言——他们的心声一问一答：

宝玉的内心想的是："……难道你就不想我的心里、眼里只有你……"宝玉心里是这个意思，只是口里说不出来。那黛玉心里想着："你心里自然有我……怎么我一提金玉的事你就着急呢……"宝玉心中又想着："我不管怎么，只要你随意，我就立刻因你死了也是情愿的……"黛玉心里又想着："你只管你就是了，你好我自然好。你要把自己丢开，只管周旋我，是你不叫我近你，竟叫我远你了。"

在那样的环境中，宝玉和黛玉绝乎不能明明白白说出这些话的，但这些话却像行将喷射的岩浆一样郁结在心里，所以作者用心理对白把它写出来，读者只能受到强烈的感染而不会有荒诞不经的感觉。他们能够用无声的语言互吐情怀，足见两人达到了怎样互相了解的程度。对于宝黛间这种欲吐又吞、半流半塞、闪闪烁烁的爱情表达，作者有非常精到的议论和分析：宝玉"早存一段心事，只不好说出来，故每每或喜或怒，变尽法子暗中试探。那黛玉偏生也是个有些痴病的，也每用假情试探，因你也将真心真意隐瞒起来，我也将真心真意隐瞒起来，都只用假意试探，如此两假相逢，终有一真。其间琐琐碎碎，难保不有口角之事"，"两个人原是一个心……却都是多生了枝叶，将那求近之心反弄成疏远之意了"。作者这种画龙点睛的分析，一下子道破了二人不能畅通表达爱情的秘密，也填补了读者印象上宝黛间那种曲折闪烁的感情虚线。

在内心活动的并列、对照、交叉或其他心理描写中，作者总喜欢俘虏读者的情绪，给读者制造悬念。我们有这样一种经验：当我们看京剧《三岔口》的时候，看戏台上两个人在黑夜中互相扑杀，一刀砍过去正好对着对方的头，但这时却由于对方采取了一个新的攻势，无意中正好躲开了这一刀；有时他们朝着对方抓去，眼看要互相抓住，但却因为偏了一个角度，结果都抓了一个空。这时候台下往往有天真的小孩子喊："再往这边一点"，"再往那边一点"。

《红楼梦》的某些心理描写往往也达到这样的艺术效果。看到刘姥姥为那个怪"匣子"嘀咕，那匣子下面系着个不断摆动的秤锤一样的玩意儿，我们恨不得对她说："这是挂钟！"看了上举三十一回那些人的心理活动，我们恨不得向众人喊："宝玉是为踢伤了袭人难受呢！"人物心理的对照交叉，相映成趣，或互相衬托，或互相误会，互相捕捉，人物间的感情气氛，几乎相近到只隔一层薄膜，只需一触便可使误会涣然冰释，但是这层只能由人物自己去捅破的薄膜，读者对它却无可如何，只能干着急而已。

寄情诗词

用诗词的特殊文字形式来表现人物那种不可名状的内心感情或强烈感受，是《红楼梦》所特有的艺术手法。这些诗词是指书中人物自己写出来的，以及指他们在有所冲动时写出来的东西。作者的人物赞、第五回的《红楼梦曲子》甚至人物在结社时写的那些近乎应制的诗都不在此列。我们知道，在元明的杂剧和明代传奇中，剧中人主要用异乎寻常的语言形式——"曲"来表达感情。即以贾宝玉曾陶醉其中的《西厢记》和《牡丹亭》来说吧，崔莺莺和杜丽娘那种闺中少女青春觉醒渴慕爱情的情思，绝不是寻常语言所能奏效于万一的，因为这种情思缠绵悱恻细腻深沉，是一种诗化的感情，诗化的感情必须用诗去表达。但是到了小说中，作者却不能无视小说的基本特征，不能让人物一开口便是诗词曲，硬用这些来代参日常生活语言。要是这样,那不成叙事诗了?有一个例子可以使我们明白这个道理。宋元话本《快嘴李翠莲》的主人公是一个一开口便用韵文说话的人物。很显然,作者还不是把她当一个普通的人物来塑造的,而是要显示她是一个聪明机变性格泼辣的"快嘴",是一个"刘三姐"式的传奇人物。而且她的那些话还不是诗,仅是押了韵的白话,这比诗词距日常生活语言为近。即使这样,作者的这种写法,也给这个话本带来了很大的缺点。因此我们很难设想,小说中人物可以一讲话便是诗词。《红楼梦》没有让人物在日常生活中用诗词说话,虽然它的主人公贾宝玉是那样一位富有诗人气质的人物。正如莎士比亚在《仲夏夜之梦》中说的,疯子、情人和诗人是有着相通之处,这种相通是以满脑子丰富的想象作为纽带的。贾宝玉既是"情种",也常被人目为"疯痴",作者还借傅试家婆子的口,描述了宝玉那种无缘无故淌眼泪,一个人月亮、星星、花儿、鱼儿嘟嘟哝哝的诗人气质。尽管如此,作者也没有让贾宝玉不分场合地吟诗弄句。可是曹雪芹并没有因此便放弃了借助诗词表现人物内心感情的艺术手段。也许是从《西厢记》《牡丹亭》等文学遗产中受到艺术启发吧,曹雪芹意识到,当人物的感情达到很深很浓的诗意境界的时候,这种感情便无法用一般的语言来表达了。这时只有借助于发自人物内心深处的升华了的语言——那种特殊的文字形式——《葬花吟》《秋窗风雨夕》《题帕诗》《芙蓉诔》《续庄子》等等诗词。

这些特殊的文字形式,在《红楼梦》特定的情节中,在意上异于一般的诗词曲赋。一般的诗词曲赋是一种已经独立了的东西，它虽然也是作者思想感情的产物，但对作品情节来说，它是游离的，删去这些一般诗词，无伤于作品情节、作品的形象体系和艺术气脉；而《芙蓉诔》《葬花吟》等，在作品的情节中却是一种活跃着的东西，它们标记着人物心灵的隐秘活动，标记着人物感情的发展和升华，像锁链一样用两端扭结着人物的感情变化。所以它们是情节中血肉难分的东西。像《葬花吟》这些完美的诗词且不说，即使"你证我证"那四句偈语，独立写出来简直不成语言，但就凭这个偈语，宝玉才发泄了他"落了两处数落"之后，那种无处倾诉也无法倾诉的内心痛苦。契诃夫的小说《苦闷》写老车夫死了儿子之后，他的苦闷无处倾诉，偌大一个彼得堡，他所碰到的人，不是对他的倾诉漠然不理，便是拿他来开心，老车夫痛苦至极，便把他的心事絮絮叨叨地说给他的老马，这时他心中的苦水才像决了堤一样奔泻出来。和老车夫一样，宝玉也只有在写了这个偈语之后才能"自觉心中无有挂碍"。

和人物的内心独白一样，《红楼梦》中的这些诗词，不但是人物内心最强烈最深沉的感情表现，能不同凡响地感染读者，而且像《芙蓉诔》《葬花吟》等，都是宝黛反抗情绪的产物，是他们性格中本质因素的结晶。

氛围烘托与梦

内心独白和上文说的那种诗词都是人物内心活动的直接描写；氛围烘托却是间接表现人物的内心世界的。前者是内心活动本身，通过一定的形式表现出来，让读者看到；后者则主要是通过影响读者情绪来起作用的。就是说，它是通过创造出来的一种艺术景况和意境，造成一种气氛，给读者感情上造成一种很难形容的心绪，而读者又很自然地把这种心绪加给了书中的人物，从而领略到人物的内心世界。如第三十二回，用"落红成阵"的景物烘托出宝玉伤春的怅惘；第四十五回，用秋雨烘托黛玉写《秋窗风雨夕》时的心情。最成功的还要算第二十六回那段描写：

> （黛玉）越想越伤感，便也不顾苍苔露冷、花径风寒，独立墙角花阴之下，悲悲切切呜咽起来。原来这黛玉秉绝代之姿容，具稀世之俊美，不期这一哭，那些柳枝花朵上宿鸟栖鸦一闻此声，俱忒楞楞飞起远避，不忍再听。

在更深人静时候，黛玉呜呜咽咽一哭，枝头上的宿鸟必然受惊起飞，这是很自然的道理。然而经过作者用浪漫的笔法一写，气氛便是如此悲凉凄厉了。他给禽鸟赋予了人性，它们一听"秉绝代之姿容，具稀世之俊美"的林黛玉一哭，便"飞起远避，不忍再听"。黛玉的啜泣之声竟能感动了没有感情的禽鸟，这种悲切达到了怎样摧脏糜肝的程度，读者不凭理智的分析，只读了这种渲染文字，便受到强烈的感染。

最后，我们顺便一提《红楼梦》心理描写对梦的运用。人常说"日有所思，夜有所梦"，用梦境表现人物内心的隐秘感情也被《红楼梦》作者注意到了。第五回中宝玉的梦，只不过要通过《红楼梦曲子》和册子上的诗，预示全书的纲领，不是用来表现人物内心感情的。然而"痴女儿遗帕惹相思"一回的梦，却是用来表现小红的情思的。小红对贾芸有意，她必然要想许多心事。这些心事不但是隐秘的，而且因了各种事情的干扰，必然是断续的。作者巧妙地把这种隐秘的断续的心事，通过小红的梦集中显现出来了。

我们把《红楼梦》的心理描写归纳为以上各种手法，只是为了分析的方便。实则，作者总是把这些手法熔于一炉交互运用的。《诉肺腑》一回，是心理描写最成功的章节。宝黛间倾吐真心的那种欲吐又吞半流半塞的复杂感情，在这回中表现得最为典型。那种不能畅通表达爱情时痛苦万状的情态，被作者描写得既深刻又真切。作者又用他感人肺腑的叙述之笔，写出黛玉的内心状态："黛玉听了这话，如轰雷掣电，细细思之，竟比自己肺腑中掏出来的还觉恳切。"到这里黛玉对宝玉的真情好像星火接触了火药库，大有行将爆发之势，但是，"两个人都怔了半天，黛玉只咳了一声，眼中泪直流下来，回身便走"。这个"咳"字中，压缩着多少复杂而丰富的感情啊！千言万语，只怕也没有这个"咳"字表现得这样多，这样深。这可以叫作"此时无声胜有声"。但是，尽管宝黛二人的心已经绸缪到一起了，然而他们的爱情毕竟还没有用语言响亮地说透，便使读者和人物都有一股缺憾的闷气积压在胸际。恰好这时袭人来了，宝玉已经发痴到把袭人当成了黛玉，便对她倾吐真心，这种积压的郁气才强烈地喷腾出来。

《红楼梦》心理描写的功绩，首先是揭示了林黛玉激情荡漾的内心世界，表现了她内心感情、内心矛盾的复杂和曲折。她想的与说的不同，说的与做的亦复不同，而三者又达到了高度的统一。她和宝玉吵嘴之后"也觉后悔，但又无去就他之理，因此日夜闷闷，如有所失"，这时恰好宝玉找上门来赔罪，这不是正好吗？然而她却对紫鹃说："不许开门！"我们甚至可以看到，宝玉的真诚爱情已为黛玉确信无疑的时候，她却仍要用"金玉"之类话去刺伤他。她这样做了之后，心里也并不就痛快了，相反地，当宝玉的心被刺，受到创痛时，她也跟着心疼，但是她仍然要继续去刺。她不由得去做这种违心的事，这是一种什么心理状态呢？难道她要宝玉明明白白地说出"我只爱你"的话来吗？绝对不是。假如宝玉真正这样说了，那将更加使她感到不堪。我们可以看到：林黛玉在宝玉对她的爱情表现得过于显露时，便恨宝玉。这能说是黛玉对爱情的阻力的软弱妥协吗？不，这正显示了林黛玉对敌对力量，对自己爱情悲剧的认识的深刻，而反过来也正显示了她爱情的坚贞。宝玉和黛玉都郁积着心里的深情，不肯痛痛快快倾吐给对方，他们为什么这样自找苦恼?与其责怪他们,我们不如痛恨封建严垒对宝黛这一对叛逆者的崇高爱情的残酷压抑。处在这种境遇,林黛玉对爱情的执着韧如蒲苇,但她并不在爱情上打任何苟且算盘,不求那种暂时的浮浅的亲热。她只求宝玉在思想和情操上与自己更趋一致,在对封建势力的反抗斗争中更加站到一条战线上来。在这方面,论起头脑的清醒和目光的深远来,贾宝玉是显然不及林黛玉的。

《红楼梦》的心理描写便这样成功地表现出林黛玉的内心世界,从而也深刻地揭示出她的性格特质来。《红楼梦》通过平凡生活表现深刻思想的创作特征,是很值得我们借鉴学习的,与此相关的它在心理描写上所取得的艺术成就也是值得肯定和充分估价的。

汉字万岁

《淮南子·本经训》说:"昔者仓颉作书而天雨粟,鬼夜哭。"仓颉造字犹如宇宙大爆炸,开天辟地,是感天地泣鬼神的大事。

汉字承载了五千年的中华文明,是维系中华统一的最基本的文化纽带。西方的许多大帝国最后都走向分裂,苏联最终解体,没有统一的文化维系是重要原因之一。中国幅员辽阔,但始终保持大一统。世界四大古文明,只有中华文明瓜瓞绵绵,传承不断,一直至今,这跟中华文化的语言文字有着直接关系。

每一个汉字,都具备形、音、义,一个汉字写出来,就是一个生命在跃动,这在全世界众多文字中是绝无仅有的。我有这样一种体验:到书店里拿起一本书并不阅读,只用右手大拇指蹭一下,这本书是什么风格,有无文采,自己有没有阅读欲望,就全知道了。我想,拼音文字的书,要做到这样,是绝不可能的。

其实，中华大地上的语言极为复杂多样，十里乡俗不同，十里语言不同。据说二十世纪五十年代普通话未普及时，福建一个县开各乡干部会议，就要用几个翻译，那为什么还说中国的语言是统一的呢？说统一的语言是指雅言。全国人学文化，都学一样的四书五经和《二十四史》《资治通鉴》《三字经》《百家姓》，于是学会了统一的雅言。古代学而优则仕，考中了进士，就让到外地做官。陕西三原人中了进士，叫到广东某州去当知府；江浙人有了功名，叫到甘肃去做都督，你很难想象，这在古代语言不通，怎样工作！但古代从来没有听说这方面造成过什么问题。尤其是中央的京官，来自全国各地，怎样沟通交流。我想都以雅言为桥梁，交流起来，并无阻碍。连做起诗来，唐宋以后全国都用平水韵，他们之间能有什么语言隔阂呢？而记录雅言的，就是读书人都有着共同认知的汉字。这真是一个奇迹！

为什么只有中国产生了这样的文字？这与中国人的思维特征是有关系的。其根源就在于中国人的思维是"象"的思维。中国人观察思考事物是直观的、全体的、感性的。《易·系辞上》说："圣人有以见天下之赜，而拟诸其形容，象其物宜，是故谓之象。"圣人看到世间万物的精微、复杂、深奥，便拟出象征性的符号，来恰当地模拟这些事物的特征，所以叫作"象"。《易·系辞下》又说："古者包牺氏之王天下也，仰则观象于天，俯则观法于地，观鸟兽之文与地之宜，近取诸身，远取诸物，于是始作八卦，以通神明之德，以类万物之情。"这是一种高度的综合概括，凡宇宙间结构、性质、动态功能相同的事物归为一类，用一个"象"来代表它们。这种归纳概括，始终没有脱离感性，没有离开"象"。但"形象大于思想"，它的概括力显得更为巨大。仓颉造字，跟伏羲画卦一样，遵守的是完全相同的方法和思路，都是仰观天文俯察地理近取诸身远取诸物而完成的，都是一种"象"的创造。所以许慎在《说文解字·叙》中，几乎原封不动地引用了《易·系辞下》中这一段文字。古文字中"水""坤"两个字，与八卦中"坎""坤"两个卦的重合，更加有力地说明了这个问题（"水"的小篆即坎卦；"坤"字可写作三个拐。见名碑《石门颂》）。

由于汉字在全球的独一无二，它所具有的独特性、科学性、艺术性，又产生了中国在全世界独一无二的一门艺术——书法。书法的学问又是那样精深，几千年来延续不绝，著作汗牛充栋。你要用外文的ＡＢＣ来写书法，任你怎么搞，也搞不出汉字书法这么博大精深的历史和理论来。

"仓颉作书，天雨粟，鬼夜哭。"自古以来中国人对文字就有一种神秘的敬畏感，所以在"敬惜字纸"的行为倡导中，也带着神秘的敬畏感。大人给小孩说，踩了字纸害眼病哩，"爷捏鼻子哩！"在我小的时候，"敬惜字纸"是一种约定的公民道德教育。教育场所，宗教场所，甚至读书人家的庭院，都把"敬惜字纸"四个字作为警示格言，写成小型标语，贴在墙上。那时在农村里，可以看到有些人专门在村巷路旁捡拾字纸，那不是捡破烂卖钱，而是捡去焚烧，免得这些写有神圣文字的纸被路人践踏。他们把这作为一种善行，认为与修桥补路或摆上茶水供路人饮用分文不取等做法，有同等重要的意义。

许多事情一形成公众习惯，就积淀了超越该行为本身的深刻含义。如清明节上坟烧纸，就不仅仅只是功利性地给祖先送些冥币，供他们在另一个世界里消费时支付。这一活动逐渐含蕴了一种巨大的道德教育和情愫教育作用，如不忘根本、继承祖德、和谐宗亲、深化人情、整肃宗门秩序、教育子孙后代等等意义。我想当敬惜汉字再次成为中国公民习惯性的公众行为时，热爱国家、热爱民族、尊重知识、尊师重教、崇尚文化的社会氛围，才会在中华大地变得浓厚起来，全民的文明建设才会整体升华。

尺牍之美

古人把信件特别是篇幅较长的信件叫"书",如司马迁的《报任安书》《杨恽答孙会宗书》等。汉时短信又有"书札""尺素"等称谓。如《古诗十九首》中:"客从远方来,遗我一书札。"《饮马长城窟行》:"呼童烹鲤鱼,中有尺素书。""尺牍"一词最早见《汉书·陈遵传》:"(陈遵)性善书,与人尺牍,主皆藏去以为荣。""素""札""牍"都是指书写信札的材质。"素"指生帛;"牍"指木简之厚者;"札""牒"指竹简或木简之薄小者。"尺"指上述所用诸材质的幅长。这样时间一长,约定俗成,就总称书信为"尺牍"。民国时代编辑出版过不少好的尺牍读物,最有影响的大约要数《秋水轩尺牍》,它的魅力大约在于用幽雅的文字写烟火味很重的平凡琐事,使人读来亲切而雅致,尽管它出自一位绍兴师爷之手。

我本人藏有两部尺牍书籍，都是读大学时从南院门古旧书店买来的：一部是民国二十八年由中华书局编辑出版的《唐宋十大家尺牍》，全套四册；一部是由姚汉章、张相（《诗词曲语辞汇释》著者）编辑，由中华书局出版的《古今尺牍大观》上编，这部书的全豹，网罗了先秦至唐代的大部书信，按时代分上、中、下三编，我所藏的上编，为先秦至唐时的书信文字，铜版线装，一函共十二册。

本文是从书法角度说事的，所以下文中无论说"尺牍"还是"手札"，都指用毛笔书写的信札。

魏晋时代，对知识分子来说，是一个精神自觉的时代，他们总是通过文学艺术，甚至通过反世俗的行为，以舒展生命，发泄私愤，表现才情。其中尺牍就是彰显才情的重要载体。《书谱》说"谢安素善尺牍"，而当时还算晚辈的王献之，也想通过尺牍展现自己的书法才能，得到赞赏，遂非常自信地给谢安写了书札，自忖谢安会"藏去以为荣"的；不料对方却毫不经意地在信札后头的空白处，信手写了些文字回奉给他，使王献之心里极为不平。

这一个时代，二王父子等人所写的尺牍，便被后代人奉为圭臬，成为累代研习的书法宝典，如王羲之的《十七帖》等。尺牍为什么又叫"帖"呢？《说文》："帖，帛书署也。"据段玉裁注说，在木简上书写私人标识叫"检"，在帛上书写则叫"帖"。总之古代的称谓很多，在历史进程中又有复杂的流变，我们也不必过多深究，只以"尺牍"或"手札"称谓古人这种毛笔书写的信札就可

上海法界
斜徐路新浦橋西塊
新華藝術專科學校
孫公魯月居士

名。不求時養。斬去許多枝葉方
能成一大木。尋常人豈足語此。不知
老弟以為何如。
英年歲月可貴。當努力進年其大
者。老弟英姿卓举。故敢奉商。
今先叔書為徵訪明季俠書目。令
弟如有留存冊。再更一份告咸。
涉江大令詩文集。延重同年昨日又
送十份來矣。勿念。祇請
著安 演音十
壬申一月廿七日

以了。

　　我们现在能欣赏到的古人书法，如果不是就个别书家而是就总体情况而言的话，百分之七八十是手札，而摩崖、墓志、诗文、中堂、对联等，在书家作品中所占比例其实很小。以我个人的经验，欣赏古人手札比起欣赏其他形式的书法作品来，能够得到更多的审美愉悦。如果是临摹学习，特别是学习行书小字，手札就显得更为可贵。书写信札，写信者与收信人如两相面对，心无芥蒂，思风发于胸臆，言泉流于毫端，写信人的情绪和对收信人的感情都融入书写中，这些都能从手札的结字、行笔、使转、运气、用墨和整体布局中体现出来。而且写手札既不背负笔会上在众人面前表演的包袱，也没有碑石书丹流传千古的想头，所以写得十分轻松，有时甚至书我两忘，这时候最能写出好字来。由于上述这些原因，手札是能给临习者从大端到细微处都提供丰富的范式，最容易启发临习者的书写智能。过去这些手札作者，更古的不说，即如近代我们心仪的一些人物，因为他们的大名已使你如雷贯耳，但你并没有见过他们，一定会觉得他们离自己很远，所以你想"尚友"嘛，很难！但如果你读赏他们的手札，便立即感到跟他们拉近了距离。他们人性中那些凡常的地方，也时时显露出来。他们也痛苦，也俗气，也狡黠，也琐屑，但总是掩不住他们的非凡和高蹈，从这种赏读中你有时甚至会感到一种窥私的快感。

　　手札与我们这个时代实在是隔违了。就以我个人的经历来谈吧，在还没有电脑和手机的年头，即使运用的是钢笔，我那时差不多每天都能享受到写信和读信的情味，不管是家信、情书、朋友的信函、编辑的来信，都含着人性的温热，写来读来都滋润着心田。推想古人用毛笔写手札，比我以钢笔写信又多了一层书法体味，那种读写是何等富于艺术陶醉和人情享受，这对现今的人来说，简直像神话一样！比较起来，现在的手机短信以及它承载的那些商业化信息，就显得十分冰冷。每到过年过节，电波在太空中穿行，那些转乏了的电子短信，像咀嚼过的甘蔗渣，充斥着国人的手机屏幕，这又是何等的苍白和寡味。所以我常常固执地认为，科技的发展往往在销蚀着人性。难怪两千多年前，汉阴的抱甕老人就强烈反对机械，恐惧"机械"带来"机心"。

山东美术出版社2006年出版了一套四册包括从晋代到民国时期的名人手札的"赏评"；2008年又出版了一套三册的《近现代名人尺牍选粹》。我全部买来放在案头。对许多我自己十分喜爱的手札，无论轻松地临摹效颦，还是细心地揣摩研读，都会使我书法水平暗中长进。而且和古人心灵对晤的超高级享受，每每使我流连不忍释手。顺着时代读这些手札，不但可以溉染古贤风流，而且能非常感性地体味一部活的微观书法史。所以我在这里也献芹献曝一番，向您推荐，您不妨也去买一套读读，一定会和我有同感的。

书法艺术的美学阐释

艺术是相通的,书法与舞蹈为艺虽别,在道则一。书法艺术有着强烈鲜明的舞蹈素质,探察书法与舞蹈的美学异同,对学习中国书法会有更深的体认。

力的运动与平衡

当汉字的书写进入书法审美领域以后,便成为表现书写者的思想情绪和美学情趣的合规律的笔墨运动。而舞蹈是通过提炼了的人体动作表现社会现实和思想情感的艺术,这就使这两种艺术取得了相通的美学特性。这种相通的美学特性,用一句话来概括,就是:力的运动与平衡。有一个发生在书法和舞蹈都很发达的唐代的故事,就揭示了这一美学奥秘。《明皇杂录》记述,盛唐时草书大家张旭看了著名舞蹈家公孙大娘舞剑器后,草书大为长进,原因是张旭从这种舞蹈观摩中受到人体舞动中顿挫之势的启发。这个故事一下子点破了书法与舞蹈的美学共性,二者都显示出足以构成艺术美的一种力。这种力是在人的肢体(舞蹈)和指腕操纵的笔墨(书法)运动中透发出来的。这种力不是一种直线性的冲力,而是"以锥画沙"的那种透迤婉转前行的力。这种力不是单向的光滑的,而是不断内聚和不断冲破内聚的矛盾运动的力。

外国人会认为汉字写得越端正,笔道越直越光就越好,他们不理解中国书法的奥妙和美学特质。舞蹈之所以不同于体育运动,症结正在于此。体育运动多是一种定向的冲力,而舞蹈则充满回环顿挫之势。这还是仅就肢体每部分前进的小章法而言的,如就全身姿态动作的大章法而言,这种力的变化就不特是极其丰富的,而且是富于规律的,是一种美的律动。我国古代对书法的研究,论著丰富,达到了相当深刻的程度,而像张怀瓘所阐述的"用笔十法"(偃仰向背、阴阳相应、鳞羽参差、峰峦起伏、真草偏枯、邪真失则、迟涩飞动、射空玲珑、尺寸规度、随字变转),智永的"永字八法"(侧法如鸟幡然侧下,勒法如勒马之用缰,努法用力,趯法跳跃,策法如策马之用鞭,掠法如篦之掠发,啄法如鸟之啄物,磔法裂牲)就是对书法中力的呈现形式的总结。从美学意义上来讲,这对舞蹈是有重要的启发价值的。而在阐发舞艺的文章中,如傅毅《舞赋》说的"若俯若仰,若来若往,雍容惆怅,不可为象",张衡《七盘舞赋》说的"揿纤腰兮互折,缱倾依兮低昂",边让《章华台赋》说的"振华袂以逶迤,若游龙之登云""进如浮云,退如激波",成公绥《七唱》说的"奋长袖以飙回,擢纤腰以烟起"等,对舞蹈中力的动势和走向的描述,也可以说是一种舞蹈力学,其对书法艺术也是很有借鉴意义的。

正如蒋彝先生《中国书法的抽象美》一文中所说的:"中国书法的美,实质上就是造型运动的美,而不是预先设计的静止不动的形态美。这样的作品,不是一成不变的形状的匀称安排,而是类似技艺娴熟的舞蹈中一系列协调的动作——冲动、力量、瞬息间的平衡以及动力的相互作用等,交织成一个均衡的整体。"(见《书法研究》1983年第一期)书法与舞蹈的这种力,根源自然在人的筋肉运动的物理力,但真正艺术的核心区虽然与这种人的实力相联系,却超越了这种力量而存于由这种实在物理力所造成的力感,一种靠艺术感觉来感受的虚的境界。在这种力感的作用下,书法每一笔画的行笔和意向,舞蹈的每个连续动作和造型,都成为活泼泼的运动,但因受艺术法则的制约,受每一书体规范和舞蹈动律的管束,这种看来很强烈的运动却不能失去控驭而越出法则之外,所以这两种艺术便都成为一个运动和平衡的矛盾统一体。反过来也就是说,书法美和舞蹈艺术都产生自这种运动与平衡的矛盾统一之中,无论缺少了活跃运动的力感还是运动中暂时的平衡,书法美和舞蹈艺术便都不复存在了。

生命情调

生命在于运动，运动是生命的基本标志。在艺术大家庭中，最富于生命情调的，莫过于舞蹈和书法。西方有人认为，舞蹈的节奏来源于人体脉搏的节奏性跳动，这种说法还没有得到有说服力的证明，但舞蹈过程中的人体筋肉活动所形成的力的弛张、侧正、往复的节奏性呈现，却是生命活力最单纯、最鲜明的展示。闻一多在《说舞》一文中说："舞是生命情调最直接、最实质、最强烈、最尖锐、最单纯而又最充足的表现。生命的机能是动，而舞便是节奏的动。"又说："一方面，在高度的律动中，舞者自得到一种生命的真实感（一种觉得自己是活着的感觉），那是一种满足，舞的实用意义便在这里。"舞者身体的律动，造成舞蹈那种充足强烈的生命情调；同样，书家渗透个性而又合乎法度的笔墨运动，也使书家感受到郁勃的生命感。

观赏名家的书法作品，我们会感受到每一个字都是一个生命单位，每一个字都表现出生命节奏和旋律。人们在评论书法的时候，常说某字骨架坚实有力，某字肉太多，某字瘦硬，某字丰腴，某字少筋等，这说明书法所具备的生命运动的品格，非常自然地以其生命感作用于观赏者的审美感觉，使观赏者不自觉地将书法作品视作生命实体来感受，品评。一个字是一个生命单位，一幅完整的书法作品便以这些生命单位的穿插呼应，艺术配合，构成一曲多人舞。

感情的外化

上文所谈的力的运动与平衡、生命情调，是就书法、舞蹈这两种审美对象、这两种业已完成的艺术品进行考察和评论时所说的；如果再向前推，就到了作书者和作舞者进行艺术创造的主观领域。考察这个主观领域，我们可以有根据地说，书法、舞蹈都是艺术家感情的外化物，是艺术家感情、情绪在艺术形式上的投射。当然，一切艺术都打着作者感情的烙印，而书法和舞蹈作为表现感情的艺术，比起其他艺术来，显得更专注，更单纯，更直接。

同一书家情绪不同时写出的两幅字意相同的书法作品，会表现出两种不同的情调，就说明了这个问题。每一件真正的书法作品，从本质上看都是作者内在生活的外化，是他主观情绪借助于汉字载体而成为客观的艺术存在的。韩愈《送高闲上人序》说："张旭善草书，不治他技，喜怒窘穷，忧悲愉佚，怨恨思慕，酣醉无聊，不平有动于心，必于草书焉发之。"这话是有其美学理论价值的。但是人们往往为书法所依附的字形字义的规定性障蔽了眼目，从而忽视了书法的主观抒情性。由于所借助的物质材料不同，书法和舞蹈两种艺术创作中主观感情外化的途径有所不同，但这两种艺术在表现内心生活结构的抽象性特点和表现主观感情、情绪时的专注、单纯、直接的特点，却是完全相同的。

舞蹈是感情表达的极致，是抒情的最高形式。我国古代舞论如

《毛诗大序》《礼记·乐记》《礼记·檀弓》等，早就揭示了这一点。同时我国古代舞论还指出，舞蹈就其功能来说，和诗歌相比，不仅是程度的递进，而且有着质的区别。"歌以叙志，舞以宣情"（阮籍《乐论》），"歌者所以导志，舞者所以饰情"（唐人《开无字舞赋》），"诗，言其志也；歌，咏其声也；舞，动其容也"（《礼记·乐记》）。诗歌表达人的思想较为便捷，而舞则更擅长于人的感情。舞蹈拙于叙事，它所使用的特殊的艺术"语言"与人们日常使用的交际语言和思维语言是根本不同的，要像诗歌那样直接表达思想，舞蹈是困难的，书法如不借助于字意，表达思想也是困难的；但抒发感情表现情绪，却是舞蹈的特长。舞蹈的这种功能，书法同样是具备的，对于掌握了书法艺术的人，当他或郁闷，或愤怒，或欢欣时，写一幅字要比写一篇文章更能起到宣泄感情的作用。

一般地说，书法作品的抒情自然也借助于所书文字的字意，但作为书法艺术来说，它的真正价值精髓和表达情绪抒发感情的依归，则在于作品的笔情墨意，在于那些充满舞蹈素质的笔墨趣味，在于一笔一字和通篇章法结构中所贯通的气韵。这些笔墨舞姿和章法结构都内在地呈现着书写者内心感情的结构形式。感情和情绪是人的心理状态，不具备可以视听可以触摸的物质形式。文学作品是通过人物的活动，环境氛围的描写，用直接叙述和象征的手法来表现人的感情和情绪的，书法和舞蹈既可表现感情所以生发、附着、表露的各种事物，又可抓住赤裸裸的感情、情绪本身，直接地、单纯地予以表现，这说明感情、情绪实际上也存在着一定的结构形式。书法和舞蹈的艺术创作，在很大程度上就是找出美化了的笔墨线条、人体动作与所要表达的感情、情绪之间同构的结构形式。

抽象性和表现性

书法艺术和舞蹈艺术以抽象美为特征，其根源是由于它们要把本来不具物质形式的感情、情绪，孤立而无依傍地抓取出来予以表现，这种表现又不是写实地来再现事物的外在形象的，而是给从生命运动中体现出来的一些精神概念塑造了丰富的可以感受的动态形象。这两种艺术很注重线的走向以形成活的力感，很注重抽象的形式美，这种抽象的形式美就给不具形式的感情和情绪找到了艺术的投影。宋人雷简夫追述他书法创作的心理过程时说："余偶昼卧，闻江涨瀑声。想波涛翻翻，迅驶掀搕，高下蹙逐奔去之状，无物可寄其情，遽起作书，则心中之想，尽在笔下矣！"这其中可以看出艺术家所禀赋的灵敏的艺术触觉。听觉形象通过艺术联想，迅速转化为丰满的视觉形象；这种幻化的视觉形象又立即被艺术家的情思所依附，使他涌起了艺术创作的冲动，起而作书，发之为缠结纠绕着线条活动的书法。这一书法作品不是直接再现波涛形象的，而是把波涛形象转化为富于抽象美的书法艺术；这种抽象美也非概念性地抒发作者的情思，而是赋予它以物化的活动形象。如果是一个艺术感触灵敏的舞蹈家，此时又恰好也郁结着豪情愤气，又有着艺术兴会，那么听了这种涛声，同样会如有神助地创作出称作《江声》

的舞蹈来的。从这个例子里，我们可以体会到书法、舞蹈艺术产生抽象美所走的途径。

当然因为书法和舞蹈所借助的物质材料不同，一个是借助纸和笔墨；一个则直接由主观渊源所在的人的身体的活动所构成。这样一来，虽然它们都有着表现性和抽象美的特点，但这种抽象美却表现了不同的层次。舞蹈因为由人以本体的表演来完成，这个人的本体，就是发出神态、表情的源泉，所以对于抒发感情表现情绪来说，舞蹈则更带直接性；而书法是以笔墨为材料，审美对象和创作主体是相脱离的，不像舞蹈那样二者是相合为一的，因而书法的抽象美便表现得更为纯粹。也正是因为这个原因，对书法美的欣赏则需要更多的修养。一个文盲，一个对汉字的书写用笔很少体察，对形式美感受力迟钝的人，对于书法抽象美所能得到的感应肯定是很少的；而对舞蹈的欣赏，却必然借助着欣赏者大量的内心生活体验，每个观舞者对任何舞蹈或多或少总是要产生某些艺术共振的，所以舞蹈不像书法那样曲高和寡。

论灵感的触发

灵感是文学艺术创作中一种客观存在的现象，西方文艺心理学领域，一直研究着这个问题，探求它的真谛。这个课题是文艺科学所不容回避的。由于灵感产生的复杂性和微妙性，由于它长期积累过程的隐蔽和不露声色，加上它往往是不期而然的突然爆发，产生后又存在短暂，使得不少人把灵感看成一种不可捉摸的神秘现象，灵感问题便成为一个众说纷纭、解释混乱的问题。

说到底，灵感不过是客观事物经作家艺术家的认识和感受而发生的一种飞跃性反应。作为艺术认识过程中的一个特殊阶段，比起人类的一般认识来，它有着自己鲜明的个性，但它并不能超出人类认识过程的总规律，并不是什么神秘难测的现象。只要我们对它的矛盾特殊性，即对这种艺术认识过程中的特殊飞跃的个性，进行深入的剖析和认识，灵感就成为很容易理解的东西了。

灵感的产生,一定有它产生的基础,它绝不会凭空爆发。这个基础,就是作家艺术家脑中意象的积累。这些意象是现实世界及现实中的具体事物经过作家的感情浸润和思想过滤的产物,不经过这种感情浸润和思想过滤,任何生动的事物和生活形象就不能在记忆中得到贮存,不能被积累起来。这种积累就像生物的生长一样自然地发生着量变。意象积累的量变到了一定阶段的时候,便引起作家艺术家的关注,而较自觉地进行综合、比较、联系的工作。这时候,仍然属于艺术酝酿的量变阶段,只不过从这时起,意象积累的速度加快,过程加剧,由点连成了小片,从而形成作家艺术家某些粗浅的艺术认识。于是,大脑中建立起了许多神经联系,不断地储存着有关信息,作家艺术家头脑中所累积的意象向某些点上密集,形成越来越集中、越来越深刻的艺术认识。这种信息的储存越来越多,达到一触即发的程度,有关的神经联系一旦有偶然的机缘使它们接通,就像打开电闸一样,全部线路一齐贯通,立即大放光明,这就是灵感的爆发。

这种偶然触发,是灵感的最大特点。正是对此认识不够,造成了对灵感的神秘化。因此对这一点有必要进行细致的研究。这正是本文所确定的课题。这种起触发作用的事物究竟有什么特征?它和被它点亮的艺术创造是什么关系?它是在怎样的情况下起到它的导火索作用的?这其中的情况是千姿百态,形形色色,十分复杂的。可以说,不同作家,甚至同一作家在创作不同作品时的灵感触发的情况,是永远不会相同的,这正如世界上的每个初生婴儿不可能与其他婴儿面目相同一样。虽然这样，我们还是可以从大的方面把灵感的触发归纳为以下几种主要情况，从而认识灵感的某些真谛。

主题的发现

灵感往往是由于主题的发现、完成而触发起来的。主题思想是作品的灵魂，主题的提炼支配着艺术创作的全过程。主题是灵魂，而灵魂要依赖于形体才能成为存在，离开形体的游魂是根本没有的。形象的珠玑只有得到主题的红线的贯穿，才能成为光彩夺目的艺术品，然而，线随珠生，在没有足够的形象珠玑以前，就不会有那么一条主题的红线早早地躺在那儿等待着来贯穿珠子。作家艺术家的头脑里积累了大量的生活形象，但总不能形成作品，而当它们的内在意义一旦为作家艺术家悟出，这种独特发现便像一把明亮的火炬，照耀着他的生活库存。一个作品的艺术生命，往往是在这个时候诞生的。主题思想是在长期的形象积累中经作家艺术家对生活形象的思考开掘之后，由于某一事物的启发而在刹那间升华和明亮起来的。作家艺术家之所以在此时此刻精神振奋、情绪高涨，正是因为他长期的耕耘灌溉在这时突然开花结果，他辛勤的艺术劳动取得了收获。他这时的工作效率惊人地高，是因为像铀元素的原子裂变一样，长期的无声息、看不见的工作成效集聚浓缩到此刻才表现出来，才物化为明晰的艺术形象的。生活形象此刻经过灵感的洗礼而质变为艺术形象，生活一旦跨过这个门槛就飞跃为艺术了。

杜鹏程在铁路工地体验生活时，被一个司机的高尚品质所感动。他熟悉这个司机的许多动人事迹，然而他感到，他还没有发掘出这个司机身上最本质、最宝贵的东西，因此还没有产生强烈的创作冲动。后来，很偶然的，他在灵官峡和一位同志闲谈，那位同志向他谈到，这个司机因天将下雨而发愁，因为各个工作点都将因雨而碰到意外的困难。这位司机对全部工程和工作点情况的熟悉和关心，使杜鹏程感到非常感动，他以前所熟悉的关于这个司机的事迹、生活细节、形象特征也一齐被调动起来，构思成小说《在铁路工地上》。一个普通的司机，他的本职工作是开车，可是他对我们的事业却怀着如此真挚而强烈的责任感和主人翁精神。作者发现或者说开掘出了这种工人阶级的宝贵的、光彩夺目的精神，并紧紧地抓住它，这不仅成为灵感产生的缘由，也成为《在铁路工地上》这一作品的灵魂。正如王夫之说的："意犹帅也，无帅之兵，谓之乌合。"（《姜斋诗话》卷下）当作品的主题产生后，或者说它在生活的反复暗示下而为作者悟出后，它就像将军一样，把形象、细节等兵卒统帅起来，使它们成为一支完整的能冲能杀的军旅，而主题的形成，往往成为灵感出现的机缘。

灵感属于这种触发形式时，创作主题发现后写到作品中的形象、细节，不但不再是生活中的原始形象和细节，而且也不会完全是主题发现前被作家进行过一定程度艺术的改造，用他的美学理想孕育过的艺术形象和艺术细节，而是为这一主题所统帅的、素材中偶然和非本质因素被作者做了尽量扬弃之后的最新的艺术形象和艺术细节。因为作品主题的深化，总是与形象和情节的典型性的加强扭结在一起的，主题的升华也必然使形象、情节得到升华，而且这种升华常常是以灵感的形式出现和完成的。黑格尔曾经对灵感有这样的认识："如果我们进一步追问艺术的灵感是什么，我们可以说，它不是别的，就是完全浸沉在主题里，不到把它表现为完满的艺术形象时决不肯罢休的那种情况。"（《美学》第一卷）这个解说是很有道理的。

形象得到完整或形象个性的发现

形象是现实主义文艺的躯体和血肉，作家艺术家构思作品时的意识活动是很难脱离形象的。艺术形象达到成熟的主要标志是它的典型性和完整化。当形象在作家的头脑里还未被完整化的时候，这一形象就不能产生，强要产生的形象势必是不健康的、畸形的、不美的东西。人们把作家对形象的酝酿称之为孕育，这是十分恰切的。作家艺术家就像母亲孕育婴儿一样用心血使形象逐渐生长和完成，只有当它具备一定的典型性和达到完整化时，才可以被分娩落草，呱呱坠地。而当这一形象成熟降生的时刻，往往出现灵感的爆发，这种时刻又总是偶然到来的。但是，这种偶然并非羚羊挂角无迹可求，它一般是这样出现的：作家艺术家以他接触的现实为基础，在头脑中酝酿着某种形象，但所酝酿出来的形象一直不够完整，或者缺乏具体的个性，这时，作家艺术家在生活中偶然遇到某些人物或事件，恰好补充了他所酝酿的形象，或正巧在此发现了他所酝酿的形象所应有的个性，这时文学艺术作品便可以用特有的材料（文字、色彩、线条、动作、音符、木石等等）从作家艺术家的头脑里具体物化为艺术作品了。这时作家艺术家便能在短暂的时间里在灵感的启示和推动下效率惊人地完成他初步的艺术创造了。这就是鲁迅说的"静观默察，烂熟于心，然后凝神结想，一挥而就"。

在此之前，作家艺术家虽然感到了他所酝酿的形象的代表性和普遍意义，但这种形象还带有原始性和芜杂性，它还不完整，不单纯，它的光辉还被生活的浮尘遮掩着，它还缺乏自己的个性，而艺术的造物主总是反对无个性的形象出世。作家艺术家表现这一形象的欲望愈强，他的苦闷也就愈甚。同样的道理，这种苦闷愈甚，一旦形象得到完整化或形象的个性被发现，作家艺术家念兹在兹的形象可以以其矫然卓然的姿态出现了，诞生了，作家艺术家的灵感也就爆发得愈强烈，情绪就愈兴奋，有时可能出现笔写不急的战栗的激动。

为什么艺术形象在作家艺术家头脑中一旦被完整化的时候会出现灵感呢？因为艺术形象必须是完整统一的，它在作品将要提供的特定环境背景中有它特定的地位，它和环境及它各部分之间都犹如血肉相连的生命而不能分离。在科学研究中，科学家可以把研究对象条分缕析，先分别研究其各个细部，最后达到问题的完全解决。而作家艺术家酝酿形象时，却很难把形象肢解开来，对他的各部分进行孤立的感受和思考。艺术实践十分丰富的苏东坡是深谙这个道理的,他在《文与可画筼筜谷偃竹记》中说:"竹之始生,一寸之萌耳,而节叶具焉……今画者乃节节而为之,叶叶而累之,岂复有竹乎!故画竹必先得成竹于胸中,执笔熟视,乃见其所欲画者,急起从之,振笔直遂,以追其所见,如兔起鹘落,少纵则逝矣。"俄国作家陀思妥耶夫斯基也说过:"在我的头脑与心灵里时常闪现着并且令人感觉到许多艺术构思的萌芽。但是要知道,这不过是闪现罢了,需要完满的体现,而体现却常常是不其然而突如其来的,正是突如其来,考虑是不可能的,而以后,在心中获得完整的形象时,那就可以进而加以艺术实现了。"(《致 A.迈可夫》)作家艺术家长期酝酿的艺术形象,由于生活的启发而骤然达到完整化时,这种艺术形象就如神龙点上了眼睛,矫然腾空而起。

也有这样的情况,社会生活作用于作家艺术家,使他产生了一种认识和思想,他想用艺术来表现它,但当他还没有找到足以表现他的认识和思想的个性化形象之前,他期待的艺术品总是不能产生;而当生活偶然给他一个馈赠,使他获得了能够有力地表现他的认识和思想的个性化形象时,他的艺术构思的基本轮廓便会立时在灵感状态中完成。画家王式廓的《血衣》的创作过程正是这样,画家早就想用油画表现农民对封建地主阶级的血泪仇恨,但一直未能找到得力的形象形式,而在土改运动的群众斗争场面中,他得到了这样的形式,于是立即完成了《血衣》的构思。

情节的启示

生活中发生的一些事件，常常会诱发作家艺术家对他所积累的素材的新兴趣，由于生活事件和作家艺术家所积累的素材发生感应，使作家艺术家发现素材之间的内在联系和某些素材所显示的不寻常意义，灵感于是产生了。这时，素材迅速地站队，有的退后或被舍弃，有的上前升到了重要位置。这样，保持和取得重要地位的素材便以更加富于生活具体性的形象形式迅速地集中和净化，作品的构思便很快有了眉目。

生活事件的情节性启发，使作家艺术家产生灵感，这是灵感被触发的最普遍、最常见的一种情况。歌德二十三岁时因失恋而痛苦，甚至几次产生自杀的念头，他想用文艺把自己的所想所感表达出来，但茫然不知从何写起。他在自传《诗与真》中说，他这时"构思还不能具体化，因为我还缺乏一件实事，一个小说的情节来做它的骨干"。正在这个当儿他从朋友的来信中听到他在莱比锡大学的同学耶路撒冷因失恋而自杀，这个消息像一道强光在歌德的眼前闪过。歌德说，"就在这当儿，我找到维特的情节了"。这时他的感受及书中要写的一切便迅速地从各方面集聚而来，"构成了结晶的实体，正如容器中快将结冰的水，因极轻微的摇动即将变为坚冰那样"。得到了灵感，《少年维特的烦恼》的构思很快在他脑子里形成，他握管疾书，半月内就一口气写完全书。他在《诗与真》中回忆说："我像个夜游病人一样，在几乎无意识的情况下写成了这本小册子。"这是因情节的启示而爆发灵感的极有名的例子。

意境的感发

作家艺术家的创作灵感还常常因接触某一具体环境而出现。作家贾平凹曾向笔者谈过他创作《果园里》时的构思过程。1976年，贾平凹在陕西礼泉县烽火大队时，一天下午到大队的果园中去散步，时间正是盛夏，酷热向每一个人无情地袭来。当贾平凹漫步到果园中间的时候，发现前面有一间带点古雅味道的茅屋，茅屋的窗外是一池碧绿的水，池边生了绿苔。他看到这个所在，一脉清幽的诗意一下子沁入他的心脾。当他走进茅屋时，发现一个青年正全神贯注地在研读有关作物果林的书籍，屋子的墙壁上贴满了技术挂图。这样一个把青春扑在大队林业上的青年，使贾平凹对之产生了敬慕的感情。如此人物生活在如此诗的环境中，又使作者产生了强烈的美感。他想，像这样的一个小伙，一定有姑娘爱他。于是，贾平凹感到不能平静，产生了强烈的创作欲望，一篇散文诗一样的小说的构思就很快完成了。这里，贾平凹艺术灵感的勃发，不能不说和意境的感发有着极大的关系。

意境的感发有时像化学催化剂一样，具有奇特的作用。1973年，当柳青拿起笔来修改《创业史》第一部时，他感到不但鼓不起工作的热情，简直连一句跟《创业史》协调的话也写不出来了，出现了像陆机在《文赋》中所说的"六情底滞，志往神留，兀若枯木，豁若涸流"的情况。这时作家被揪进城离开皇甫村已经整整七年了。作家迅速意识到，要修改《创业史》，必须仍求助于生活，必须再下到农村去。这时，作家已被折磨得十分病弱了，而当他再回到长安县，仅仅是感官接触了一下那里的生活环境，但他感觉到立即又变成了终南山下的农民，那种对于中国农民的感情，表现生活的冲动和语言，一齐在心里涌动起来。这当然也应属于灵感现象。

灵感因意境的感发而产生，这对于诗歌创作就更带有普遍意义。杨万里说的"闭门觅句非诗法，只是征行自有诗"，陆游说的"君诗妙处吾能识，正在山程水驿中"，都是诗人长期创作实践的经验之谈，这主要的是说要取得生活，取得创作源泉。模山范水的山水诗人不爱出门，懒于壮游登临，边塞诗人不熟悉边塞生活景况，这是不能想象的，当然这也包括取得意境感发艺术灵感的机缘在内，李长吉骑驴觅诗，主要的就是寻求意境的感发。

除了上述几种灵感触发的主要情形外，造型艺术的创作灵感还往往是由于一种外在的章法形式的启示而产生的。王羲之看了鹅掌拨水的动作而悟出写字运腕之法，张旭看了公孙大娘舞剑器而草书大进，京剧表演艺术家盖叫天先生从石狮身上吸收了亮相动作中那种盼顾呼应的神态，从香烟飘动上悟到舞蹈姿势的舒展自然，有些版画家从墙壁的裂纹中获得灵感等，都是从现实事物外在的章法形式获得创作灵感的例子。一个艺术家的技艺越精熟，艺术感触越灵敏，受他物章法形式的启示而触发创作灵感的机缘也就越多。

上面我们分析了灵感产生的一些主要情况，这当然是为了论述的方便，实际上灵感的产生可能并存着上述诸种情况中的某两种情形，也可能诸种情形兼而有之，而某一方面占主要罢了。周恩来同志曾经用两句话高度概括文艺创作的特殊规律，这就是"长期积累，偶然得之"，这话也是理解灵感问题的一把极好的理论钥匙。

民歌散论

民歌哺育诗坛是一个规律

世界各民族中最早的诗人,无论他有着怎样的艺术天赋,他的诗作的形体,必都是本民族中民歌的产儿。在各国的诗歌发展史上,每一种新的诗歌形式,都是由民歌先孕育出它的雏形的。

我国出现的第一个大诗人屈原,在被逐之后,接触了民间艺术,研究熟悉湘沅流域的民歌,为民间祭祀制作了《九歌》。他吸收楚地民歌的养料,创造了骚体,使这种与《诗经》中那种北方诗歌格调迥然不同的诗歌形式,得以与之双水分流,充实了中国诗坛。屈原逝世一千一百多年之后,被唐王朝贬迁到四川的刘禹锡,和屈原有着相似的境遇。刘禹锡见"里中儿联歌《竹枝》,吹短笛击鼓以赴节,歌者扬袂睢舞,以曲多为贤",他研究了这种民间歌曲，熟悉了它的特点形式后，效法屈原，"亦作《竹枝词》九篇，俾善歌者飏之"，使这种民歌形式，得以为诗人们所见识，开阔了他们的艺术眼界。

鲁迅曾说："无名氏文学如《子夜歌》之流，会给旧文学以一种新力量"，"歌，诗，词，曲，我以为原是民间物，文人取为己有"。纵观中国诗歌发展史，事实确实是如此。凡是有生命力的、站得住脚的诗歌形式，大都产生于民间，先是广泛在无名氏的诗歌谣谚中流行，而后才慢慢（有的达数百年）被文人所采用，沾溉了他们的诗作。民歌以她丰富的乳汁，滋养着文人的诗作。民歌哺养诗坛是一个规律。在我国，五言诗、七言诗、叙事诗、寓言诗、词、曲等诗歌形式的产生和发展的历史，都雄辩地说明了这个真理。

就说七言诗这种形式吧。七言诗句在汉代的歌谣中是很普遍的，而在文人的诗作里，只有张衡在写有点打油诗意味的《四愁诗》时，才偶一用之。后来的许多年内，也只见曹丕做了一首《燕歌行》是七言。南北朝时，七言诗作为一种诗歌形式，仍未为文人们所公认。鲍照做过些七言诗，当时的批评界便瞧不起。直到隋唐，七言诗才登了大雅之堂。

再如叙事诗，最先也是见于传说性的史诗。如《诗经·大雅》中的《生民》《绵》和风诗中的《野有死麕》《静女》《氓》等，都具备了叙事诗的雏形。到了汉代，叙事诗在民间已发展成熟，汉代民歌中，叙事诗占了很大的比重。这些叙事诗，保持了《诗经》中风诗的饱满感情，排除了雅诗叙事的平板呆滞的弊病，篇篇各具特色，在诗歌史上放出了夺目的光彩。汉末产生的叙事长诗《孔雀东南飞》和北朝乐府民歌《木兰诗》一直照彻古今，直到近代，文人的叙事诗不但没有超越它们的，而且不敢望其项背。这两首叙事诗，成为中国诗歌发展史上的两座奇峰。汉乐府"相和歌"中的《东门行》《孤儿行》《妇病行》等，都直接来自下层生活，通过完整的故事情节和人物遭遇，向统治阶级和罪恶的社会提出控诉。这类民歌叙事篇什，是唐代大诗人杜甫"三吏""三别"和白居易新乐府所取法的楷模。设使没有汉代的叙事民歌，杜甫、白居易都将难于找到那样便于写出深刻社会内容的叙事诗形式。

体裁较为特殊的寓言诗，并非外国的特产，由于崇洋思想的支配，过去的诗歌研究者很少提及中国"土产"的寓言诗。其实《诗经》中的《鸱鸮》和汉乐府民歌中的《艳歌何尝行》《乌生》《雉子班》《枯鱼过河泣》都是寓言诗。在这些诗里，鱼鸟被赋予了人的思想、感情和语言，通过鸟兽的故事，被压迫者深思了自己的苦难处境，控诉了压迫者的罪恶，对之进行了深切的诅咒。这些寓言诗构思奇特，想象丰富，感情深沉，形象生动。如《枯鱼过河泣》，写一条被捉去已经晒成鱼干的"枯鱼"，向同伴写书信，嘱咐它们谨慎出入，以免蹈此覆辙而悔之不及。"枯鱼"能"作书"，设思如此不同凡响，正是由于诗人感受的深切，诗中浓缩了刻骨铭心的人生经验。这样的寓言诗在以后的文人诗作中是不容易发现的。

在敦煌千佛洞中发现的曲子词，有力地说明"词"这种文学形式本是民间创造的俚俗唱词形式。这些曲子词的写定时间最早的在七世纪中叶，当时还没有文人写出的词作，到刘禹锡、白居易向民间诗歌学习写了《竹枝词》《杨柳枝》这些小词的时候，已是一百多年以后的事了。

诗发展为词，是诗歌发展史上的新纪元。词比起诗来，是一种更接近口语，更便于表达思想的抒情诗体。但这种形式，一般文人先是歧视。也像汉魏晋时代文人对待七言诗那样对待词这种新兴的诗歌形式，即使后来"猎奇"地写写词时，也仅仅把它作为"诗余"，而不用这一形式去写大题材和表现较深刻的内容，只用来伤春悲欢害相思。抒写士大夫的闲情逸致，使这种诗歌形式，成为一隅狭窄的天地。对这种情况，苏轼有所突破，直到辛弃疾手里，词才开拓出新天地来。毛主席不但熟练地掌握了词的形式，而且一反传统词作的题材，从根本上开了新生面，使词这种艺术形式，可以成为用来记录中国革命进程的史诗。

有人以为所谓民歌，就是七言四句，其实民歌的形式是多姿多态的。譬如汉代民歌中的杂言诗，和后来的长短句的词在句式上就有某些相似之处。前面提到的《东门行》《孤儿行》《妇病行》都是杂言诗，在当时是非常通俗的白话诗。句式参差错落，跌宕顿挫，富于变化，流畅圆活之中，有粗犷的语言起伏。"大跃进"时出现于陕西安康的一首民歌，《天上没有玉皇》就是这一类杂言诗。历来的文学批评者都说韩愈"以文为诗"，这主要是指他构思的思维方法而言的，说他的诗往往缺乏诗的特质和意境。若只说外在的语言形式，我以为再没有李白、李贺的乐府或歌行中的某些句子更散文化了。像李白的"远别离，古有皇英之二女，乃在洞庭之南，潇湘之浦"，"其险也若此，嗟尔远道之人胡为乎来哉"，像李贺的"飞光，飞光，劝尔一杯酒，吾不识青天高，黄地厚，惟见月寒日暖来煎人寿"，好像除了这样的句子，豪迈激湍的感情就无法倾泻出来似的。然而李白、李贺这类诗句，却是受了汉乐府民歌的影响，是学取了"咄！行！吾去先迟，白发时下难久居"一类诗句的语言特色。

李白很少写律诗，李贺更是基本上抛开了近体，都主要用古体、歌行、乐府来抒写情怀，而这些形式，都和民歌有着较密的血缘关系。清初的姚文燮在《昌谷诗注序》里说"唐才人皆诗，而白与贺独骚"，指出他们重视吸收民间营养，在诗坛上表现出不追随时髦的可贵的创作精神，是很有见地的。

我们现在可以看到的古代民歌，除《诗经》而外，就以乐府机关保存下来的汉代和南北朝乐府民歌为最多。隋唐以后，没有了乐府机关，民歌保存下来的就很少了。敦煌曲子词内容的局限性也较大。所以隋唐宋元的民歌，我们今天所能够看到的很少。新中国成立后收集到的近六十种明清民歌集子，看来是市民的作品。这些所谓民歌，在语言形式、节奏、韵律方面，无疑都取得了很大的成就。既通俗，口语化，又音韵铿锵，语调流畅自然，便于记诵。但它们的题材内容却比唐五代和宋初的词面更窄，只是偷情害相思一类。如果当时有人采用这种形式，来反映广阔丰富的社会生活，那一定会有不少不朽诗作留下来,可惜我们几乎见不到这样的东西。

民歌贵在"嘴唱"

民歌是唱在群众嘴上的诗。

> 歌谣数百种,《子夜》最可怜。
> 慷慨吐清音,明转出天然。

> 丝竹发歌响,假器扬清音。
> 不知歌谣妙,声势出口心。

这首《大子夜歌》,以民歌论民歌,正道出了民歌的特征和好处。民歌活在人民群众心里,冲出歌喉,感情真挚,自然朴实,不事雕饰,所以能不胫而走,到处流传。

鲁迅说:"诗歌虽有眼看的和嘴唱的两种,也究以后一种为好;可惜中国的新诗大概是前一种。"新诗"迄无成功",关键正在于此。它是"眼看"的,而不是"嘴唱"的。诗能看而不能唱,没有规整的节奏和响亮的韵律,读来不上口,听来不悦耳,没有民族化的形式,老百姓便不能接受,不能记诵,不能流传。正如周德清《中原音韵》中说的,"书之纸上,详解方晓,歌则莫知所云"。一千多年前,白居易创新乐府,让老太婆也能听懂他的诗,就是要搞一种通俗、嘴唱的诗。

李自成起义时，杞县举人李信（后更名李岩）创作的歌谣，当时广泛在中原一带流传，这是《明史》和《明季北略》一书都提到的。

> 吃他娘，穿他娘，
> 开了大门迎闯王，闯王来时不纳粮。

> 朝求升，暮求合，
> 近来贫汉难存活。早早开门拜闯王，管教大小都欢悦。

这两首歌谣所以流传得开，固然由于它反映了农民反抗封建压迫、改变贫苦处境的强烈要求，同时也和它具备质朴、鲜明的风格和歌谣所特有的传统形式分不开。如果把同样的内容用知识分子文绉绉的语言、情调，用一首律诗写出来，它对广大农民将会浮而不入，根本不可能一传十，十传百。

两广、江西一带，明清时代流传着"歌仙"刘三妹的故事。刘三妹出口成歌，对起歌来山歌如长江大河，日夜不绝，这一形象集中体现了劳动人民能歌善诗的艺术才能。有个叫罗隐的秀才，装了九船山歌唱本，去和刘三妹对歌，以为定可取胜，三妹一开口便打中了罗秀才的要害："石山刘三妹，路上罗秀才，人人山歌肚里装，哪有山歌船撑来！"唱得罗秀才张不开口，翻遍船中的唱本也对不上来，又急又恼，将歌本全部扔进河里。刘三妹的山歌"肚里装"是"嘴唱"的，罗秀才却是照本宣科，不能做到"出口心"，他的败阵是必然的。

明代留意于民间文学的冯梦龙，给一本题作《山歌》的歌集写过一篇序文，序文说，山歌是"田夫野竖矢口寄兴之所为，荐绅学士家不道也"，"有假诗文，无假山歌，则以山歌不与诗文争名，故不屑假"。指出了民歌纯真质朴的根源，也指出民歌与文人诗作向来有森严的界限。民歌哺养了文人的诗作，却总是遭到文人的歧视，连新乐府运动的领袖白居易也说山歌"呕哑啁哳难为听"。

"于无声处听惊雷"，在江青反革命集团猖獗的时候，人民的歌喉并没有喑哑，他们埋藏心底的愤怒歌声，时刻都有堤决川涌之势。1976年清明节，全国掀起了人民群众悼念周总理的"四五"运动。群众把对周总理的崇敬、热爱的深情和对江青反革命集团的切齿之恨发为歌吟，就曾运用了民族文化中歌谣这个武器。有一首署名"普通劳动者"的《向总理请示》写道："黄浦江上有座桥，江桥腐朽已动摇。江桥摇（喻江青、张春桥、姚文元），眼看要垮掉，请指示，是拆还是烧？"就巧妙地运用了南朝乐府民歌中常用的谐音达意的手法，郑重地向周总理请示，也是向中国人民发出起来打倒江青反革命集团的呼声。又如一首题为《儿歌》的诗中写道："蚍蜉撼大树，边摇边狂叫：'我的力量大，知道不知道？'大树说：'我知道，一张报（指当时的《文汇报》），两个校，几个小丑嗷嗷叫。'"其明白如话，语调流畅，音韵响亮，匀整的形式中又有三五七言的变化，都体现了历来民歌的特色，又寓谐于愤，表现出强烈的时代感。

内容决定形式，不是应景时文，不是无病呻吟，而是发自肺腑的心声，向人民激切地号召，从而使这些歌谣不满足于七言四句，在形式上是磨砺得很锋利的刀剑，并具备为群众所熟悉的易于接受的民族特征，所以过目成诵，迅速传开。

民歌与新诗

毛主席说，从民歌中产生新诗，我体会主要是一个诗歌民族化的问题。"五四"新文化运动以后一个时期内出现的白话诗，可以说是一种中国人做的外国诗，梦呓一样的不知所云，不是中国群众能够接受的具备中国民族形式的东西。这期间刘半农、刘大白等人曾在民族化方面做过一些探索，但由于缺乏群众基础，力量单薄，所以收效甚微。闻一多为探索新的格律诗，曾进行过极大的努力，但他似乎未考虑到诗的民族化问题，他的探索就难免要告以失败。只有在1942年毛主席《讲话》发表之后，阮章竞、李季、贺敬之等诗人，走向群众，不倦地学习民歌，才取得了可喜的收获。但是毋庸讳言，直到目前还有不少写诗的人在迷途上乱闯。许多诗歌作者认识不到民歌的地位和价值，不理解民歌对新诗的哺养的意义，错误地远离民族化去搞提高。有些青年诗歌作者甚至像避瘟疫一样躲着民歌，怕把他们的创作染土染俗，这是应当猛醒的！中国向有"诗国"之称，而新诗仅为知识分子中对诗有兴趣的少部分人来"眼看"，而为数极大的工农兵群众却不去问津，这岂不是新诗的大失败！

要使新诗来一番革命，首先要变"眼看"为"嘴唱"，这种"变"，不是凭空杜撰，割断两千多年的诗歌发展历史，在茫茫白地上搞新诗，而是要批判继承古典诗歌的艺术遗产，要"从民歌中汲取养料和形式，发展成为一套吸引广大读者的新体诗歌"。

解决新诗形式的问题应重在实践，光靠讨论，纸上谈兵，是永远解决不了这个问题的。但是听其自然，形式上仍然跑野马，则新诗形式上的革命，可能仍会迟迟不前的。因此我以为新诗形式上的革命，要加紧做以下几个方面的工作：

其一，诗人们都要努力从民歌和古典诗歌中"汲取养料和形式"，加强诗作的"诗味"，讲究节奏和韵律。以能"嘴唱"相要求，相应的形式就自然形成了。

其二，诗歌理论工作者对先秦到明清的古典诗歌包括历代民歌进行一番总结，从中找出诗歌形式方面能为今后所用的规律上的东西，供诗歌作者参考，给他们的创作以启示。例如三三七的诗歌句式早在汉代就普遍出现于民谣中，汉乐府《平陵东》就是很好地总结这种句式写出的很成熟、很规整又很精巧的诗型。全诗由四组三三七句式组成，每组开头三字与上组最后三字相同，形成珠连。这种三三七句式富于节奏感和韵律美，朗朗上口，所以近两千年来能历久而不衰。前面提到的能够流传于中原大地的李自成起义歌谣就采用了这种句式。颂歌《东方红》也采用了这种句式。在现代新诗中，我以为韵律节奏之美，没有能超过贺敬的《三门峡——梳妆台》的，如果它纯以七言出之，不用三三七句式，则根本不能收到这样的效果。这说明无论新诗古诗，其中加入三三七句式（不一定以三三七开头，也包括《渔歌子》的七七三三七之类），似乎很合乎中国群众的诵读习惯，能收到极好的效果。类似这种形式因素，诗人们是应该注意在创造新诗形式时吸收的。

其三，诗歌评论工作还应不断总结新诗创作在形式上的成败得失，把成功的经验用理论巩固下来，使之不断发展，以期逐步探索出新诗的丰富多彩的民族形式。

这样，诗人和诗歌理论工作者携手并进，共同关注新诗形式革命的问题，我想可能是解决问题最有效也最现实的办法。如果使两方面隔离开来，诗人们的创作我行我素，懒于探索，理论工作者脱离实际，空谈理论，最后仍然还会都站在原地。

戏曲写意性的历史分析和未来设想

现在,戏曲处在困惑、式微的境地,渐进性的改良,已经不足以使它从困境中拔出。这种现状要求戏曲要做大幅度的、飞跃性的变革。这是一种历史性的要求。摆在这种历史性要求面前的戏曲好像应该是要除旧布新,对自身的许多因素做自我否定,自我扬弃,使自己符合时代的要求。这便给许多人造成一种误会,使他们以为中国戏曲的基本艺术特征即它的美学根基似乎要不得了,一切要以现代审美观念为依据。于是戏曲的美学根基和现代审美意识就被看成截然对立的正反两个角色,戏曲要生存发展,就要高扬现代审美意识,摒弃戏曲固有的美学根基。其实,这是一种机械的、缺乏辩证逻辑的错误认识。

实际上,戏曲的美学根基和现代审美意识,都是戏曲发展的内在依据,忽视这两大依据中的任何一个,都不免引出偏颇的、不切实际的结论。置现代审美意识于不顾，固然会使戏曲只成为一个历史存在，难于在新的时代里扎下它的根系，不能在当代社会中进行生命对流，即既不能从时代环境中摄取维系生命的养分，又不能向时代提供精神果实，从而走向枯萎并被时代遗忘，而失去戏曲的美学根基，戏曲将彻底失落，那不是戏曲的发展，而是它的消亡。

戏曲发展的这两大依据不应当是各自独立的，而应当在两者的联系中来认识它们。有意思的是，这本应对立的两大因素，在新的时代潮流中却发生着很大的契合。这种契合是由于中西文艺的不同历史发展大势造成的。本文正是基于对这种契合的极大兴趣，来对戏曲的写意进行分析，并对戏曲的未来发展做一点设想。因为这种契合不但说明了即使为迎合当代审美观念，中国戏曲的美学根基也不应抛掉，而且这种契合还可能在戏曲现代化进程中为其提供一条可走的捷径。

下面我们就从戏曲的时空自由和表演的写意性两个方面来分析一下中国戏曲的长处和短处，并对它今后的发展做一点设想。

时空自由

对时空无限性的思考本来是一个老课题，而现代人对时空的感受和认识则更加宽广和深邃，对时空的思考和对人自身及人类命运的思考越来越联系在一起，因而文学艺术中的时空观念也发生了前所未有的变化。现代审美意识要求文学艺术在展现其内容的过程中时空变化有极大的自由，时空的流变被心理化，时间与空间经常显示着相互的渗透。这一点在西方现代艺术中已经有了丰富的实践。然而在十九世纪以前，西方戏剧中的时空被框得很死，一直没有很好地解决。中国戏曲的情况与西方戏剧大为不同，它从产生之日起就较好地解决了时空问题。在元杂剧中，时空变化就几乎达到像当今电影这样的自由程度。在背景和舞台是空白的情况下，人物活动的同一空间可以随时变为任何地方。可以是室内，也可以是屋外；可以是平原，也可以是山岭；可以是陆地，也可以是水中。而且这个空间可以不断地流变着，刚刚是甲地，倏忽间就成了乙地。时间的流程也是写意的，随便可以拉长和缩短。心理活动的时间常常用细腻的表演来拉长，而在更多情况下，极长的时间被压缩得很短，伏案片刻就可以代表一个通宵，这个过程是用三次打更来象征的；几个圆场便可以表示几天的跋涉。时空的变化不依赖任何时空的同质物，而只需人物言语行动的交代和描状。在时空自由方面，中国戏曲比西方戏剧领先了七个世纪。

许多人看不到中国戏曲的这种美学优长，看不到在时空自由方面中国戏曲与现代审美意识的契合，而认为这是一种落后，不真实。这种认识在很大程度上是由于新中国成立后戏曲舞台的时空处置向话剧靠拢的实践导引培植出来的。新中国成立后的现代戏和历史戏舞台，一方面用"幕"限定了时空的自由变化，另一方面布景调动现代化手段的堂皇写实，使真实的空间感觉凝固不变，也给戏曲的时空自由造成了极大障碍。这些做法都在有意无意地说明着原来戏曲中时空自由处置的落后和不合理。这是用极朴素的低级"真实"来否定一种美学精神，否定表现论，否定在朴素认识看来"真实"品格好像很差的写意艺术观。这样的舞台实践三十多年反复向观众灌输，使观众安于朴素写实并形成一种观剧惯性。这时候如果再要在现代戏中回归到时空自由，就感到落后、可笑。实际上这种可笑是盲目的，这种"可笑性"是虚假的，这是三十年形成的观众的习惯性在作祟。

上面谈的当然只是问题的一面，与此同时，我们还应当看到我国戏曲的时空自由毕竟是古老的原始的表现论，它和当代审美意识有契合的一面，也有不契合的一面。这不契合的一面，表现在当代审美意识的时空自由是时空的心理化，时空的自由流变和相互渗透是以人物的情绪、心理、意识流动为源泉为线索的。而我国戏曲的时空自由却全部操持在剧作家和导演的手里，它主要表现为创作者叙述演绎事件的实用功利性，时空并没有化入人物的主体世界。这种时空自由比较外在，内在依据不足，如元杂剧中官员在审理案件时，需要捉拿某个新发现的案犯，差役转身下去，还不等公堂上说两句话，就从几百里之外把案犯捉来了。这虽然可以说是写意的，但因这种表演形式的基本外壳是写实的，没有一种心理幻化性。公堂上的时间是在观众眼前流过的，是实在的，只说了两句话；差役缉捕犯人的出发和完成也都在观众眼前，这个过程所用的时间是框死了的，和说两句话的时间应当是相等的，绝不可能跑几百里路。在这里，写意被写实的外壳破坏了。

中国戏曲固有的时空自由，早就使具有全球视野的外国戏剧家所赞赏，我们应该对它坚决肯定和进一步发展，不应当无视它的美学价值，更不应对此有盲目的自卑感，错误地当成应当抛弃的东西。但无论怎样优秀的艺术，只要停止了发展，仅长时期的重复，就必然日渐失去光彩。对我国戏曲的时空自由必须做大的、突破性的发展，这种发展的大致方向我以为是：其一，时空的心理化。人物的心理和思绪是时空变化的重要依据，时空的自由变化不要被动地为演述故事的需要服务，而要成为人物情绪波澜的内在流程。时空的变化要更加奇幻，在这方面应吸收西方荒诞派戏剧和意识流小说的艺术养料，使时空自由在现代审美意识的烛照下勃发出更新更大的艺术活力。其二，时空自由的主要途径是表演而不是布景，要通过虚化和写意性表演解决时空自由问题。时空变化的奇幻性不要过多借助声光化电，这些现代化手段可以适当用一点，但不宜成为解决时空问题的主要手段。声光化电过分的炫耀和干扰，必然降低戏曲的美学品格。舞台布景和道具要背离写实，更加单纯和抽象化，尽量拿掉环境参照物。其三，要以更加多样和更加多变的音乐节奏、板式、曲牌体现和烘托时空的变化。这将使戏曲音乐得到内在驱动力，从而发生较大的变革。

表演写意化

艺术背离写实性、再现性，强化写意性、表现性，这是十九世纪后期崛起的时代潮流。中国戏曲的表演特征正好和这一世界文艺总潮相契合。然而新中国成立后我国戏曲却背弃自己固有的表演美学传统，也背离表现性的世界文艺总潮，特别是斯氏表演体系向中国戏曲的生硬嫁接，使戏曲表演发生了根本性的蜕变，越来越失却了自我，也越来越降低了它在世界艺术之林中的独特地位和美学价值。

由于"身在庐山"和对域外文艺信息长时期的排阻，我们对自己戏曲表演的美学独特性极其缺乏认识，外国人反而比我们敏锐。早在五十年前布莱希特就从艺术哲学的高度发现了中国戏曲表演艺术的价值，认为它是足以与西方写实体验性表演相抗衡的一大表演体系。布氏不了解中国戏曲的发展渊源，他看到的主要是所谓"陌生化效果"，即演员与人物、人物与观众的间离。戏曲的这种表演体系是和它的艺术渊源有关系的。中国戏曲虽然综合了唐宋即兴短剧（类似相声）、中国古代舞蹈、古代音乐歌曲及各种演唱形式，但最直接的前身应当是已经达到相当综合化的诸宫调一类讲唱文学形式。虽然从讲唱到戏曲有一个从第三人称加代言体变为纯粹代言体的质变性飞跃，但仍然像遗传因子一样在戏曲的内在气质中，渗入着讲唱文学讲述特征。中国戏曲与西方戏剧最大的区别在于：西方戏剧是把舞台作为一个独立的客体世界，它是对客观现实世界的一种再现；中国戏曲则是面对观众的一种讲述，它时时都在向观众说明、叙述着事件过程，而不是再现这个过程；不是像西方戏剧那样把这个过程的原貌和盘托出在观众面前；只不过这种讲述，已不是靠一个讲唱人的语言，而是让故事中的所有人物作为讲述者来表现和暗示事件的过程。一场载入史册的战役，只由双方主帅各领五六个人在舞台上相逆地转几个圈子，主帅、将军对等地交手一番，五六个代表千军万马的人只跟着主帅走过场，最后分出了胜负，一场战役就这样讲述完成了。真正的仗哪有这种打法，它是一场战役的叙述，而不是这场战役的描写。戏曲中的静场大段独唱，在西方戏剧中是不可理解的，它只相当于西方小说中的内心独白。《玉堂春》中的《三堂会审》《起解》两折戏，都相当于小说中的回叙，让观众把事件的来龙去脉再熟悉一遍。如果不是讲述体系而是再现体系，《起解》这折戏就非常乏味，这出戏在西方戏剧中根本不能成立，何况这种不断流变着自然景观的环境，对环境固定不变的西方戏剧来说，是无法演出的。《沙家浜》中《智斗》一场中三个人物的轮唱，实际是外化各自的心理活动，在实际生活中这些话是在心里打转的，绝不说出口。所以中国戏曲的表演常常是用许多办法——半抽象或表面具象、骨子里抽象——来进行艺术的表现而不是再现。它不是让观众看到事件的过程本身，而是让他们领略这个过程的神韵，感受从过程中提取出来加以强调的东西。

　　正因为是表现性的，所以在西方戏剧中该详的，戏曲可以略；而他们略的，我们又可以详。《拾玉镯》中孙玉姣做针线、喂鸡、拾镯等的细腻表演，像中国画中的工笔画或电影中的特写镜头和慢镜头，同样是表现性的而不是再现性的。比起生活来，这些表演实质上加大了动作幅度，并使动作规模化和舞蹈化，同时把许多心理活动的无形内容外化后加入表演中，它和生活动作的距离是相当大的。最近一位画家对我说："过去都认为中国的工笔画是写实的，我认为工笔画同样是写意的。"这话说得很对，我们对《拾玉镯》的表演亦应作如是观。《拾玉镯》这种细腻的表演，实质上也是一种讲述，是一种形容、渲染、夸张、放慢速度进行解析的讲述。正因为中国戏曲是讲述的，而不是再现的，所以它和观众的关系便不是以真实的生活幻象让他们看见从而被打动。中国戏曲的讲述性表演是让观众感受，让观众玩味，这就得说到中国戏曲表演的另一个重要素质，即比西方戏剧强得多的审美素质。

有一个值得深思的事实是：艺术中有两类作品，一类可以反复欣赏而兴味不衰，这类作品一般属表现艺术；一类对每一特定欣赏者说，欣赏一两次就失去了诱惑力，这类作品一般属再现艺术。中国戏曲属于前一类艺术，西方戏剧属于后一类艺术。人们对前一类艺术品的迷恋，主要并不在于他的情节和理念含义，而更多地在于它的形式美。但这种形式美并不全指外部结构的纯形式，而是包含着附丽于其上的情思。欣赏者对这类作品的情节和理念含义即使了然于心，也不失去继续欣赏的兴致，而且越熟悉就越强化了欣赏的热情。表现艺术中除了戏曲之外，成功的音乐作品，大家的书画作品，都有这样的特性。再现艺术之所以不具备这种特性，是因为再现艺术用以震撼人的不是其艺术形式美，而是作品所再现的生活本身，是情节所透发的伦理冲击力。所以对读者来说，一部再现性小说只要熟悉了它的情节，就没有多大的阅读兴趣了。但对中国传统戏曲的每句道白、每句唱词都背得滚瓜烂熟之后，观赏时反而更觉亲切醇美。这种现象的根源在于，对再现艺术来说，掌握了情节也就等于掌握了作品的主要东西；而对表现艺术来说，熟悉故事情节及理念含义，只能成为更好地欣赏作品的主观条件，只有直接去观赏作品本身，才能实现领略形式美的审美意图。

基于以上情况，我对戏曲表演发展的设想主要有以下三点。

第一，在舞美和道具方面要虚化、缺化（不是简化），从而给舞蹈提供无限的潜在活力。这方面要向现代派绘画汲取力量和借鉴手法。不要痛惜三十多年来戏曲舞台在布景道具写实化方面积累的经验，尽管花了无限心血，也要忍痛抛弃。这些经验不过像摔断胳膊接错了位置而早已愈合，只能勉强写字持物；要下决心把接错的骨头拉开，重新归位，让它长成健全的臂膀。

第二，在表演的总体设计上，要有一种自觉的虚拟意识，起码应当搞一些以虚拟动作为表演主体的现代戏。有人说虚拟表演是古代舞美在条件简陋的情况下形成的，但要知道在条件有极大限制的情况下形成的体系性艺术路径，既成了体系，就具备了稳定而独立的美学价值，它并不一定在条件改变之后失去其价值。如在《永乐大典》中发现的早期南戏，是用人站着当门的，表演时的虚拟程度当然小得多，后来干脆连人当的门也不要，完全虚拟，就在这无形中滋生出丰富的艺术美。另外在元刊本杂剧中，人物的骑马就像如今社火中的"跑竹马"，是用竹制的马头马尾一前一后固定在身上，带有一定的写实性，但后来发展为执鞭舞蹈代表骑马，虚拟舞蹈表演，审美素质便大大提高。这说明虚拟表演是从写实变来的，是自觉的艺术路径。我觉得现代戏同样可以用虚拟表演。既然传统戏中的骑马、划船可以虚拟，现代戏中的跳伞、开汽车为什么不可以虚拟。虚拟是积极地追求表现性，而不是不得已而为之的消极的凑合。虚拟没有局限性，而写实永远有局限性。反映建筑生活不可能把长臂起重机搬上舞台，《海港》中有"大吊车，真厉害"，但那是景，不能操作；写空军生活更不可能在舞台上驾驶真飞机，即使搞一些很真实的模型，造价很大，而审美价值等于零。要有反习惯的勇气，现代戏搞虚拟，在开始很长一段时间可能要受到嘲笑，但坚持下去迟早会放出夺目的美学光彩。

第三，和虚拟相联系的是表演程式。既然我们认为虚拟应成为今后戏曲的表演主体，那么我们也就理所当然地主张在今后的戏曲中建立新的表演程式。创立新程式的主张早就有人提出，但是一直缺乏实践。那么是不是因为这种主张是不切实际的空想呢？不是。新程式缺乏实践，主要是因为现代戏从一开始就向写实的话剧靠拢，扼杀了写意表现的活力，堵塞了创立新程式的道路。这种现代戏一切以同生活的酷肖为标尺，根本没有新程式立锥之地。三十多年一直维持这种局面，还因为文艺理论的"左"倾和庸俗社会学猖獗，即使有眼光高远和开创乾坤气魄的戏曲大师，也势必难于出头去创立和倡扬新程式，所以在那样的历史时代里，不可能产生新程式。

新的表演程式与传统的戏曲表演程式是有区别的。这种区别不光在于新程式是表现新的生活动作的审美符号，它要汰除古代人的气质，体现现代人的英姿；这种区别还在于新程式是开放性的，多元化的，是富于个性的，因而也是符合现代审美意识的。就是说新程式并不像工业上的标准化，成为中国戏曲舞台上大家通用的普遍遵守的标准化戏曲表演语言，而是每个戏的导演和演员都可以创造的表演艺术语言。它给戏曲舞台开拓了一个潜力无穷的创造领域，每个导演和演员都能极大地发挥自己的创造潜能。这样一来，过去套用的普遍通行程式，被压抑着的戏曲艺术家的创造个性将得到充分的解放。当然在这个过程中也形成了越来越多、越来越成体系的群体共遵的新程式。到这时，必然又提出新的突破的要求。

我曾经撰文提出，对戏曲的发展应抱达观态度，当代戏曲的存在和发展应当是多元的。在这种多元的发展中，人们可以按照各自的戏曲观念和审美理想对戏曲发展进行预想和实践。本文所做的正是这种尝试。我虽然认为这是一条积极的、可行的戏曲发展出路，但绝没有强加于人的意思，对戏曲的其他发展路径，我也将十分尊重和尽量理解。当然也应当允许人们对戏曲的各种发展进行自由评说，各种不同主张之间心平气和地进行对话、辩难和讨论。只要大家都抱这样的态度，真理不受任何压抑而具有充分的自由，人们感受、辨识的机能会变得很健全、很敏锐，也就不怕那些艺术赝品和伪科学混迹戏坛。这样，我们的戏曲艺术一定能很快的发展和提高。

中国古典文艺与西方现代派

最近几年，我国文艺界有部分人特别是青年文艺工作者，表现出对西方现代派的倾心。长时间以来，"左"倾思潮给文艺套着厚重的枷锁，当这个枷锁被打开之后，必然地出现了对传统观念的轻视、怀疑和重新认识。青年人活跃起来的思想就像是压缩机作用下高度密集的气团，一旦出现了与大气的连通，便爆发得那样猛烈，喷射得那样奇异，以致逸出人们意想的范围以外。闭关锁国的现状一经打破，异域的风扶摇羊角吹进来，青年人便大口大口地呼吸着。

召唤现代派的思潮，有其必然性的一面，同时也负荷着盲目性的包袱。这种盲目性来源于对西方现代派的不甚了了，表现在无视中国文化的优秀传统，轻率地丢弃了这笔宝贵遗产中的一些精髓。本文试图通过探讨我国古典文艺与西方现代派的相通和相异，以说明中国文艺应当走怎样的路。本文所论述的是历史，历史是一种存在和事实。这种存在和事实，常常暗示给人们一些道理。无视这些事实和道理，便会招致损失，产生察觉不到的悲剧。

中西文艺的相逆发展进程

有人说，由于西方科学技术的高度进步，出现了高速的生活节奏，从而产生了西方现代派艺术，以此理推及中国，中国要搞现代化，所以中国文艺也必然要走现代派的路子。这样一来，似乎现代派标志着进步，不赞成现代派就是保守。这是一个似是而非的说法。西方现代派的产生，根源在于人的精神危机，而不在科技和物质文明。科技进步和物质文明，对现代派的产生只从外部有小的影响。中国现代化并不意味着必然导引出精神危机，因此也不必然决定着现代派文学的勃兴。

现代派那些五花八门的派别名目，在西方虽然出现于十九世纪下半叶以后，各有自己的不同之处，但现代派在创作中处理主客观关系的大路径，却是中国文艺早就实践过的。西方现代派在艺术上的基本特征，是反对对客观的摹写和再现，竭力表现作家艺术家的内心感受和主观感觉。这种艺术精神，早在战国时代就充盈在我国一些作家的整体艺术活动中。这种创作方法，在庄周、屈原等人的笔下都已纯熟地运用着。倒是再现性的文艺在中国古代很不发达，宋元以前，除史传文学而外，中国古典诗词、小说、金石艺术、绘画、书法，大都是表现艺术，形成表现性文艺的绝对优势。宋元时代，从民间崛起的戏剧运动和"说话"艺术，不断发展壮大，才确立了再现文艺的地位，打破了中国表现文艺的统治优势。从此，表现性和再现性两种文艺体系在我国才形成均势。虽然这两种体系之间有着复杂的消长和免不了的互相渗透，但中国文艺发展的大体进程是从表现到再现，则是毫无疑义的。

西方则恰恰相反。从古希腊开始，西方的文艺就是以再现性为主的，亚里士多德的模仿说不过是这种实践的总结，而这种影响深远的权威理论，反过来又巩固和促进着西方再现文艺的发展。古希腊的绘画和雕塑严格地模仿着现实事物，甚至借助于自然科学以得到技法的精进和提高。戏剧早早地就发达起来，集中地再现着社会矛盾或人和自然的矛盾。其后的小说描写，都注重于事物外部形态的真实，遵循着事物发展的固有逻辑，不习惯于艺术的变形。这样，经过中世纪文学、文艺复兴、古典主义、浪漫主义，到十九世纪的批判现实主义，再现文艺发展到最高峰，达到高度的完善。直到二十世纪初，竖起表现旗帜的现代派文艺，才以迅猛之势在西方崛起，并占了很大的优势。在此以前，表现艺术在西方各国的文坛上都是极其微弱的。所以西方文艺发展的大体过程是从再现到表现，恰好与中国文艺的历史发展进程形成相逆的动向。

中国古典文艺从表现到再现的发展总进程表明，表现性文艺并不一定是现代生活的必然产物。中国的社会历史从奴隶制到封建制，经历了漫长的封建社会，直到明清时期才在封建经济的母胎中产生了资本主义的萌芽,最后是无产阶级领导取得了新民主主义革命和社会主义革命的胜利。我们虽然没有经历资本主义的高度发展,西方世界除在东欧外,也没有取得无产阶级推翻资产阶级的革命的胜利,但在二十世纪三十年代以前,中西历史发展的总进程则是基本相同的,然而文艺创作方法变化的总趋势却是相逆的,那么怎么可以断言今后中国文艺的发展,一定要踩着西方的脚印前进呢?

中国古典文艺的两大体系

中国古典文艺的两大体系:一是重在表现感受和传神写意的表现艺术体系,一是重在摹写事物外部形貌和按照事物固有逻辑描述其发展过程的再现艺术体系。表现艺术在前,再现艺术在后。表现艺术在宋元以前占着优势,宋元以后仍然存在、发展,和再现艺术并存。以再现事件过程为特征的叙事诗,在西方是一个重要的文学门类,我国先秦时代却很少出现叙事诗。《诗经·大雅》中的《生民》《公刘》《绵》等是叙事性的,可能是我国上古没有最后生长成健全体魄的史诗,畏缩在文学的母胎里。到了汉代,叙事诗从民间诗歌中勃发起来,成就了《孔雀东南飞》这样的不朽名作。但由于表现文艺的强大势头,叙事诗又复被压抑下去。隋唐以后,直到清代,叙事诗都没有再抬起头来。

我国的再现文艺,每一次都是从民间崛起的,汉代乐府民歌中的叙事诗显示了再现艺术的生命力。宋代都会中兴起的"说话",是再现艺术在小说领域内一次不可抗拒的崛起。后经元、明,发展壮大,终于站稳了脚跟。连向来轻视再现文艺的文人,也写起了拟话本。"三言""二拍"蔚成大国,《三国演义》《水浒传》就是再现文艺在小说领域取得胜利的雄伟的里程碑。这样,章回体就成为我国再现艺术类小说的一种民族化的体式。

然而,我国属表现文学的小说,在唐代以前几乎独占小说的地盘。再现性小说兴起以后,表现艺术的小说仍然在文人文学中盛行不替。以现在兴起的小说的新观念看,《庄子》完全可以被视为一部哲理小说,而西方现代派中的各种艺术伎俩,我们几乎都可以在《庄子》中觅寻到它的影子。汉代的小说流传下来的极少,我们不好断言它们的特征。魏晋的志怪小说当然不是写实的,以《搜神记》为例,作者旨在"发明神鬼之不诬",宣传"情之至也金石为开"等唯心浪漫的观念,所记述的都是半人间半鬼神的故事,具有很强的写意特征。

《世说新语》跳出了志怪的藩篱,完全是写现实的文人言行的。正如尼采说的,"受痛苦者渴求美,也产生了美",魏晋名士们正是从求美中散发他们的痛苦的,他们的精神生活就是一部宏阔的艺术品。他们对生活像对待艺术一样进行着独特的审美观照,产生出他们特异的行动。他们这些行动,也像艺术一样给他们自己及旁观者以无穷的韵味。一部《世说新语》就是这种特殊艺术的精妙记录。所以《世说新语》是用极简括的写意笔墨,抓取人物的某种精神,几笔就达到了传神的效果。小说发展到唐代，出现了"传奇文"，这种结构完整、描写细致的新型小说，虽然再现的成分加强了，但其中融贯着作者独特的艺术气韵，因此也显示出很大的表现性。

所谓艺术气韵，是指我国古典文艺中体现着创作主体的审美意识和审美情趣的那种充益于作品中的气脉和风采。它有很强的可感性，但缺乏可说性，无形地附着在文笔之间，很难从作品中提取出来加以分析。它包括曹丕所说的文气，但比文气有着更多的审美素质。作家艺术家在创作中越是始终带着艺术思维过程中的兴奋，时刻对这种气脉和风采把玩着，品赏着，感受着，追求着，其作品中的艺术气韵也就越饱满，也就越能为欣赏者所感受。艺术气韵是中国古典表现艺术的要素之一。

传奇小说在宋代以后一直不断有文人写作着，但都没有超过唐人，甚或失去了唐人小说的灵气。清代蒲松龄的《聊斋志异》，兼采六朝志怪与唐人传奇之长，虽然再现与表现并重，而由于艺术气韵的融贯和技巧的精进，加上狐鬼题材的奇谲色彩，表现性似比唐人小说更强。《红楼梦》是用口语写成的一部了不起的书，它也兼具再现与表现之长，在这两方面都取得了高过前人的成就。

我国文人的表现性小说，因为很重视艺术气韵和笔情墨趣，所以多带有散文化的特色。最散文化的，莫过于清代沈复的自传小说《浮生六记》，而《浮生六记》的艺术气韵尤为浓烈。读这本书，我们的心灵为之陶醉的，并不是书中那些细琐平凡的情节，而是依附于这些生活情节描写而又在这些情节之外的那种醉人的韵致。

从以上对我国文艺在历史发展中表现与再现消长变化的简要回顾中可以看出，我国古代文艺有表现与再现两大体系，而以表现艺术体系为正宗，它早于再现体系，源远流长，在我国文艺美学中有着坚实的根基和显赫的地位。

我国表现文艺与现代派的相通

有人说陶渊明、阮籍是"垮掉的一代"，李商隐是朦胧诗人，这种说法滑稽、简单化，自然会遭到非难甚至嗤笑。这既是缺乏分析的简单类比，又把外国现代化名词加在中国古人头上，这种做法不足取。然而细想起来，我国古代表现色彩很强的作家被和西方现代派联系起来，也并非完全没有道理。这两者之间确实有着某种相通。这是比较文学很值得花气力研究的一个课题。

西方现代派在艺术表现上的一些基本方法，早在我国战国时代某些作家的创作中，就运用得十分娴熟了。例如西方最早兴起的现代文学流派象征主义所用的主要表现手段——象征，就是我国诗歌史上第一个诗人屈原最善驾驭的表现手段之一。屈原把他意念中所追求的理想——美政、志同道合者，艺术折射为美女。他碧落黄泉为求女而苦苦地追寻着，而所得到的或是对方的倨傲、淫佚，或是缺少良媒，落得无限的怅惘。曹植在政治生活失意时所写的《洛神赋》也主要写对女性美的悲剧性追求。《离骚》和《洛神赋》对女性美的追求和向往，是如烟似雾的梦幻，是对现实悲剧感受的一种象征和摅发。在《离骚》中，屈子又用反复叙写自己满身佩饰着各种香草，而且是那样嗜而成癖，来象征自己高洁好修的节操。这种方法，诗人并非偶一为之，他在诗中让被象征的本意隐退，而把用来作为象征材料的美人香草铺摘得那样充分、饱满、弥漫，所造成的意境有很大的展延性，给读者留出了广阔的感受领地。这是屈原自觉创造的一种成体系的艺术方法，在诗中有着突出的艺术地位。

西方后期象征主义提出用知觉来表现思想，把思想还原为知觉，使情绪找到它的对应物，既反对现实主义的摹写客观，也不搞浪漫主义的直接抒情，这岂不是屈原艺术精神的某种重复！屈原在诗中用了许多神话材料，他常常把自身加入到神的行列中去，或者把神话人物请到自己的生活中来。这并不像后来浪漫主义文学作为抒情的遐想去写的那样，这种幻境在他的艺术中已经成了一种实际的存在，他与神话人物神交神游时，是那样严肃、天真、动情。这种写法很像两千多年之后拉美的"魔幻现实主义"。

庄子文学的表现性是更为突出的。他的文章中充满着艺术的抽象美，艺术思维中，意识是那样流动多变。他在濠上能够体验水中游鱼的感情，在梦见自己化为蝴蝶醒来后，竟然怀疑自己本来是蝴蝶而梦中变成了庄周。比庄子晚两千多年的现代派大家卡夫卡的《变形记》，所呈现的不就是这样的艺术气象吗！如果说屈原主要表现出象征主义的特征的话，庄子则主要显示出表现主义的特征。西方现代派中的表现主义讲究直取本质，对现实世界从整体上做抽象的、哲理的思考，将内心的情绪、体验，外化为再造的第二存在形象，使内心的主观感受得到表现，《庄子》的特征正是如此。表现主义的代表作家卡夫卡对中国的老庄哲学极感兴趣，他从庄生化蝶得到启迪创作了他的《变形记》不是没有可能的。

西方的传统绘画追求形的酷似，采用焦点透视，从体积感、质感、光感等方面都给人造成逼真的印象。这种作风为中国画所不取。宋代画家李成也曾经想采取焦点透视，但正如沈括在《梦溪笔谈》中说的，中国画的"以大观小法"比李成的"掀屋角"要高明得多。中国人并不是不懂焦点透视的道理，而是嫌这种机械的原理会泯灭写意的魅力，所以摒弃不用。西方现代派画家大反西画传统，和中国画发生了精神上的相通。中国画论有"得神遗形""意在象外""不似之似"诸说；西方现代派画的艺术变形和追求抽象美，正好走着同中国画大方向一致的路子。西方现代派画家马蒂斯在文章中曾多次表白他从中国艺术中得到了极大的启发。

这里对上文提到的《世说新语》的表现艺术做一点分析。"简文入华林园，顾谓左右曰：会心处不必在远，翳然林水，便自有濠、濮间想也，觉鸟兽禽鱼自来亲人。"不重外物的反映，而由外物诱发人内向的情绪活动。"顾长康从会稽还，人问山川之美，顾云：千岩竞秀，万壑争流，草木蒙笼于上，若云兴霞蔚。"这又是把人的情绪注入外物，使外物人格化，带上兴奋运动的情绪。该书还在许多地方写人时，并不对人进行写生和素描式的摹写，而是抽象出一些自然物的丰采神韵，造成一种意境，用来象征人的风姿，如说"太尉神姿高彻，如瑶林琼树，自然是风尘外物"，"叔向朗朗如百闻屋","稽夜叔之为人也,岩岩若孤松之独立,其醉也,傀俄若玉山之将崩",会稽王"轩轩如朝霞举"……这种写意笔法,虽不求形似,但艺术效果却更警策,对读者感受神经的震动既强烈,又持久;对对象特质的显现,既深厚含蓄,又鲜明可感。西方现代派表现性的笔墨,虽不似中国古典表现文学如此之美,但在艺术抽象的倾向上,在重视对感觉的表现上,精神大体是一致的。

我国诗歌的表现性特征,几乎与诗歌是并生的。"六义"之一的"兴",作用在于起头,"取譬引类,起发己心"(郑众语)。兴句与实写句之间存在着各种情况的关系,而常常由诗人的潜意识在起作用。写诗者创作时是有他的思维轨迹的,不过这个轨迹读者已大多无法辨索寻绎,使得"兴"像郑樵说的那样:"凡兴者,所见在此,所得在彼,不可以事类推,不可以理义求。"所以中国诗歌的兴,兼有象征和意识流的双重意义。

西方意识流文学的所谓"心理时间"和把直觉、记忆、想象与幻觉、印象、幻想糅合在一起的"自由联想"方式,在中国文学中并不罕见。时序的倒置和互相渗透,在戏曲人物的独唱中时常出现,"自由联想"在中国古典诗歌中比比皆是。不要说李商隐有"意识流"不奇怪,即《诗经·豳风》的《东山》,主人公征战多年返回故乡的路上,一忽儿想象到家中长长的栝楼蔓上结的果实垂在屋宇之下,簸箕虫在屋里乱跑,蜘蛛在门上结网,打麦场上有鹿的蹄印;一忽儿又想像老鹳在屋外的小土堆上鸣叫,妻子在屋里哀叹,甚至幻觉中出现了柴堆上扔的葫芦;一忽儿又回忆起他和妻子当年结婚的热闹情景,这种写法能够说和所谓意识流没有质上的相通吗?不过我们向来不用,今后也不一定用意识流这个名词来表述中国诗歌的这种写法罢了。在唐代诗人中,"三李"自不待说,即杜甫这样写实的诗人,他的《同诸公登慈恩寺塔》:"七星在北户,河汉声西流。羲和鞭白日,少昊行清秋。秦山忽破碎,泾渭不可求。俯视但一气,焉能辨皇州!回首叫虞舜,苍梧云正愁。惜哉瑶池饮,日宴昆仑秋。黄鹄去不息,哀鸣何所投?君看随阳燕,各有稻粱谋。"我们回溯抽绎它的思维轨迹,不能不说是有浓厚的意识流色彩的。杜甫诗中,多有涵盖江山、包笼宇宙的景语,"无边落木萧萧下,不尽长江滚滚来"(《登高》),"江间波浪兼天涌,塞上风云接地阴"(《秋兴》),"吴楚东南坼,乾坤日夜浮"(《登岳阳楼》),"锦江春色来天地,玉垒浮云变古今"(《登楼》)。这些诗句,并非实记视觉之所及,而是从有限的视象旁射开去,依凭意识的弥漫创造出来的,因而是超视觉的。

严羽说诗的创作"不涉理路,不落言筌",指的正是我国诗歌的表现性特征。表现性所赖以完成的、由文字代表着的物质材料,常常和诗中所表现的主观意绪没有必然性的、带有原理确定性的联系,而显示着相当大的主观性,但这些物质材料经过诗人情绪思维的浸泡,也就成了大于它们自身的,外延出丰富内容的,可以为读者体验、感觉、理解的东西了。这种在表现中作为感情意绪的"载体"的东西,最常见的是自然山水、历史陈迹。我们前边谈到的屈原《离骚》中的香草美人,也是作为表现悲剧情思的载体出现的。

但因为表现载体带有很大的主观性，因而不同诗人往往有不同的选择，如酒、侠客、神仙、大鹏，就是李白诗作中富于独特性的表现载体，别的诗人却不必如此。

因为中国诗歌有着最强的表现性，诗人的兴会、情感、观念和它们赖以表现的物质材料之间并没有必然的科学联系，或者说这种联系很迂曲，只是依靠诗人感情、意识的浸染改造，这种迂曲的联系才建立起来的。所以当人们读诗时通过自己的能动感受，再创造地、这样那样地接受并发挥了诗人的表现后，诗人原来所赖以表现的物质材料似乎并不怎么重要了。这就是"兴在象外""得意妄言"。李白《早发白帝城》所表现的情绪是兴奋、欢快，《独坐敬亭山》所表现的情绪是沉静、孤寂，《黄鹤楼送孟浩然之广陵》所表现的则是深长的依恋之情。而诗中"彩云""猿声""轻舟""众鸟""孤云""敬亭山""黄鹤楼""孤帆""碧空""长江"诸物象，并不必然包孕着相应的情绪，诗中又只字未直道欢快、孤寂、依恋之意，可这些情绪却表现得那样可扪可触，这样"不着一字尽得风流"的艺术优长，是中国诗歌所独具的表现性。

象征主义的鼻祖波德莱尔有"芳香、颜色、声音在互相呼应，就像长长的回声在远处混合为一"这样的感觉挪移（通感），"骚动喧嘈的城，噩梦堆积的城，幽魂在阳光下拉扯行人"这样可怖的鬼境，都和我国中唐诗人李贺作品的色调极为相似。二十世纪初，美国一些青年诗人从东方特别是中国古典诗歌直接吸收艺术乳汁，哺育出一个影响英美诗坛的现代文学流派——意象派。意象就是捕捉感觉对象。意象派诗人们对中国古诗富于意象的特征是那样敏感,那样兴奋,甚至带着一种神奇感。他们的代表人物庞德说:"正是因为中国诗人不加说教和评论,而只求把事物表现出来,所以人们不辞繁难,加以移译。"庞德最负盛名的《地铁站台》,"人群中这些面孔幽灵般出现,湿漉漉黑色枝条上的花瓣",就是学习中国古典诗歌所谓"意象叠加"的技巧写出来的。意象派学习中国诗歌取得了震动欧洲诗坛的成就,被称为"意象主义的中国龙",这个事实,对于我们坚定继承我国表现文学的信心,是很有启发意义的。

中国古典诗歌富于意象的这一特征,我们可以举两个小例子。"鸡声茅店月,人迹板桥霜","枯藤老树昏鸦,小桥流水人家",这些经过诗人感情浸染、观照的自然对象,一个个兀立在纸上,中间没有任何的语法联系,但它们之间却产生着许多无形的联系,使其形成一种带有不确定性、丰富性和感染性的意境。中国诗歌的这种表现特点是西方诗歌所缺乏的。"月落乌啼霜满天,江枫渔火对愁眠",谁能说清这些意识对象之间是怎样确定的关系,即使硬说出来也索然无味了,远没有人们读这首诗时所感受到的意境那样丰富、绵远、浑厚,这正是中国古诗表现性的魔力。

在探讨中国表现艺术与西方现代派的相通时,我们必然要产生这样一些问题:文学艺术为什么不原原本本地忠实模拟客观世界,为什么要表现主观?文艺表现性产生的根源在哪里?文学艺术表现性的产生,因缘是复杂的,既有民族文化内部承启渊源的关系,也有时代氛围激荡的关系,更有创作主体的境遇和心理气质的关系,仅就文艺表现性方法特征的本身，是很难穷追到它所以产生的基本根源的。纵观古今中外表现性文艺作家的境遇，似乎可以发现这样一个规律，作家艺术家处于遭受压抑的逆境，或者由于理想信仰追求的幻灭，感到环境黑暗险恶，找不到出路，悲天悯人，产生了深广的忧愤。这样，他们对世界的感受和艺术认识便引入内向反刍，而对客观世界的艺术反映，也便以主观感受为主线，把对客观世界艺术感觉的一颗颗珍珠，穿缀在主观感受的这条线上来。征之以表现性最强的诗人如屈原、李白、李贺，散文家柳宗元，小说家蒲松龄、曹雪芹，书画家扬州八怪诸人，以及对生活进行审美观照（这是一种特殊的艺术活动）的魏晋文人，无不如此。西方现代派的代表作家也都如此。因而这些诗人、作家、艺术家的作品中常常透出怨愤消极的情绪来，但这种怨愤消极中，却能够析出积极追求的因子来。

因为我国表现艺术成熟得很早，历史悠久，所以阐发表现艺术产生根源的理论也很丰富，如《易经·系辞传》的"忧患而作"说，屈原的"发愤抒情"说，司马迁的"发愤著书"说，韩愈的"不平则鸣"说，欧阳修的"穷而后工"说，都从不同的侧面阐发了这一理论。西方的所谓"愤怒出诗人"也正情同此理。

中国表现文艺与西方现代派的相异

中国古典文艺的表现性与西方现代派既有相通，也有相异。这种相异体现了我国文艺的民族个性。这种相异归纳起来大体表现为如下几点。

西方现代派的思想是极端个人主义的；中国表现文学的代表作家差不多都表现出对宇宙人生的悲剧性思考，执着地进行伦理追求。西方现代派把"寻找自我归属"作为一个重要课题在探索，他们哀叹人异化为物。这个大课题到了存在主义手里，算是做出了一点眉目，其结论是在荒谬的世界和痛苦的人生中按照个人的意志进行"自由选择"，从而创造自己。中国表现性文学却都在追求世界的和谐，其结论是人在自然中找到归宿，人融化于自然，取得平静与和谐。所以西方现代派的总思想是在弱肉强食中发挥单个人的自私，以个人反抗整个社会；中国古代表现文学代表作家的思想则是以伦理力量反对社会邪恶。中国古代表现文学代表作家总是在召唤着善和人格美，西方现代派则强调堕落的存在。

与此相联系，中西表现文学作家在精神风貌方面也表现出很大的不同。西方现代派无法找到消失了的人的价值，于是悲观，绝望；中国古代表现文学有时虽不免表现出消极，但总的调子是旷达，而不是绝望。从他们主观感情的结构形态看，西方现代派呈现着疯狂；中国古代表现文艺则是沉郁和从容。

在哲学思想上，西方现代派无例外地反理性，中国古代表现文艺则体现着成熟的思考，从而受着理性的支配。

西方现代派力图在卑俗、丑恶中找到美和诗意，中国古代表现文艺始终在醇美中潜沉和升腾。

从文艺内部来考察，西方现代派虽然也属表现论，但他们的表现论却打着再现论的历史印记。哪怕是写想象写幻觉，他们都写得与人事很近切，给人一种实的感觉。中国古代表现艺术的产生以人的心灵世界、人的自觉为出发点，从一开始就不重视客观外物的外在形貌，而是致力于捕捉形而上学的"道"，所以中国古代表现艺术的用笔总是空灵虚远。西方现代派强调艺术直觉，他们的艺术无论怎样变形，怎样荒诞，都是外在实体重新组合后的堆垛；中国古代表现艺术重视意境，所以真正能够做到内向精神的浑茫呈现。

应当如何对待西方现代派

研究中国古典文艺与西方现代派的异同，直接就导引出一些问题，这就是中国当代文学应如何搞？应如何对待中国的表现文艺传统？如何对待西方现代派？研究古典文学、外国文学，重要的目的都在于为现实文学服务，古为今用，洋为中用。

说起中国古典文艺表现性的沉没，不能不追溯到"五四"运动。"五四"新文化运动在反对封建思想，讨伐封建伦理道德方面具有不朽的功绩，但由于这场运动的领导者和战士没有全面掌握马克思列宁主义的科学体系，头脑中存在着较严重的形而上学思想，对中国传统文化否定过多，在反对封建思想和封建道德时，连中华民族优秀传统文化中不少宝贵遗产也一起做了革除。"五四"以后作为文学主体的诗歌、小说，都基本采用白话，新诗和小说的基本体式都是从西方搬进来的，这必然不能把原来由文言承载的文学表现性方法和艺术路径继承下来，我国积累了数千年的古典文艺中占有极重要地位的一整套表现性的经验，与它所依附的文言一起被抛弃了。"五四"以后，中国作为一个有着深厚诗歌传统的国度，一下子失去了这种优势。这并不是说要像"王敬轩"主张的那样，坚持文言拒绝白话，而是说应当采取妥善的步骤和科学的方法，使我国丰厚的文艺美学遗产得以传承。以诗歌为例，新诗形式是舶来的，中国诗歌创造意境和写意的传统便被抛掉了，为了使中国人习惯，又竭力用民歌和古诗的外在东西去打扮它，这就越败坏了人们的胃口。呼唤现代派的人只看到这些外在修饰，以为这就是继承了传统的中国诗，于是对整个中国诗包括中国的古典诗歌加以虚无主义的否定，指责中国的新诗洋得不够。其实中国新诗就像黄头发蓝眼睛却穿马褂留辫子，是一个很蹩脚的角色。它的叫人失望是失去了中国文艺表现性的传统，而不是洋得不够。

"五四"以后我国的文艺创作方法，只承认现实主义和浪漫主义，二十世纪三十年代也从西方"进口"过一些现代流派的方法，而我国有几千年深厚传统的表现性美学遗产，无论在理论和实践上都遭到无视和排斥，这是文艺上民族自我戕害的做法。用不属于我们传统的、非民族化的艺术精神来扼抑民族文艺传统，要想在世界文艺之林中高标独立，这是不可能的。

由于历史的发展和文艺本身的演进，各国的文化艺术必然受生活和人们审美要求的推动而运动变化，显示出时代特征，这是必然的。但如果认为在今天，世界各国文艺的江河，一定都要归到西方现代派的大海中去，这却是一个没有根据的预言，是一个心造的幻影。在欧美，生活方式、文化传统、思想潮流和文化发展趋向大体一致。但是，这种一致性统摄不到东方来。特别是中国，总是以其传统文化的深厚力量消融着外来文化。这倒不是中国人特别保守，而实在是中国传统文化的根基和独特的民族个性使然。一个民族的文化如果不是贫乏到了难于自立的境地，是很难整体地移用非民族化的异域文化来武装自己的。即使由于某种历史原因这样做了，迟早也会发现这是一种悲剧。

世界各民族文化的互相影响、互相渗透，是人力所不能阻挡的，对整个世界文化和各国文化的发展也是有好处的，但吸收外来文化的营养，必须经过民族文化肠胃的消化功能，才能成为文化本体的有机成分，生硬地整块搬移外国的东西，以为是找到了发展民族文化的救星，其实是一个盲目的大错误。西方现代派对中国文艺来说，是非民族化的东西，要在创作中发挥文艺的表现性优长，对于我们来说首要地应当是继承传统。西方现代派的手法可以吸收更改，但不能生吞活剥。生吞活剥搞得再好总免不了是邯郸学步，这是可悲的自误。

国学已经没有了

现在有时搞一点传统文化,动不动叫"国学",我认为现在已没有国学了,国学已经消亡了,国学已成为过去时,你又不是谈历史,说的是现实文化,还要叫成国学,太脱离实际。

国学消亡于二十世纪初。消亡的原因是,由于政治腐败,列强强势入侵,中国惨烈败北的情势下,知识精英误以为是中国文化惹的祸,因而否定和丑化中国文化,要消灭中国文化,并在实践中竭力引进西方文化。

西方文化取代中国文化,一个渠道是派出留学生,这些人留学回来,再用西学的薪火,来点燃中国文化的原野(当然也有留了洋仍坚守中国文化的,如生于马来西亚通九种外语的辜鸿铭,研究比较文学的吴宓等);另一个更重要的途径是教育体系的根本变更,新教育机构(学堂)的建立,使西学站稳了脚根,给西学的发展壮大扫清了道路，建立了平台。在这种情势下，国学难于立足，不得不消亡。

国学是一个体系，西学取代中学，势态猛烈，这时，国学这个体系不是逐渐枯萎衰老，而是爆炸式毁灭，炸成许多碎片。从此就没有了国学。现在全国上下称说"国学""国学"，都是空喊，是"皇帝的新衣"。最多是拾起某些炸后的碎片，高举起来宣称那就是"国学"。

不要说国学消亡之后，即使在国学鼎盛的时代，国学也是素质非凡的少数人从事的高端学问。现在国学已消亡，却到处成立国学组织，高喊国学，这岂不是一个文化梦幻吗？！

我们一定不要脱离实际，已经没有了国学，就要正视这个实际。看在这种已经没有国学的现状下，怎样从实际出发，来有益有效地处置文化问题，使全国文化得到健康发展；不能在国学已经消亡了的情况下，还自己骗自己，到处喊国学。没有就是没有了，不要妄称，不要硬撑，实际上真正知道什么是国学的人，不敢也不愿出来穿这个"皇帝的新衣"；只有不知国学为何物的人，无知无畏，才呈鲁莽之勇，言必称国学，俨然以国学家自居。

那么究竟什么是国学呢？背几篇儒学文献就是国学吗？朗诵几首唐诗就是国学吗？打打太极拳、弹弹古琴、写写毛笔字、唱唱京剧就是国学吗？穿穿汉服，搞搞祭祀就是国学吗？都不是，都不算！

按照章太炎的说法，汰除了神话、宗教、小说传奇的正规经史、诸子著作，才是国学的本体，而治理国学的人要能够辨真伪、通小学、明地理、知古今人情变迁、辨文学应用。章太炎这个界定，虽然不足以成为定论，但大体不差的。更概括地说，国学主要应包括这几个方面：一、周易学；二、以孔孟、老庄为首的历代哲学、社会学、伦理学；三、中国化了的佛学；四、历代优秀文学作品。能称得起"国学家"（别说大师）的人，都是通才，能够游历于这些学问之间，通小学、明地理、精考据、善辞章。这样的人现在还有吗？没有了。没有了的根源在时代，而不是人不行了。人比过去更聪明了，但把学习时间大量花费在非中国文化的修习上（这种修习是时代的必须），对中国文化自然不能深入，又因为太聪明，就被聪明所误，难成大器。

西学教育主要是教知识的，中国传统教育不是单纯教知识的，而是完整地教人的。中国的传统教育负有推进学生人格、体魄、学识的整体责任。国学的传承也是中国化的，和其他中国雅的俗的技艺、秘术的传承一样，都是师徒亲处，进行人格、伦理、方法的浸润感染。"师道尊严"主要是对师徒亲处的中国式教育说的，一日为师，终身为父，有着人身依附的味道。这种教育方式最早是孔子创造的，他并不灌输式的讲课，而是和学生衣食住行混在一起，随缘教化，像佛陀善巧方便地度人那样。

国学教育分两个阶段，一个阶段是私塾，一个阶段是书院。这两个阶段都是师徒亲处的。私塾阶段相当《周礼》里说的小学。书院阶段有研究的性质，仍是全面的提高。现在各地都有私塾性质的读经教育，也都带有全面教人的性质，基本可以完成传统私塾教育的任务。而书院阶段则难于继续，原因是没有与书院相称的国学师资。没有国学师资，是因为早已没有国学了，哪儿来的国学师资？从民国时代开始的学堂教育，教的是西学，包括各科科学知识、外语，轮到中国文化，只给 N 分之一的时间，所以即使大学学中国文学、中国历史专业的人，也不可能具备最基础的国学素质，要去做国学书院的老师，也是勉为其难。这样一来，现在想续国学之脉，就成为不可能，只能有私塾，不能有书院。国学的河流，在私塾之后，便干涸蒸发了，更别想形成惊涛骇浪的国学江河。

现代学校教育体系，是行政管理下的、政教相连的系列机构，受着行政的制约和指挥；国学教育则是独立的、与行政剥离的人文机构，带有独立自由性。民国时代的文化精英，大都先后受过这两种类型的教育，他们的独立人格其实主要来自国学教育。刘文典脚踢蒋介石之举，都是国学教育中"士可杀，不可辱"的气节精神给予的勇气。陈寅恪《王观堂先生纪念碑铭》中"独立之精神，自由之思想"既有西方天赋人权的成分，同时也有国学中精神自由的传承。

知道现状是这样，就要根据这个实际来发展中国文化。国学虽然没有了，但努力靠近、努力接近、努力追寻，总是可以的。无论是个人，团体，还是政府，国家，来这样做，都对中国文化的发展有好处。然而应当对你所做的内容、角色、分量，有正确的估量，不要夸大其词。能够名副其实地负载国学大任的人虽然极少，但国学中的精神和传统，仍然存在于中国文化中，《周易》的"自强不息，厚德载物"；孔孟的"仁者爱人"的博爱精神，"富贵不能淫，贫贱不能移，威武不能屈"气节精神；老子的"道法自然"，尊道贵德，从容无为的信条，都是我们文化的无价之宝。现在虽然没有了完整的国学，学者中虽然没有了通家，但有专家，只要专家把路子走正，仍然可以把中国文化发扬光大。

弘扬中国文化，首要的是头脑清醒起来，认清自己，也认清别人。

跋

费秉勋先生是当代陕西享誉全国的著名文化学者,享有"神秘教授"之美誉,身边人都亲切地敬称他为费老。在中国古典文学、古典哲学、古典舞蹈等领域,费老均有异于常人的卓越建树;在学界、佛界、读书界,费老都享有口碑,其声名与影响力早已穿越时空,跨越国界,成为很多人心目中的神秘偶像。

《中国古典文学的悲与美》是一部悲悯而富有质感的学术通俗著作。美中,有悲回肠荡气;悲中,有美余音绕梁。这是作者给予我们真切而富含哲理的启示。作者基于悲与美的文学底蕴,伏低身段,亲近草根,围绕两者交相辉映、相互因果及彼此消长的依存共生关系,展开生动、有趣、绘声绘色的论述。作者博闻强记,学识渊博;娓娓道来,从容不迫;条分缕析,舒缓有致;循序渐进,深入浅出;照顾话头,前呼后应;言之有物,论之有据;左右逢源,触类旁通。旁征博引像龙宫探宝,信手拈来似囊中探物。记性与悟性互补,趣味与学问共生,感性与理性同步,逻辑性与条理性完美结合,学术性与通俗性浑然一体。再难的疑点在作者笔下都能春风化雪,再神秘的面纱在作者笔下都能云破月来,再枯燥的学说在作者笔下都宛若莲花盛开。貌似老僧常谈,实则别出心裁;分明义正词严,却又委婉动听;绝不耳提面命,只会循循善诱。读这类文章,会产生这样的奇妙感觉:"曲径通幽处,禅房花木深""白头宫女在,闲坐说玄宗""因过竹院逢僧话,又得浮生半日闲"。总之是每次阅读,身心翼然,不啻享受精神饕餮盛宴。

老子说:"玄之又玄,众妙之门。"《中国古典哲学的玄与美》涉及的便是"玄之又玄"的学问,开启的便是"众妙之门"。费老深谙"道可道,非常道"之奥妙,偏从"常道"说起,鞭辟入里,谈笑之间,纵横上下五千年,把读者的心思、心智顷刻带进一个神秘、神奇、神性的世界。那些神乎其神的现象犹如雨后彩虹,抑或海市蜃楼,亦幻亦真,玄妙里自有费老的一番奇思妙解。却原来所谓神呀、巫呀,等等,并非迷信的产物,而是先民在认识人生、认识世界、认识自然过程中的智慧归集,自有其存在的客观必然性与主观合理性。

在《中国古典哲学的玄与美》中,费老以鲜活、生动、个性的费氏语言与浅白、缜密、理性的费式思维,将中国古典哲学中玄与美的辩证关系及其内在联系阐释得明白如画、淋漓尽致。貌似蜻蜓点水,时常点到为止,却收点化之功,使读者会心一笑而心领神会。贾平凹把费秉勋誉为"贯通老人"真是恰如其分,他贯通天地人、贯通文史哲、贯通儒道释,唯因贯通,所以胸有成竹,又无障碍。谈玄说道随心所欲,天文地理如数家珍,神奇古怪举重若轻,信手拈来便是证据,脱口而出便是道理,水到渠成便是结论。

噫,这样的著作,谓之黄钟大吕真恰如其分!如听高僧说禅,三言两语就能引起人读下去的兴趣,不知不觉就能使人在阅读中获取知识,受到启迪,冷不丁醍醐灌顶,不由自主拍案称绝!典籍浩繁,他能删繁就简;叙事弘达,他能大而化之;鱼龙混杂,他能去伪存真;酸腐之论不绝于书,他能化腐朽为神奇。在此书中,每篇文章貌似各自独立,实则一以贯之,一脉相承。用阎振俗先生的话说:"放下来一堆堆,提起来一串串。"那就是"玄"与"美"呀!用白居易的诗句来形容,可能更妥帖——"嘈嘈切切错杂弹,大珠小珠落玉盘"!智慧之光聚集而闪烁,使读者不能不惊呼:中国古典哲学,玄是玄了些,但真美!

出版《中国古典哲学的玄与美》正当其时。费老既摒弃了酸腐论者炒剩饭式误人子弟的拾人牙慧之论,又屏蔽了浅薄学者人云亦云蛊惑人心的迷信之说。在史海钩沉中有所甄别,又有所鉴赏,在中西结合中有所扬弃,又有所侧重。既保持学术的严肃与清醒,又保持思想的独立与深邃;既揭开神秘的面纱使人耳目一新,又拂去迷信的灰尘使人若有所思、若有所悟。于此,已见费老的良苦用心;于此,中国古典哲学之美大放异彩。但愿并相信,此书出版后能开启读者心门,给读者内心世界注入文化自信的清流,并使之转化为文化自美与自觉。

阅读《中国古典舞蹈的韵与美》,不能不拍案惊奇!中国古典舞蹈源远流长,其本身所具有的历史魅力、所携带的文化信息、所凝聚的审美意识、所生成的生命元素、所伴随的时代节奏,在此书中熠熠生辉,俯拾即是,一览无余!

果然费秉勋!中国古典舞蹈在他的笔下,就像恐龙被复活了一般,不但令人眼界大开,而且令人脑洞大开,不知不觉便步入了神话般舞蹈艺术的历史长廊。费老质朴、耐读的文字就像蝴蝶翻飞,既唤起旷古幽远的历史记忆,又焕发出返老还童般的亘古生机。却原来舞蹈在漫长的中国文明里川流不息,像浪花飞溅,像波涛涌现,像贝壳散落学海书山。古老的舞蹈,并不新奇,却在费老笔下显得如此神乎其韵;似乎司空见惯,却在费老笔下别有韵致;好像稀松平常,却在费老笔下余韵袅袅。政治、经济、文化,都被舞蹈包藏,又被舞蹈神化,更被舞蹈展现得淋漓尽致。

这样的文字,这样的叙事,这样的论说,任是对古典舞蹈一无所知,也能感知个中玄奥,也能窥视个中真相,也能觉悟个中妙谛。如此见微知著,如此举一反三,如此从容淡定,非博览群书不能游刃有余,非见多识广不能纵横捭阖,非才思敏捷不能得心应手,非神来之笔不能异彩纷呈。作为饱学之士,费老抱有古典审美情怀,人在低处赏心悦目,神在高处优游抒情,疏通舞蹈源头几无遗漏,爬梳历史细节几无遗留,把旮旯拐角的遗珠都归集于笔端、纸上,而付诸字里行间。他天生异禀,世事洞明,奇思妙想里有灵性飞动,取材如囊中探物,引证如顺手牵羊,解说如庖丁解牛。阅读不知不觉中变成悦读,审美细胞瞬间被激活,想象空间不留神被拓宽,眼前豁然一亮,直如"云破月来花弄影"——古典舞蹈之大美如莲花盛开。"留连戏蝶时时舞,自在娇莺恰恰啼",真真口吐莲花也!

文学、哲学、舞蹈三位一体,你中有我,我中有你。草蛇灰线,伏脉千里,始终贯穿着费老特立独行的古典审美思想,统称之为"费秉勋古典审美三部",是再妥帖莫过了。他的审美宽度、高度、深度,以及厚度、温度、角度,非常人能企及,乃时人所折服,可谓一枝独秀,堪称万绿丛中一点红。好有一比:雨后初霁,虹卧云霓,"落霞与孤鹜齐飞,秋水共长天一色"。噫,美哉!费老既为"贯通老人",费老"审美三部"贯通来读,岂不妙哉!

孔　明
2023 年 9 月 8 日